中国古代诗词歌赋

徐潜 主编

吉林文史出版社

图书在版编目（CIP）数据

中国古代诗词歌赋 / 徐潜主编 . —长春：吉林文史
出版社，2013.3（2023.7重印）
ISBN 978-7-5472-1513-5

Ⅰ.①中… Ⅱ.①徐… Ⅲ.①古典诗歌-诗歌欣
赏-中国-通俗读物 Ⅳ.①I207.2

中国版本图书馆 CIP 数据核字（2013）第 063496 号

中国古代诗词歌赋
ZHONGGUO GUDAI SHICI GEFU

主　　编	徐　潜
副主编	张　克　崔博华
责任编辑	张雅婷
装帧设计	映象视觉
出版发行	吉林文史出版社有限责任公司
地　　址	长春市福祉大路 5788 号
印　　刷	三河市燕春印务有限公司
版　　次	2013 年 3 月第 1 版
印　　次	2023 年 7 月第 4 次印刷
开　　本	720mm×1000mm　1/16
印　　张	13
字　　数	250 千
书　　号	ISBN 978-7-5472-1513-5
定　　价	45.00 元

序　言

　　民族的复兴离不开文化的繁荣,文化的繁荣离不开对既有文化传统的继承和普及。这套《中国文化知识文库》就是基于对中国文化传统的继承和普及而策划的。我们想通过这套图书把具有悠久历史和灿烂辉煌的中国文化展示出来,让具有初中以上文化水平的读者能够全面深入地了解中国的历史和文化,为我们今天振兴民族文化,创新当代文明树立自信心和责任感。

　　其实,中国文化与世界其他各民族的文化一样,都是一个庞大而复杂的"综合体",是一种长期积淀的文明结晶。就像手心和手背一样,我们今天想要的和不想要的都交融在一起。我们想通过这套书,把那些文化中的闪光点凸现出来,为今天的社会主义精神文明建设提供有价值的营养。做好对传统文化的扬弃是每一个发展中的民族首先要正视的一个课题,我们希望这套文库能在这方面有所作为。

　　在这套以知识点为话题的图书中,我们力争做到图文并茂,介绍全面,语言通俗,雅俗共赏。让它可读、可赏、可藏、可赠。吉林文史出版社做书的准则是"使人崇高,使人聪明",这也是我们做这套书所遵循的。做得不足之处,也请读者批评指正。

编　者

2012 年 12 月

目 录

古代诗歌总集——《诗经》

　　《诗经》是我国第一部诗歌总集，以音乐曲调的不同，可分为"风""雅""颂"三大类。

　　"风"：各地的民歌，含周南、召南、邶、鄘、卫、王、郑、齐、魏、唐、秦、陈、桧、曹、豳等十五国"风"。

　　"雅"：朝廷的"正声雅乐"，根据音节律吕分为"大雅""小雅"，共一百零五篇。

　　"颂"：宗庙祭祀的乐歌，含《商颂》《周颂》《鲁颂》，共四十篇。

一、《诗经》的产生

《诗经》是我国第一部诗歌总集，以音乐曲调的不同，可分为"风""雅""颂"三大类。

"风"：各地的民歌，含周南、召南、邶、鄘、卫、王、郑、齐、魏、唐、秦、陈、桧、曹、豳等十五国"风"。

"雅"：朝廷的"正声雅乐"，根据音节律吕分为"大雅""小雅"，共一百零五篇。

"颂"：宗庙祭祀的乐歌，含《商颂》《周颂》《鲁颂》，共四十篇。

（一）产生年代

《诗经》中诗产生的具体时间很难确定，但一般认为，《周颂》的全部、"大雅"的大部、"国风"中的《豳风》等多为西周前期作品；"小雅"大部是西周后

期和东迁之初的作品；《鲁颂》全部及"国风"的大部都是春秋时期作品。至于《商颂》，争议较大，有人认为是春秋时期作品，也有人认为是商代之诗。

《诗经》产生于一个复杂的年代。西周建立政权，在因袭夏商礼仪乐制的基础上，增订修改，制定了一整套法定礼乐制度，即史书盛传的周公"制礼作乐"。这套乐舞制度实际上是治国手段，以相应的乐舞制度与当时的统治秩序相结合，通过乐舞礼仪来规定君臣、父子、兄弟、夫妻之间的上下、尊卑和亲疏关系。并以法律的性质将这套乐舞礼仪制度确定下来，不能违反。当时宫廷设立了相应的乐舞机构，专门掌管乐舞礼仪事宜。这套礼仪乐舞的代表作品是《六代舞》（又名《六舞》）或《六小舞》）。

西周末年，周幽王被杀死在骊山下，致使西周灭亡。此后，东周建立。

中国古代诗词歌赋

这是我国历史上一个动荡变革时期——春秋战国时期。此时，封建领主制向封建地主制逐渐过渡，周王室已失去对诸侯的控制能力，礼乐制度也随着西周王权的丧失而开始动摇崩溃。雅乐舞制度已不再像从前那样被当做法规，严格遵守。诸侯士大夫们则公开效仿天子用乐的规模。最典型的例子是鲁国的大夫季孙氏，在自己的家庙中，效仿天子的乐舞规模，被孔子痛斥为"是可忍，孰不可忍"。此时，诸侯大夫僭越礼乐制度的行为已相沿成风。同时，雅乐舞本身的发展，已在祭祀典礼仪式中，变为呆板无生气。战国初，魏文侯曾坦白地承认，自己按照礼仪要求端冕而坐，欣赏雅乐，总不免打瞌睡。但欣赏不属于雅乐的其他乐舞，总觉得兴奋。齐王也曾向孟子表白，自己所喜爱的并非是"先王之乐"的雅乐舞，而是"世俗之乐"的民间歌舞。可见，在社会政治的变革中，雅乐舞赖以生存的土壤逐渐削弱，雅乐舞自身僵化呆板的弱点也更为突出，约束人们的伦理道德已在动摇，"礼崩乐坏"势所必然。同时，已存在的地方民间歌舞，在社会动乱之中，获得生机，即所谓"桑间、濮上、郑、卫、宋、赵之声并出"，民间歌舞在西周一直被官方排斥压制，那种自由纵情的歌舞不被礼乐体系所接受，但是，社会的变革，使得民间歌舞获得发展。

《诗经》诗中涉及的地域很广，就十五"国风"而言，就已涉及到了今陕西、山西、山东、河北、河南、湖北等地区。

就诗歌的性质来说，"雅""颂"基本上是为特定的目的而写作、在特定场合中使用的乐歌，"国风"大多是民歌。只是"小雅"的一部分，与"国风"类似。这里的"民歌"，只是一种泛指；其特点恰与上述"雅""颂"的特点相反，是由无名作者创作、在社会中流传的抒情歌曲。大多数民歌作者的身份不易探究。假如以诗中自述者的身份作为作者的身份，则既包括劳动者、士兵，也包括相当一部分属于"士"和"君子"阶层的人物。"士"在当时属于贵族最低的一级，"君子"则是对贵族的泛称。此外仍有许多无法确定身份的人物。所以只能大致地说，这些民歌是社会性、群众性的作品。

朗诵诗借以表达某种思想志向。春秋时代，诸侯大夫在外交、政治活动中常常运用诗委婉地表达自己的意图，或者表示礼节，进行应酬，借以加强相互之间的关系。所以，《汉书·艺文志》说："古者诸侯卿大夫交接邻国，以微言相感，当揖让之时，必称诗，以喻其志，盖以别贤不肖而观盛衰焉。"

关于赋诗言志，先秦文献如《左传》《国语》等有不少记载。《左传》文公十三年，鲁文公归国途中遇到郑伯，郑伯想请鲁文公代为向晋国表示自己愿意重新归顺于晋。鲁文公先拒绝，后又同意，双方交涉全借赋诗。郑国子家先赋《诗经·小雅·鸿雁》："之子于征，劬劳于野。爰及矜人，哀此鳏寡。"意思是说郑国弱小，希望得到鲁文公的帮助。代为向晋国求情。鲁文公赋《诗经·小雅·四月》的四句："四月维夏，六月徂暑。先祖匪人，胡宁忍予？"表示行役已超过预期，急于返回，无暇去晋国了。子家又赋《载驰》之第四章，意思是说小国有急难，恳求大国援助。于是鲁文公又赋《小雅·采薇》之第四章，借"岂敢定居？一月三捷"之义，答应到晋国去为郑国进行活动。这显然是一次外交谈判，从这里可以看出，那时的"赋诗言志"直接关系到外交政治斗争的胜负。春秋时代的赋诗言志，所赋的诗，多为《诗经》中的诗，也有自作诗。所言的"志"，指赋诗者的用意，并非诗的原意，它只就诗中的某种思想或者某章句的意思来象征说明赋诗者的用意。所以，那时的赋诗言志常常是断章取义。《左传·襄公二十八年》记载卢蒲癸的"赋诗断章，余取所求焉"就指出了这一点。

春秋时的"赋诗言志"反映了《诗经》在当时政治生活中的突出地位和重要作用。所以孔子说："诵诗三百，授之以政，不达；使于四方，不能专对；虽多，亦奚以为？"（《论语·子路》）这种赋诗在政治生活中的作用，这种广泛的赋诗之风，对于后来文学的发展，产生了深刻的影响。

（三）名称

　　《诗经》是我国古代最早的诗歌总集，这部诗歌总集共收入了西周初年到春秋中叶（即公元前 11 世纪到公元前 6 世纪）大约五百年的诗歌三百零五篇。此外"小雅"中另有"笙诗"六篇，仅有篇名，未计在内。

　　《诗经》不仅在中国文学史上，而且在中国政治思想史上都有重要地位。《诗经》中的诗，在春秋时期就被广泛应用于政治、外交乃至军事斗争中了。孔子曾说："不学诗，无以言。"在政治交往中，如果不懂诗，是要受到鄙视的。当时人们称之为《诗》或《诗三百》，到战国后期，即已被称为"经"，如《庄子天运》中说："丘治《诗》《书》《礼》《乐》《易》《春秋》六经。"西汉时置五经博士，《诗》是五经之一，乃汉代官定之经典，《诗经》之名，也始见于西汉。

（四）孔子与《诗经》

　　在秦以前，《诗经》对人们的作用无非有三：其一，作为祭祀、宴享时奏唱的乐歌；其二，作为外交场合言谈应对的辞令；其三，作为教育弟子的课本。而作为教育的课本，应该是由孔子开始的。这是有史可证，也是后来的学者专家都认可的。司马迁在《史记·孔子世家》中说："（孔子）以《诗》《书》《礼》《乐》教，弟子盖三千人焉。"

　　在春秋以后，周室衰微，诗乐分家，第一个以私人讲学身份出现的大学者孔子，更把《诗三百》作为政治伦理教育、美育以及博物学的教本。

　　孔子在《论语》中说："不学《诗》，无以言。"（《季氏》）此外，孔子还曾对他的弟子说："小子何莫学夫《诗》？《诗》，可以兴，可以观，可以群，可以怨；迩之事父，远之事君；多识于鸟兽草木之名。"（《论语·阳货》）这句话是什么意思呢？孔子说道：学生们啊，你们为什么不学

习研究《诗经》呢？学习《诗经》，可以激发人的想象力，可以提高人们观察社会的能力，可以使人与人合群，可以抒发胸中的怨愤；从近处来说，可以用《诗经》中的道理侍奉父母；从远处来看，可以用《诗经》中的道理侍奉君主；另外你们还可以从《诗经》中多认识些鸟兽草木的名称。而后孔子又问他的儿子伯鱼："女为《周南》《召南》矣乎？人而不为《周南》《召南》，其犹正墙面而立也与！"其意思是：你读过《周南》《召南》诗了吗？一个人如果不读《周南》《召南》诗，那就好像正对着墙壁站立不能再向前行走了。这里的《周南》和《召南》是《诗经》中"国风"的开头两部分。

孔子把《诗经》作为教本，强调弟子和儿子要学习研究《诗经》。否则，将"无以言"，无以"兴""观""群""怨"，无以"事父""事君"，甚至无以前行。那么他必然事先熟知《诗经》内容。而《诗经》最初的作品涵盖地域广，并且包括多个社会阶层的作者及歌者的创作和传唱，其中或许就杂有某些官吏的附庸风雅和粉饰太平之作。作为祭祀和宴享的乐歌，或是外交场合的辞令，人们在唱完、说完、听完之后，或许就无所谓了，没有什么太多的感觉。而作为教育弟子的课本，睿智的孔子想教育好弟子，必然会取其精华、弃其糟粕，留其真善、删其伪恶，使其"可施于礼义"，使学习者可以"言""行"、可以"兴""观""群"。

孔子晚年从卫国返回鲁国，曾整理过《诗》的乐章，使"雅颂各得其所"（《论语·子罕》）。他又以《诗》作为学生的必读教材，一再强调"诵诗三百"。孔门后学亦继承了这个传统。所以孔子对《诗经》的保存与传播，是有功劳的。也正是孔子对《诗三百》这样的重视和推崇，所以使《诗经》这部书在后世得以留传并产生广泛影响。

二、《诗经》的收集与流传

（一）振木采诗

《诗经》共有三百零五篇，包括公元前 11 世纪（或更早）至公元前 6 世纪，即西周初期到春秋中叶大约五百年间的作品。它产生的地区，东临渤海，西至六盘山，北起滹沱河，南到江汉流域，相当于今天的陕西、山西、山东、河南、河北、湖北的大部。

这些上下五百年、纵横数千里的作品是怎样搜集、汇总成册的呢？先秦典籍没有明确的记载，但古代有采诗说。

汉代的历史学家提出关于周代时有"采诗"制度的说法。班固《汉书·食货志》记述说："孟春之月，群居者将散，行人振木铎徇于路以采诗，献之大师，比其音律，以闻于天子。"这就是说，每当春天来到的时候，集居的人群散到田间去劳作，这时就有叫做"行人"的采诗官，敲着木铎（以木为舌的铃）在路上巡游，把民间传唱的歌谣采集起来，然后献给朝廷的乐官太师（乐官之长），太师配好音律，演唱给天子听，让天子"足不出户而知天下"。另外，同书《艺文志》中还记述说，古代设置采诗官采集诗歌，目的是"王者所以观风俗，知得失，自考正也"。汉代记载"采诗"之说的还见于何休的《公羊传》注："五谷毕入，民皆居宅，男女同巷，相从夜绩。从十月尽正月止，男女有所怨恨，相从而歌，饥者歌其食，劳者歌其事。男年六十、女年五十无子者，官衣食之，使之民间求诗，乡移于邑，邑移于国，国以闻于天子。故王者不出牖户，尽知天下所苦，不下堂而知四方。"（《公羊注疏》卷十六）关于"采诗"和"采诗"的目的，与班固《汉书》记载大致相同，惟说"采诗"者是男女年老无子的人，而不是"行人"，或者方式不止一种。这些虽然出于汉代人的记述，可能

还是有一定根据的。因为在古代交通十分不便的情况下，如果不是由官府来主持采诗工作，靠一己之力来完成这样一部时代绵长、地域广阔的诗集采集工作，恐怕是不可能的。

至于当时统治者采诗的目的，即为什么要花这么大力气广收这些民间诗歌，除了要考察人民的动向，了解施政的得失，以利于他们的统治以外，大约还有搜集乐章的需要。我们知道，周王朝是很重视所谓"礼乐"的。按照当时制度，举凡在一切祭祖、朝会、征伐、狩猎、宴庆等场合，都要举行一定的仪式，在举行各类仪式、礼节的时候，就要配合演奏乐章。所以，当时朝廷，专门设有乐官"太师"等，乐官的职务就是专门负责编制和教演各种乐曲，供上述各个场合使用。可以想见，当时乐官们在编制乐章时，除了自己创制以外，一定还要利用或参考许多民间唱词和乐调，这样收集流传的一些民间乐歌作品，也会是他们经常的一项不可缺少的工作。当然，这是指《诗经》中的那些流传于各地的民谣俗曲说的。

（二）献诗

《诗经》中还有很多颂诗和贵族文人所作的政治讽谏诗，是如何得来的呢？即通过所谓"献诗"的渠道，而汇聚到当时朝廷中来的。

献诗说认为古代天子为了考查时政，命诸侯百官献诗。宋朱熹在《诗集传·〈国风〉注》中认为"风"诗是诸侯采来作为贡物献给天子，天子得到后就拿给受乐官看，通过这些诗来考察民风的好坏，以此来了解政治的得失。采诗与献诗，目的是一致的。根据《国语·周语》记载，周王朝是有让公卿列士即贵族官员和文人献诗的制度。所谓"天子听政，使公卿至于列士献诗，替（盲艺人）献曲，史（史官）献书"，我们从《诗经》中的一些作品看，"献诗"的事也是确实存在的。如《大雅·民劳》："王（指周厉王）欲玉女，是用大谏。"《小雅·节南山》："家父（周幽王时大夫）作诵，以究王讻。"《大雅·崧高》："吉甫（即尹吉甫，周宣王时大臣）作诵，其诗孔硕"等，说明公卿列士献讽谏诗或歌颂诗的事是存在的。

（三）孔子删诗

我国最早的诗歌总集《诗经》，在汉武帝独尊儒术后升格为国定经典。全书共有诗歌三百零五篇，由"风""雅"和"颂"三个部分组成，编排井然有序。但是，究竟由谁将这些诗歌编纂整理成书的呢？迄今仍存在种种不同的说法。最有代表性的就是孔子删诗说。

把《诗经》的编纂之功归之于孔子一人。这种说法起源于汉代。《史记·孔子世家》载："古者诗三千余篇，及至孔子，去其重，取可施于礼义，……三百五篇孔子皆弦歌之，以求合韶武雅颂之音。"《汉书·艺文志》说："孔子纯取周诗，上采殷，下取鲁，凡三百五篇。"都认为是由孔子选定《诗经》篇目的。于是，提出了孔子删诗的观点。主张这种说法的理由主要有下面三点：

第一，汉代距离春秋，战国不远，司马迁所依据的材料自然比后人要多，也更加可靠。我们怎么能不相信汉代的司马迁，而相信唐宋以后的说法呢？

第二，古代大小国家有一千八百多，一国献一诗，也有一千八百多篇，而现存的"国风"，有的经历一二十个国君才采录一首，可见古诗本来是很多的，根本不止三千。孔子从前人已收录的三千多篇诗中选取三百零五篇编为集子，作为教科书，是可能的。

第三，所谓删诗并不一定全篇都删掉，或者是删掉篇中的某些章节，或者是删掉章节中的某些句子，或者是删掉句中的某些字。我们对照书传中所引的，《诗经》中有全篇未录的，也有录而章句不用的，可见这种情况是与删诗相吻合的。

持不同意见的人则针锋相对地提出孔子没有删过诗的理由。其主要理由有：

第一，《左传·襄公二十九年》记载吴公子季札到鲁国观周乐，演奏十五"国风"和"雅""颂"各部分，其中的编排顺序与今天的《诗经》大体相同。而据现存的资料看，孔子当时只有8岁，根本不可能删诗，可见孔子之前就有和今天《诗经》的编次、篇目基本相同的集子。

第二，孔子自己只是说"正乐"，并没有说删诗。虽然当时的诗是配乐的，但诗、乐毕竟还是有区别的，诗

主要指文字，而乐主要指乐曲。再说孔子返鲁时已经 69 岁，如果删诗该在这个时候，为什么在这之前他一直说"《诗三百》"呢？

第三，《诗经》中有不少"淫诗"，这些不符合孔子礼乐仁政思想的诗，为什么没有删掉？

第四，先秦各种史籍所引的诗，大多数见于今天的《诗经》，不过五十首，这说明《诗》在当时只有三百篇。即使孔子删过诗，由于他在当时只是诸子中的一家，影响不是很大，也不大可能影响到同时期的其他著作，更不可能影响到他以前的著作。

上述两种观点，唇枪舌剑，至今还争论不休。从表面上看，似乎后者证据更有力一些，但我们不能拘泥于一二条材料，而应该在尊重史料的基础上，结合当时的历史背景作一些合理的推测。当然问题并不会如此简单，还需要作进一步的研究，搞清楚这个问题对研究《诗经》，尤其是研究孔子的思想会有很大帮助的。

（四）太师编纂

在周代，诗的用途很广，除了典礼、娱乐和讽谏等用诗以外，它还经常用在外交场合，用来"赋诗言志"，即作为表达情意、美化辞令的工具。所以《周礼·春官》中又有"大师教六诗"（按《周礼》书中所指即风、赋、比、兴、雅、颂。故"教六诗"，即可以理解为全面讲授《诗经》的意思。另外《毛诗序》又称"六诗"为"六义"，"故诗有六义焉：一曰风、二曰赋、三曰比、四曰兴、五曰雅、六曰颂"）、"以乐语教国子"的说法，这就是说，乐官太师在当时还有用诗歌（"乐语"即诗）教国子（贵族子弟）的任务。《诗三百篇》，也可能正是乐官太师为了教授国子而选订的课本。今人朱自清认为，《诗经》的编审权很可能在周王朝的太师之手。他在《经典常谈》中指出，春秋时各国都养了一班乐工，像后世阔人家的戏班子，老板叫太师。各国使臣来往，宴会时都得奏乐唱歌。太师们不但要搜集本国乐歌，还要搜集别国乐歌。除了这种搜集来的歌谣外，太师们所保存的还有贵族们为了某种特殊场合，如祭祖、宴客、房屋落成、出兵打猎等等作的诗，这些可以说是典礼的诗。又有讽诗、颂美等等的献诗，献诗是臣下作了献给君上，准备让乐工唱给君上听的，可以说是政治诗。太师们保存下这些唱本，附带乐谱、唱词共有三百多篇，当时通称作《诗三百》。各国的乐工和太师们是搜集、整理《诗经》的功臣，但是要取得编纂整体的统一，就非周王朝的太师莫属。《国语·鲁语下》有"正考父校商之名颂十二篇于周太师"的记载，正考父是宋国的大夫，献《商颂》于周王朝的太师。今本《诗经》的《商颂》只有五篇，很可能是太师在十二篇基础上删定的。由此看来，《诗经》应当是周王朝的太师编定的。

（五）流传

《诗经》在其产生的同时，就广泛被应用于政治生活中，成为兴、观、群、怨的工具，曾使中国古代贵族文化发展到一种极优美、雅致的时代。

战国之时，《诗》亦在孟子、荀子等儒家典籍中被作为论证的理论依据，具有崇高地位。

先秦古籍，在秦始皇"焚书坑儒"和楚汉相争的战火之后，散失很多。但《诗经》由于是口头讽诵的诗，因此得以比较完整地保存下来。汉代传习《诗经》的有鲁、齐、韩、毛四家，即后世所谓的"四家诗"。《鲁诗》是因鲁人申培而得名的，传者为汉初鲁人申培，文帝时立为博士。《齐诗》出于齐人辕固生。传者为汉初齐人辕固，景帝时立为博士。《韩诗》出于燕人韩婴。传者为汉初燕人韩婴，文帝时立为博士。《毛诗》是由其传授者毛公而得名的。传者为秦汉时鲁人毛亨及汉初赵人毛苌，平帝时曾一度被立为学官。

其中，鲁、齐、韩三家被称"三家诗"。前三家在西汉时代即已立于"学官"，就是由朝廷立为正式学习的科目，《毛诗》出现得较晚，东汉时方立于学官。但《毛诗》一派却后来居上，影响颇大。《毛诗》盛行，鲁、齐、韩三家诗便逐渐衰落，他们所传授的本子也亡佚了。"三家诗"亡佚的情况，大致是这样："鲁诗"亡于西晋，"齐诗"亡于三国魏，"韩诗"亡于宋。现在我们读到的《诗经》，就是《毛诗》，即汉代毛公讲解和留传下来的本子。

三、周民族史诗和怨刺诗

（一）履迹生民

在西方，"史诗"的概念首先是由亚里士多德提出的，而代表性的作品是荷马的两部史诗——《伊利亚特》和《奥德赛》。而近代学者们注意到了《诗经》中的"史诗品格"，而推崇"大雅"当中的一些篇章。"大雅"当中的《生民》《公刘》《绵》《皇矣》《大明》等五篇被当做周民族的史诗。从诗的体制来看，上述五篇的确无法和荷马史诗相提并论，但以韵文的方式来讲述周民族起源时期的英雄神话、传说和历史故事，它叙述的是民族从部落时代直到战胜殷商的故事，却使这几篇具有了史诗的品格。这些作品记述了人类"童年时代"的精神风貌，是那个时代人们对现实的认识。

《生民》讲述的是周民族的始祖后稷的生平故事。

后稷是古代一位著名的农业神。他作为周民族的祖先，又被奉为百谷之神。

《史记·周本纪》对他的身世记载很详细，说他名叫弃，他的母亲是原为炎帝后代有邰氏的女儿，叫姜嫄。姜嫄当了帝喾之妃，因在郊外踩了一个巨人的脚印而怀孕。她觉得生下这个儿子不祥，便把他抛弃在一条小巷子里，可牛马走过都不去踩这个婴儿。又把他抛在山林里，恰逢山林中人多。最后她把孩子放在冰上，飞鸟用翅膀保护他。姜嫄觉得很神，遂将孩子抱回抚养。因为最初这个孩子曾被抛弃过，所以取名为弃。

有邰氏生活在关中西部的渭河平原，长期从事农耕。弃一直生长在这，受到农耕文明的熏陶，酷爱农事。儿时常以种植五谷瓜豆作为游戏。稍长又虚心学习姜族的农业技术，不断总结农业生产经验，很快成为一名农业专家。长大后离开舅家，回到姬姓部落，周人从此进入父系社会，弃成为周人的始祖。他教民稼穑，相地之宜，除草间苗，选择推广优良品种，不断提高农业产量，使周人的农业生产得到很大发展，成为著名的农耕部落。夏朝时弃被任命为"后稷"，负责管理农业。

后稷的曾孙公刘又带领族人迁徙到了豳，此后文王出生，周民族此时的实力已经十分强大。于是周民族在邰地安居下来，祭祀上帝，使子孙繁衍，氏族繁荣。这无疑正反映了周民族较早地进入农业文明社会的状况，并以此自豪。

《公刘》则塑造了公刘这位周族开国史上第二个英雄人物。在后稷身上罩有浓厚的神话色彩，而公刘则无。诗共六章，叙述了因避西戎的侵扰，公刘率族人从有邰迁到豳地的史实。诗中几章都以"笃公刘"开端，"笃"是笃厚诚实的意思，表现了对民族领袖的无上赞美。而且诗中还描写了周人到了新居住地以后，开垦荒地，丈量农田，选择京邑，建筑宫室的整个过程。

诗中描写公刘具有非凡的领导才能。面对外族的侵扰，他团结整个周族，作了充分的准备，领导全族人民进行了一次有条不紊的大迁徙，既有智慧，又很勇敢。还写了公刘率周族到豳地后，察看"百泉"和广阔平原时的喜悦心情。诗以寥寥数语展示了英雄的风采。在一片平坦广阔的原野上，流泉潺潺，青山起伏，公刘面对这片依山傍水的新定居地，心中充满喜悦，把"于时言言，于时语语"与第二章中"何以舟之？维玉及瑶，鞞琫容刀"（大意是：用什么做成佩带？是美玉和宝石，装饰在佩刀玉鞘上）连在一起看，一位潇洒畅达的英雄，便在眼前活了起来。

《皇矣》叙述了文王伐密伐崇的战争。

《绵》叙述了公刘的十世孙，周文王的祖父古公亶父从豳迁徙到岐下（今陕西岐山）直到文王受命为止的历史。诗的开头以瓜秧上绵绵不断地结出大瓜、小瓜起兴，比喻周民族由小到大，繁衍不绝。但古公亶父迁徙之始，还是居住在土窑土洞里，生活相当艰苦。而不久就发现了岐山之南名为"周"的平原沃野（今陕西扶风县），大家喜出望外，便在那里开荒筑室，创建家园，定居下来。从此也就以周人自称。诗中生动地描述了群体在周原营建家室、宗庙的情景："捄之陾陾，度之薨薨。筑之登登，削屡冯冯。百堵皆兴，薨鼓弗胜。"那种百堵高墙平地起，劳动歌声胜鼓声的

热烈场面，充分表现了一个新兴民族的不畏艰苦的创业精神。而《大明》叙述的重点则在武王伐商，写得十分生动。这是一场"以少胜多"的战争，战争的场面在短短的几十个字中得到了渲染铺排——"殷商之旅，其会如林"，写殷朝"正规军"兵士众多，来势汹汹，大有"以大压小"之势；"牧野洋洋，檀车煌煌，驷彭彭。维师尚父，时维鹰扬。凉彼武王，肆伐大商，会朝清明"，写武王的对阵，面对大军压力的紧张、警觉，特别是太师尚父如苍鹰般矫健的形象，预示着周民族军队所向披靡，取得最后胜利。

从《生民》到《大明》五篇史诗，比较完整地勾画出了周人的发祥、创业和建国的历史。诗中所记录的就是一些创业的事实，所歌颂的就是民族历史上像后稷、公刘、古公亶父、周文、武王等一批创业维艰的带有传奇性的英雄人物。早于周人还有夏、商两代，当时可能也有史诗流传过，但都没有用文字记载下来。史诗是一个民族发祥、创业的胜利歌唱，是民族历史的第一页。这仅存的古老诗篇，正是非常珍贵的。

除了西周前期的"大雅"中的这些史诗之外，在西周后期的"小雅"中也有一些史诗性的叙事诗，如《出车》记周宣王时南仲的征伐狁，《常武》写周宣王亲征徐夷，《采芑》《六月》记周宣王时同蛮荆和狁的战争等等。如果把这些诗篇有次序地排列起来，那么，西周以前及西周时期的历史就可以理出一条线索来了。这些史诗作为叙事之作，其长处在于简明而有条理。但由于其写作目的主要在于记述史实（包括被当做史实的传说）和颂扬祖先，对于故事情节、人物形象不甚重视。而且在《诗经》里面，叙事诗并不多，主要就是以上这些。可见从《诗经》起，就显示出中国诗歌不太重视叙事诗的倾向。

《诗经》所记述的还是周民族如何在与自然的和谐共处中创造自己的文明。人们眷恋的是平静和睦的乡村生活，而并不主动对外扩张，后来的战争也是为了驱逐外敌、反抗暴政。这些史诗有着强烈的抒情倾向，而周民族的史诗则是由周朝的史官乐官撰写，在祭祀先祖的仪式上歌唱，基本内容比较固定。这些诗篇，记述传神，描写生动，开启了后世叙事诗的先河。

（二）"贪而畏人"的《硕鼠》

　　《诗经》中的大部分作品都是当时社会生活的真实反映，都是作者从实际生活出发，反映现实生活中的真实事件，揭露社会问题，并抒发自己的真情实感。我们称之为"怨刺诗"。

　　"怨刺诗"大多收在"雅"诗和"国风"中，都是些"变风""变雅"的作品，都具有强烈的批判现实的精神，在中国古代诗歌史上具有深远的影响。"怨刺诗"又可分作两类，一类出自贵族阶级具有忧患意识的文人之手，多为公卿列士的讽喻劝诫之作。有的借古讽今，以斥责奸佞为主题，如《巷伯》《正月》。大多作品是针砭时弊、指斥昏君，如《劳民》《板》《荡》等，这类作品主要收录在二"雅"中。另一类"怨刺诗"多出自民间普通劳动者之手，更直接地反映了下层民众的思想、感情和愿望。其内容更深广，怨愤更强烈，讽刺也更尖刻，具有更激烈的批判精神，如《硕鼠》《伐檀》《新台》《南山》《黄鸟》等。这些作品主要保存在"国风"中，都是作者选取真实的典型事例，从客观出发去向人们展示当时的社会。《硕鼠》就是最具代表性的。

> 硕鼠硕鼠，无食我黍。
>
> 三岁贯女，莫我肯顾。
>
> 逝将去女，适彼乐土。
>
> 乐土乐土，爰得我所。
>
> 硕鼠硕鼠，无食我麦。
>
> 三岁贯女，莫我肯德。
>
> 逝将去女，适彼乐国。
>
> 乐国乐国，爰得我直。
>
> 硕鼠硕鼠，无食我苗。
>
> 三岁贯女，莫我肯劳。
>
> 逝将去女，适彼乐郊。
>
> 乐郊乐郊，谁之永号？

　　这是一首农民反抗统治者残酷剥削的诗。农民负担重，无法忍受，干脆把统治者比作贪得无厌的大老鼠，感到忍受不了这帮家伙的沉重压榨，想要

逃到一块"乐土"中去。诗歌运用生动形象的比喻,揭露了剥削者贪婪可鄙的本质,抒发了奴隶们对剥削制度的愤恨情绪,表达了人民对乐土的追求。比喻、讽刺手法的运用,含意深刻;采用重章叠句反复吟咏的方式抒发情感。这类诗以写实的手法抒发自己的真切感受,让我们对那个时代有了更深刻的了解。

西周中叶以后,特别是西周末年厉王和幽王时期,厉王横征暴敛,虐待百姓,还不让国人谈论国家政事。周幽王昏庸无道,宠爱妃子褒姒,致使周室衰微,社会动荡,政治黑暗。这种情形引起了统治阶级内部一些有识之士的深重忧患。可以说动荡的社会背景为当时的文人创造了契机,他们以创作来抒发自己内心的愤慨、不满,因而产生了针砭时政的"怨刺诗"。在民间则由于王室衰微,礼崩乐坏,王室攻伐,连年的战争,无休止的徭役,使人们身心不稳,便借此咏唱,来抒发心中的悲喜情绪。可以说这些怨刺之作无不带有鲜明的乱世印记。自从人类进入阶级社会以后,被剥削阶级反剥削的斗争就没有停止过。奴隶社会,逃亡是奴

隶反抗的主要形式,殷商卜辞中就有"丧众""丧其众"的记载;经西周到东周春秋时代,随着奴隶制衰落,奴隶更由逃亡发展到聚众斗争,如《左传》所载就有郑国"萑苻之盗"和陈国筑城者的反抗。《硕鼠》一诗就是在这一历史背景下产生的。

全诗三章,意思相同。头两句直呼剥削者为"硕鼠",并以命令的语气发出警告:"无食我黍(麦、苗)。"老鼠形象丑陋又狡黠,性喜窃食,借来比拟贪婪的剥削者十分恰当,也表现了诗人对其愤恨之情。三四句进一步揭露剥削者贪得无厌:"三岁贯女,莫我肯顾(德、劳)。"诗中以汝、我对照:我多年养活汝,汝却不肯给我照顾,给予恩惠,甚至连一点安慰也没有,从中揭示了汝、我关系的对立。这里所说的汝、我,都不是单个的人,应扩大为你们、我们,所代表的是一个群体或一个阶层,提出的是谁养活谁的大问题。后四句更以雷霆万钧之力喊出了他们的心声:"逝将去女,适彼乐土。乐土乐土,爰得我所。"诗人认识到了汝我关系的对立,便公开宣布"逝将去女",决计采取反抗,不再养活汝!一个"逝"字表现了诗人决断的态度和坚定决心。尽管他们要寻找的安居乐业、不受剥削的人间乐土,只是一种幻想,现实社会中是不存在的,但却

中国古代诗词歌赋

代表着他们美好的生活憧憬，也是他们在长期生活和斗争中所产生的社会理想，更标志着他们新的觉醒。正是这一美好的生活理想，启发和鼓舞着后世劳动人民为挣脱压迫和剥削不断斗争。

(三) 《株林》里陈灵公的荒淫丑事

上层统治者的政治腐败，往往又是与生活上的荒淫相伴而行的。这后一方面，当然也逃不过民众雪亮的眼睛。"国风"民歌中对这类秽行的揭露屡见不鲜，即是有力的证明。

《株林》堪称这类诗作中的杰作。由于它对陈灵公君臣狗彘之行的揭露，用了冷峻幽默的独特方式，给人们的印象也更为深刻。

> 胡为乎株林？从夏南。
>
> 匪适株林，从夏南。
>
> 驾我乘马，说于株野。
>
> 乘我乘驹，朝食于株。

东周时期，陈国的国君陈灵公是个绝无威仪的君主，他为人轻佻惰慢，耽于酒色，逐于游戏，对国家的政务不闻不问。他专宠着两个大夫，一个叫孔宁，一个叫仪行父，全是酒色之徒。这样一君二臣，臭味相投，全无顾忌。

陈国有个大夫叫夏御叔，住在株林，娶郑穆公之女为妻，名夏姬。夏姬生得娥眉凤眼，杏眼桃腮，狐色狐媚。她未出嫁时，便与自己的庶兄公子蛮私通，不到三年，公子蛮死，后来就嫁给夏御叔，生下一子名徵舒。徵舒12岁时其父病亡，夏姬隐居株林。孔宁和仪行父与御叔关系不错，曾窥见夏姬之美色，心中念念不忘。夏姬有个侍女叫荷华，伶俐，惯于迎合主人。孔宁以厚金交结荷华，求其穿针引线，果得事成。仪行父心中羡慕，也私交荷华，求其为自己通融。仪行父自此与夏姬往来更密，孔宁不觉受到冷落。孔宁知道夏姬与仪行父过往甚密，心怀妒忌，于是心生一计。一日，孔宁独自去见陈灵公，言谈之间，说到夏姬的美色，天下无双。灵公说："寡人久闻

古代诗歌总集——《诗经》

17

她的大名，但她年龄已及四旬，恐怕是三月的桃花，未免改色吧！"孔宁忙说："夏姬容颜不老，常如十七八岁女子模样。"灵公一听，便急于见到夏姬。

次日，陈灵公微服出游株林，孔宁相随，这一游就游到了夏家。次日早朝，百官俱散，灵公召孔宁谢其荐举夏姬之事，而且还穿着夏姬的内衣，在朝廷上互相嬉闹，胡言乱语。

陈灵公本是个没有廉耻的人，加上孔、仪二人一味奉承帮衬，更兼夏姬善于调停，三人狼狈为奸。夏姬的儿子徵舒渐渐长大知事，转眼间徵舒长到18岁，生得长躯伟干，多力善射。灵公为取悦夏姬，就让徵舒袭父亲的司马官职，执掌兵权。徵舒因感激嗣爵之恩，在家中设宴款待灵公。夏姬因其子在坐，没有出陪，酒酣之后，君臣又互相调侃嘲谑，毫无人形。徵舒因讨厌他们的行为，退在屏后，偷听了他们说的话。灵公对仪行父说："徵舒躯干魁伟，有些像你，莫不是你的儿子？"仪行父笑道："徵舒两目炯炯，极像主公，还是主公所生。"三人拍掌大笑。徵舒闻此，就再也按捺不住，暗中将夏姬锁在内室，从便门溜出，吩咐随行军众，把府第团团包围。徵舒一箭射死了陈灵公。而孔、仪二人则赤着身子逃到楚国。

对于陈灵公的丑恶行为，陈国的老百姓早已不堪入目，他们便用诗歌的形式来揭露和讽刺，《株林》就是这样的一首诗。

此诗之开篇，几次问，几次应答。发问既不知好歹，表现着一种似信还疑的狡黠；应对则极力挣扎，模拟着做贼心虚的难堪。这样的讽刺笔墨，实在胜于义愤填膺的直截。它的锋芒，简直能穿透这班衣冠禽兽的灵魂！到了二章，又换了一副笔墨。用的是第一人称(我)的口吻，就不仅使这幕君臣通淫的得意唱和，带有了不知羞耻的意味；甚至还能让读者窥见在车马抵达株邑之野时，君臣脸上所浮动的忘形淫笑。

这样的讽刺笔墨，实在是犀利的。所以连《毛序》在论及此诗时，也不免一改庄肃之态，而语带讥刺地书曰："《株林》，刺灵公也。淫乎夏姬，驱驰而往，朝夕不休息焉。"这首诗旁敲侧击，意在言外，把陈灵公的荒淫丑事活脱脱地暴露出来，取得了强烈的讽刺效果。

四、《诗经》中的爱情诗

　　《诗经》是我国第一部诗歌总集，代表了西周初年至春秋中叶的诗歌创作，其中描写爱情的篇幅占了很大比重。爱情是人类最美好的情感之一，《诗经》中的爱情诗，热烈而浪漫，清纯而自然，是心与心的交流，情与情的碰撞。

（一）　自由恋爱

　　周初，礼教初设，古风犹存，青年男女恋爱尚少禁忌，相对来说还是比较自由的。《郑风·溱洧》便是极具代表性的一篇。诗中写的是郑国阴历三月上旬巳日男女聚会之事。阳春三月，大地回暖，艳阳高照，鲜花遍地，众多男女齐集溱水、洧水岸边临水祓禊，祈求美满婚姻。一对情侣手持香草，穿行在熙熙攘攘的人群中，感受着春天的气息，享受着爱情的甜蜜。他们边走边相互调笑，并互赠芍药以定情。这首诗如一首欢畅流动的乐曲，天真淳朴，烂漫自由。以前有人认为《溱洧》通篇"皆为惑男之语"，实乃"淫声"，然以今天的眼光客观地看，这种未经礼教桎梏的、道学家口中的所谓"淫"，正是自然的人性，是一种活泼生命的体现，是真正意义上的对天地精神的遵从。它标志着和谐、自由、平等，散发着愉快与天真的气息。

　　《周南·关雎》的作者热情地表达了自己对一位窈窕美丽、贤淑敦厚的采荇女子的热恋和追求，"关关雎鸠，在河之洲。窈窕淑女，君子好逑。"表达了对与她相伴相随的仰慕与渴望，感情单纯而真挚，悠悠的欣喜，淡淡的哀伤，展现了男女之情的率真与灵动。

　　《卫风·木瓜》："投我以木瓜，报之以琼琚。匪报也，永以为好也！"表达了远古时候青年男女自由相会、集体相会、自由恋爱的美好，女子把香美的瓜果投给集会上的意中人，男子则解下自己身上的佩玉作为定情

物回赠给心中的姑娘。这首诗带有明显的男女欢会色彩，一是互赠定情物，表示相互爱慕；一是邀歌对唱，借以表白心迹。

《召南·摽有梅》是少女在采梅子时的动情歌唱，吐露出珍惜青春、渴求爱情的热切心声。

《卫风·淇奥》以一位女子的口吻，赞美了一个男子的容貌、才情、胸襟以及诙谐风趣，进而表达了对该男子的绵绵爱慕与不尽幽怀。

《邶风·静女》描写男女幽会："静女其姝，俟我于城隅。爱而不见，搔首踟蹰。静女其娈，贻我彤管。彤管有炜，说怿女美。自牧归荑，洵美且异。匪女之为美，美人之贻。"一个男子在城之一隅等待情人，心情竟至急躁而搔首徘徊。情人既来，并以彤管、茅荑相赠，他珍惜玩摩，爱不释手，并不是这礼物有什么特别，而是因为美人所赠，主人公的感情表现得细腻真挚。虽然都是通过男子表现对于爱情的甜蜜与酸涩，但是也可以从侧面看出当时女子对于爱情同样是有着美好的期盼。

（二）恋爱受阻

自由恋爱渐渐受到家庭等各方面的束缚，父母之命，媒妁之言，迫使许多人不能与心上人结为爱侣，其中的失落与心酸，谁能道尽说完！《郑风·将仲子》里的这位女主人公害怕的也正是这些礼教。"将仲子兮，无逾我里，无折我树杞。岂敢爱之，畏我父母。仲可怀也，父母之言，亦可畏也。"对于仲子的爱和父母、诸兄及国人之言成为少女心中纠缠不清的矛盾，一边是自己所爱的人，另一边是自己的父母兄弟，怎么办呢？几多愁苦，几多矛盾，少女的心事又怎能说清呢？

《鄘风·柏舟》："髧彼两髦，实维我仪。之死矢靡它。母也天只，不谅人只。"这个女子如此顽强地追求婚姻爱情自由，宁肯以死殉情，呼母喊天的激烈情感，表现出她在爱情受到阻挠时的极端痛苦和要求自主婚姻的强烈愿望。从

中国古代诗词歌赋

中也可以看出当时女性追求恋爱自由、婚姻自由的迫切愿望。

(三) 相思之情

《诗经》里也有很多诗细腻地描写出思念情人的忧郁苦闷心理。如《卷耳》："采采卷耳，不盈顷筐。嗟我怀人，寘彼周行。"诗中女子怀念远方的爱人，在采卷耳时心里想的都是他，以致采了许久那个箩筐都没填满。又如《郑风·子衿》："青青子衿，悠悠我心。纵我不往，子宁不嗣音？"这里面就含有对情人的埋怨与不满。还有《狡童》："彼狡童兮，不与我言兮。维子之故，使我不能餐兮！彼狡童兮，不与我食兮。维子之故，使我不能息兮！"情人不理会她，使她寝食难安。《郑风·风雨》："风雨凄凄，鸡鸣喈喈。既见君子，云胡不夷！"写的则是见到情人时的欣喜心情，可见思念之深之切。

《秦风·蒹葭》："蒹葭苍苍，白露为霜。所谓伊人，在水一方。溯洄从之，道阻且长。溯游从之，宛在水中央。"诗中写的是单相思，对于所爱的人，可望而不可即，几多愁苦，几多思念！

思念妻子或丈夫的诗也是情深意切，于朴实的语言中透露出那种深厚缠绵的感情。

《邶风·击鼓》："死生契阔，与子成说。执子之手，与子偕老。"一位出征在外的男子对自己心上人的日夜思念：他想起他们花前月下"执子之手，与子偕老"的誓言，想起如今生离死别、天涯孤苦，岂能不泪眼朦胧、肝肠寸断？

《卫风·伯兮》写了一位女子自从丈夫离别后，无心梳洗，思念之心日日萦绕期间，苦不堪言。"自伯之东，首如飞蓬。岂无膏沐？谁适为容！其雨其雨，杲杲出日。愿言思伯，甘心首疾。"也许为国征战是英勇豪迈的，可是人生的天涯孤苦和生离死别，总是让有情的人们感到撕心裂肺的痛。

《诗经》中也有不少是祝贺新婚女子的，如《桃夭》："桃之夭夭，灼灼其华。之子于归，宜其室家。"这首诗轻快活泼，诗人热情地赞美新娘，并祝她婚后生活幸福。

《诗经》是中国古代文学史上的一朵奇葩，

其爱情诗更是体现那个时代人民的情感生活，其思想内涵以现代的眼光看来仍具有很大的艺术价值。好的事物总是经得起时代考验的，千年过去之后，《诗经》仍然以其非凡的魅力感染着人们。

（四）"风"之始的《关雎》

《关雎》是"风"之始也，也是《诗经》第一篇。古人把它放在三百篇之

首，说明对它评价很高。从《关雎》的具体表现看，它确是男女言情之作，是写一个男子对女子爱情的追求。其声、情、文、义俱佳，足以为"风"之始，三百篇之冠。孔子说："《关雎》乐而不淫，哀而不伤。"（《论语·八佾》）此后，人们评《关雎》，皆"折中于夫子"（《史记·孔子世家》）。

关关雎鸠，在河之洲。

窈窕淑女，君子好逑。

参差荇菜，左右流之。

窈窕淑女，寤寐求之。

求之不得，寤寐思服。

悠哉悠哉，辗转反侧。

参差荇菜，左右采之。

窈窕淑女，琴瑟友之。

参差荇菜，左右芼之。

窈窕淑女，钟鼓乐之。

第一章写雎鸠成双在河滩上鸣叫，来兴起淑女配偶不乱，是君子的好匹配。以"窈窕淑女，君子好逑"统摄全诗。第二章的"参差荇菜"承"关关雎鸠"而来，也是以洲上生长之物即景生情。"求"字是全篇的中心，通首诗都在表现男子对女子的追求过程，即从深切的思慕到实现结婚的愿望。第三章抒发求之而不得的忧思。这是一篇的关键，最能体现全诗精华。此章不但以繁弦促管振文气，而且写出了生动逼真的形象。林义光《诗经通解》说："寐始觉而辗

中国古代诗词歌赋

转反侧，则身犹在床。"这种对思念情人的心思的描写，可谓"哀而不伤"者也。第四、五章写求而得之的喜悦。"琴瑟友之""钟鼓乐之"，都是既得之后的情景。"友""乐"，用字自有轻重、深浅不同，既写高兴满意而又不侈靡。通篇诗是写一个男子对女子的思念和追求过程，写求之而不得的焦虑和求而得之的喜悦。

《关雎》是周朝的民歌。周代是中国历史上伦理道德色彩很浓厚的一个朝代，统治者建构了以宗法血缘观念为核心的一整套伦理道德体系。而在爱情审美价值观上，就是《关雎》闪耀的那种"和"美与人性美的特点，强调了伦理道德观念。唯其如此，《关雎》才得以列诗三百之冠，并倍受后人推崇。另外，民间是一片自由的天地，为这种爱情审美追求提供了合适的生长土壤和温度。

（五）怨而不怒，哀而不伤的弃妇诗

怨妇，自母系氏族社会向父系氏族社会转化的时候便产生了，最早提及到怨妇的文学作品可以追究到《诗经》。

古人对于怨的要求是——怨而不怒，哀而不伤。《诗经》中的怨妇向作品基本上遵循这个原则，即使心中无比痛苦，仍然不可以对于丈夫怀有愤怒之情。

如《谷风》中的弃妇，也只是在不停地怀念过去幸福而艰苦的日子，怨忿丈夫有了新欢便忘了旧爱的现实，说出自己对于这个家庭的贡献。但是这样的诉说对于一个心已经不在这个女子身上的男人而言，再多也是没有用处的，只是增加丈夫心中的喜悦和自满。最后即使怨恨地说出当年丈夫对自己的誓言和约定，又有什么用处呢？《氓》中的弃妇又是不同的。前面说氓看起来老实的求婚以及中间的逼迫，说明两人自由恋爱的现实，中间以桑葚与鸠的事件与女子耽于爱情作比较，说明女子耽于爱情必将受伤害。婚姻的现实也说明了这一点，女子尽心尽力为了这个家庭，却招致丈夫的毒打，三年被休于家，见弃于夫。最后弃妇认清了男子的真面目，既然他无情，自己也不必挂念着无情之人，让这段爱情就这样结束。

古代诗歌总集——《诗经》

《氓》诗中塑造了一个卑贱的男人形象。氓是住在城郊家近复关的小商人，貌似憨厚，心怀狡诈，他以贸丝为名，打算赚个女人回去；他以嬉皮笑脸获得了女人的欢心，以谎言虚咒换取了女人的信任，以占卜算卦作为对女人忠诚的保证，就以这个手段欺骗了一个淳朴善良的女人。不只欺骗了女人的爱情，还骗到了女人的财物，更骗到了女人的劳动力。以假献殷勤而人财两得，以忘恩负义而成家立业。以损人利己而达到卑鄙目的，这就是氓的生意经。婚前是羊，婚后是狼，婚前装作奴才的样子，婚后摆出老爷的架子，这就是氓的行径。诗中揭露了一个无信义、无情感、自私自利、奸诈虚伪的男人的本性。

在诗中还创造了一个善良热情、忠厚淳朴的劳动妇女形象。她很热情，虽然出于误会，但的确曾热爱过氓，看不到氓便"泣涕涟涟"，看到了氓便"载笑载言"；她沉醉在爱情里，"不可说也"；她见到氓急不可耐，便"将子无怒"，并答应他"秋以为期"，她很淳朴，却过于天真，诚心诚意地将幸福与希望寄托在骗子身上。只由于"言笑"的"晏晏"，"信誓"的"旦旦"以及龟卜蓍筮的一点儿好兆头，便"以尔车来，以我贿迁"。出嫁之后，虽含辛茹苦，夙兴夜寐，受到百般折磨，以至"其黄而陨"，但还是爱着氓："女也不爽"；然而氓却变了："士贰其行"。她忍受着贫困和虐待，精神受到侮辱，自尊心受到损伤，又不能从兄弟那里得到安慰，相反的还不时听到风言风语。这种状况激发她对自己发出"不思其反"的感伤，对男人引起"二三其德"的蔑视。这是忠厚女人的感伤："躬自悼矣"；这是善良女人的蔑视："士也罔极"。在感伤蔑视的推动下，她咬定牙根，站立起来："反是不思，亦已焉哉！"这是对恶人的指斥，对恶德败行的揭发，这是一种斗争情绪的表现。通过这一形象，反映了私有制度特别是封建制度对妇女的侮辱和损害，反映了妇女特别是劳动妇女的悲惨命运，从而表现了人民反抗压迫的意志。

《氓》是一首弃妇的诗，描写了弃妇与负心男子从订婚、迎娶，又到遭受虐待、遗弃的经过，表达了弃妇遭受虐待与遗弃的痛苦与悲哀，同时也表达了她对"二三其德"的男子愤怒，尽管她也怀着对往事的无可奈何，但对爱情与婚姻的忠贞使她又表现出坚决的抗议和"不思其反"的决心。诗的叙述似乎沿

中国古代诗词歌赋

着事情的发展经过在安排，但写得跌宕起伏，曲折多变。有初恋的期待，有迎娶的欢乐，有遭虐待的痛苦，有被遗弃的悲哀，更有不堪回首的叹息。其中又暗用对比，用前后的变化来表现男女主人公的性格。清人马瑞辰在《毛诗传笺通释》中写道："氓为盲昧无知之称。《诗》当与男子不相识之初则称氓；约与婚姻则称子，子者男子美称也，嫁则称士，士则夫也。"而且选作意象的事物，既比喻得贴切、生动，也在暗示着情感事态的脉络。初婚之时桑"其叶沃若"，遭遇遗弃之时，则"其黄而陨"。读来自有神韵。

《诗经》中出现了大量的弃妇诗，如《邶风·柏舟》《邶风·日月》《邶风·谷风》《卫风·氓》《王风·中谷有蓷》《小雅·我行其野》等篇章。这些被遗弃的妇女有的是平民女子，有的是贵族公主，甚至还有被废黜的王后。这些诗或言遭弃之苦，或诉丈夫无情，凄凄楚楚哀婉动人。

五、农事与战争徭役诗

（一）农奴生活的长轴画《七月》

《七月》是《豳风》中的杰作。豳在今陕西旬邑和彬县一带，是周的祖先公刘率领族人由邰(今陕西武功西南)迁居至此而开发的。《豳风》就是这一地区的诗，共七篇，都产生于西周，是"国风"中最早的诗。周是重视农业的民族，豳诗大多有务农的地方色彩。但这首诗历来受到重视的主要原因，不在于它体现了《豳诗》的特点，而在于它以连续性的画面，具体全面地描绘了三千年前我国农奴的生活和劳动，真实反映了周代奴隶社会阶级对立的本质。

《七月》是"国风"中最长的一首诗。全诗八十八句，分为八章，以时间为顺序，逐月叙述了农奴们一年到头的繁重劳动和无衣无食的悲惨生活。

全诗可分为两大部分，前四章叙述农奴们的农桑田猎劳动，后三章叙述农奴们的杂务劳动，第五章为两部分间的过渡。以劳动贯穿全诗始终，从衣、食、住三个方面把农奴和农奴主的生活作了对比。

这首诗有如画幅中的长卷，比较完整地展现出奴隶制社会的全景。它深刻地揭示出奴隶们沉重的劳动负担，受凌辱的地位，贫困的生活，悲惨的命运。男奴隶从年初便整治农具下田，在田官监督下劳动。到了粮食归仓，一年农事完了，还要为奴隶主做家内劳务，白天打草，夜里搓绳子，给奴隶主修缮房屋。冬季还要打猎，为奴隶主提供毛皮与肉食，此外还有酿酒、凿冰等等。总之，奴隶主生活所需的一切，都由奴隶劳动承担。女奴隶呢？春天采桑养蚕，秋天纺绩织作，还随时有被贵族胁迫、糟蹋的危险。奴隶们承担了全部劳务，生活却困苦异常。寒冬腊月没有衣穿，吃的是苦菜，烧的是臭椿，住的是不蔽风寒的破陋房屋，要用泥巴涂上门窗才能勉强过冬。奴隶主贵族则完全是另一种景象。他们一切坐享其成，奢华异常。夏衣是鲜丽的织物，冬衣是狐貉等皮毛，住的是防风耐寒的房屋。他们饮酒食肉，祭祀宴享，祈求多福和长寿，还随意蹂躏女奴，发泄兽欲。这是多么鲜明的对比！

《七月》具有落尽芳华的古朴平淡风格。全诗似一农奴在低声吟唱自己的苦难生活：无穷无尽的劳作，不能温饱的生活，无人身自由的忧惧，精神上受蹂躏的辛酸。一词一句，一景一物，一情一事，都从他胸中溢出，是那么的自然流畅，不假思索，没有夸饰。诗人寓鲜明倾向于事实叙述中，这种生活真实具有铁一般的力量，有着无可争辩的逻辑性，它不可辩驳地证明了奴隶社会的残酷不合理，也透露了农奴的朦胧觉醒和不满。这种古朴平淡的特点使诗篇产生了感人至深的力量。

（二）战争徭役诗

以战争与徭役为主要题材的叙事和抒情诗称为战争徭役诗，这类诗大概有三十首。战争与徭役在作品中一般被称为"王事"："王事靡盬，不遑启处"（《小雅·采薇》），"王事靡盬，不能艺稷黍"（《唐风·鸨羽》），"王事靡盬，忧我父母"（《小雅·北山》）。

参加战争和徭役，是周人必须履行的义务。由于周人重农尊亲，所以从总体上看，战争和徭役诗，大多表现为对战争、徭役的厌倦，含有较为浓郁的感伤思乡的意识。从而凸现了较强的周民族农业文化的心理特点。

《诗经》反映战争徭役有两种情况：

其一，对周边民族的抵御与进攻（积极防御）。自西周建国，不断受到外来侵扰，北方的狁（戎狄），东南的徐戎、淮夷，南方的荆楚等部族尚处于游牧阶段，未踏入文明之门，文化水准的差异及对子女财帛的垂涎，使他们对农业为主体的较为富庶的周民族发动进攻，于是就有了战争诗。周人创造的是农业文明，周人热爱和平稳定的农业生活环境。因此，更多的战争诗表现出对战争的厌倦和对和平的向往，充满忧伤的情绪。如《小雅·采薇》是出征狁的士兵在归途中所赋。北方狁侵犯周朝，士兵为保家卫国而出征。作者疾呼"靡室靡家，玁狁之故"，说明其所怨恨者是玁狁而非周天子。诗人对侵犯者充满了愤怒，诗篇中洋溢着战胜侵犯者的激越情感，但同时又对久戍不归，久战不休充满厌倦，对自身遭际无限哀伤。

其二，对内镇压叛乱。武王灭殷之后，囚禁商纣王的儿子武庚于殷国，并让管叔、蔡叔、霍叔监督武庚。武王死后，周公当政，武庚、管叔和蔡叔及徐国、奄国相继背叛，周公率兵东征。经历了三年的激战，最后平定了叛乱。《豳风·东山》反映的就是士卒的厌战情绪。出征三年后的士兵，在归家的途中悲喜交加，想象着家乡的景况和回家后的心情。"我"久征不归，现在终于脱

下戎装，穿上平民的衣服，再不要行军打仗了。归家途中，触目所见，是战后萧索破败的景象，田园荒芜，土鳖、蜘蛛满屋盘旋，麋鹿游荡，萤火虫闪烁飞动，但这样的景象并不可怕，更令人感到痛苦的，是家中的妻子独守空房，盼望着"我"的归来。遥想当年新婚时，喜气洋洋，热闹美好的情景，久别后的重逢，也许比新婚更加美好。这里既有对归家后与亲人团聚的幸福憧憬，也有前途未卜的担忧，整首诗把现实和诗人的想象、回忆结合在一起，极为细腻地抒写了"我"的兴奋、伤感、欢欣、忧虑等心理活动。诗人对战争的厌倦和对和平生活的向往，得到了充分的体现。

《君子于役》也是以徭役和战争为题材，写一个妇女思念在外服徭役的丈夫。全诗分为两章。

诗中写这位妇女的心理非常细致真实，她看到羊牛归来，自然会联想到久役不归的丈夫，她极力抑制这种思念之情——"君子于役，不知其期"，思念也无济于事，不如不去思念。但这又怎能做得到呢？她是那样爱着自己的丈夫，时刻都在惦记着他。最后，在无可奈何之中，她只能以"苟无饥渴"来寄托自己对丈夫的深情。这首诗风格细腻委婉，诗中没有一个"怨"字，而句句写的都是"怨"，它从一个侧面写出了繁重的徭役给千百个家庭带来的痛苦。

诗中主要运用"赋"的手法，语言本色质朴。仅用"鸡栖于埘，日之夕矣，羊牛下来"这十二个字，就勾画出一幅典型的农村晚景图，画面中充满了恬静的气氛，以此来反衬女主人公的心情，是很耐人寻味的。

这首诗反映了西周晚期和周室东迁以后社会动荡不安的状况。战争频仍，徭役繁重，丁壮被迫长期在外从事征役，不能跟家人团聚，土地无人耕种，民不聊生。这种状况是由"刑政之苛"（《毛诗序》）造成的，人民对此极为不满，所以用诗歌的形式来抒发他们对统治阶级的怨恨以及内心的悲伤，也表达了对和平劳动生活的向往。前人说"国风刺多于美"，由此便可以看出，这类"刺诗"的产生有着深刻的社会根源。

六、《诗经》的情感和思想

《诗经》是西周到春秋时代各社会阶层社会生活的反映，是民俗风情和个体情感交相辉映的历史画卷。我们可以通过它认识到数千载以前的先民的荣誉、期待、焦虑和种种的喜怒哀乐，聆听到来自远古的千回百转的袅袅余韵。

（一）《诗经》中的黍离之悲

《诗经·王风·黍离》采于民间，是周代社会生活中的民间歌谣，基本产生于西周初叶至春秋中叶，距今三千年左右。作者不可考。诗作于西周灭亡后：一位周朝士大夫路过旧都，见昔日宫殿已夷为平地，种上庄稼。他不胜感慨，写下了这篇哀婉悲伤的诗。

> 彼黍离离，彼稷之苗。
>
> 行迈靡靡，中心摇摇。
>
> 知我者，谓我心忧；
>
> 不知我者，谓我何求。
>
> 悠悠苍天，此何人哉？
>
> 彼黍离离，彼稷之穗。
>
> 行迈靡靡，中心如醉。
>
> 知我者，谓我心忧；
>
> 不知我者，谓我何求。
>
> 悠悠苍天，此何人哉？
>
> 彼黍离离，彼稷之实。
>
> 行迈靡靡，中心如噎。
>
> 知我者，谓我心忧；
>
> 不知我者，谓我何求。
>
> 悠悠苍天，此何人哉？

全诗共三章，每章十句。表达了对国家昔盛今衰的痛惜伤感之情。从诗的字面看，

三章的内容简洁明了：诗人在茂密成行的黍稷之间徘徊，便情不自禁忧伤起来，而且伴随着黍稷的成长（出苗——成穗——结实），那股伤感越来越浓（中心摇摇——中心如醉——中心如噎）郁积在诗人的心里无处宣泄，不得不仰望苍穹，一声长叹："悠悠苍天，此何人哉？""三章只换六字，而一往情深，低回无限"（方玉润《诗经原始》）。

关于《黍离》一诗的主旨，历来争议颇多。近人读诗，比较有代表性的有郭沫若在《中国古代社会研究》中将其定为旧家贵族悲伤自己的破产而作，余冠英则在《诗经雪》中认为当是流浪者诉述忧思，还有蓝菊荪的爱国志士忧国

怨战说（《诗经国风今译》），程俊英的难舍家园说（《诗经译注》）等。说法虽多，诗中所蕴含的那份因时世变迁所引起的忧思是无可争辩的，虽然从诗本文中无法确见其具体背景，但其显示的沧桑感带给读者的心灵震撼是值得细加体味的。另一方面，从诗教角度视之，正因其为大夫闵宗周之作，故得列于《王风》之首，此为诗说正统。

诗首章写诗人行役至宗周，过访故宗庙宫室时，所见一片葱绿，当年的繁盛不见了，昔日的奢华也不见了，就连刚刚经历的战火也难觅印痕了，看哪，那绿油油的一片是黍在盛长，还有那稷苗凄凄。"一切景语皆情语也"（王国维《人间词话》），黍稷之苗本无情意，但在诗人眼中，却是勾起无限愁思的引子，于是他缓步行走在荒凉的小路上，不禁心旌摇摇，充满怅惘。怅惘尚能承受，令人不堪的是这种忧思不能被理解，"知我者，谓我心忧；不知我者，谓我何求"。这是众人皆醉我独醒的尴尬，这是心智高于常人者的悲哀。这种大悲哀诉诸人间是难得回应的，只能质之于天："悠悠苍天，此何人哉？"苍天自然也无回应，此时诗人郁闷和忧思便又加深一层。

第二章和第三章，基本场景未变，但"稷苗"已成"稷穗"和"稷实"。稷黍成长的过程颇有象征意味，与此相随的是诗人从"中心摇摇"到"如醉""如噎"的深化。而每章后半部分的感叹和呼号虽然在形式上完全一样，但在一次次反复中加深了沉郁之气。难怪此后历次朝代更迭过程中都有人吟唱着《黍离》诗而泪水涟涟。从曹植唱《情诗》到向秀赋《思旧》，从刘禹锡的《乌衣巷》到姜夔的《扬州慢》，无不体现这种情感的深沉。

中国古代诗词歌赋

（二）爱国精神——许穆夫人的《载驰》

爱国思想是中华之魂。历来无数古今作家书写了无数爱国诗篇，爱国思想也便成了文学的主题之一。在《诗经》中它也是最突出的主题之一。许穆夫人的诗《竹竿》《泉水》《载驰》就饱含着强烈的爱国主义思想情感。许穆夫人是我国见于记载的第一位爱国女诗人。

许穆夫人是卫宣公之子姬顽(昭伯)之女，卫国君主卫懿公的异母妹妹。春秋之际，诸侯林立，卫国在当时是一个中等诸侯国，位于黄河中下游地区，首邑是商朝的朝歌。许穆夫人在少女时代就深为祖国的安危而担忧，思索着如何为保家卫国作出贡献。许穆夫人长得貌美多姿，许、齐两诸侯国都派使者前来求婚。诸侯各国之间的通婚联姻是一种政治行为，带有亲善和结盟的性质。在许国重礼的打动下，父母决定把她嫁给许国国君许穆公为妻。许穆夫人的称呼就是由此而来的。

卫国国君卫懿公是个沉醉于声色狗马之中的昏君。他特别喜欢养鹤，在宫苑中供养了成群的白鹤，为了供养这群白鹤，还额外向百姓征收"鹤捐"，激起卫国国民的强烈不满。卫国在卫懿公的治理下，国力每况愈下，一天天衰败下来。弱肉强食，北方狄族看到卫国岌岌可危，便于公元前660年，发动了对卫国的入侵。卫懿公征调民众抵抗，老百姓不愿为他效命。军队的将士不肯为他卖命出征，致使狄兵侵犯时如入无人之境，卫国很快被灭亡了。卫懿公死于乱军之中，国民遭到大批杀戮，都城被洗劫一空。难民渡过黄河，逃到南岸的漕邑(今河南省滑县)。

许穆夫人嫁到许国后，一直怀念着卫国。当她听到卫国国破君亡的噩耗之后，痛彻肺腑。她去请求许穆公援救卫国，可许穆公胆小如鼠，怕引火烧身，不敢出兵。许穆夫人不甘袖手旁观，置之不理，经过反复考虑，她带领当初随嫁到许国的几位姬姓姐妹，亲自赶赴漕邑，与逃到那里的卫国宫室和刚被拥立的戴公(许穆夫人的哥哥)相见商议复国之策。就在此时，许国大臣接踵而来，对许穆夫人大加抱怨，指责她抛头露面有失体统，企图把许穆夫人

拦截回来。许穆夫人坚信自己的主张是无可指责的，她决不反悔。面对许国的大臣的无礼行为，她怒不可遏，义正词严地斥责道："既不我嘉，不能旋反。视尔不臧，我思不远。既不我嘉，不能旋济。视尔不臧，我思不。"(《载驰》)意思是，即使你们都说我不好，说我渡济水返卫国不对，也断难使我改变初衷。比起你们那些不高明的主张，我的眼光要远大得多，我的思国之心是禁锢不住的。许穆夫人拯救卫国的决心不可改变。

不久，戴公病殁，卫人从齐国迎回公子毁(许穆夫人的另一哥哥)，即卫文公。卫国得到了齐桓公的支持，齐桓公派兵戍漕邑，又派出自己的儿子无亏率兵三千、战车三百辆前往卫国。同时，宋、许等国也派人参战，打退了狄兵，收复了失地。从此，卫国出现了转机，两年后，卫国在楚丘重建都城，恢复了它在诸侯国中的地位，一直延续了四百多年之久。

而半路上，夫人被许国的大夫追上被迫返回后，对此十分愤怒，作了《载驰》一诗，痛斥了许国那些鼠目寸光的庸官俗吏，表达了一个女子热爱祖国、拯救祖国的坚定信念。

全诗六章二十八句。前三章是指责许国人对她的阻拦。诗人在一开头就把自己急忙赶路回卫的情况写了出来："载驰载驱，归唁卫侯。驱马悠悠，言至于漕。"紧接着写道，许国大夫赶来阻止她回卫，但她还是一心要回，并指责和反驳许人说："女子善怀，亦各有行。许人尤之，众稚且狂。"意思是说不要说女子的多愁善感，也是各人有各人的志愿。许国人对我指责埋怨，他们其实是幼稚疯癫。许穆夫人坚持走自己的路，她相信会有大国来援救的。于是大声疾呼："我行其野，芃芃其麦。控于大邦，谁因谁极?"就是说，我奔走在祖国的郊原，绿油油的一片麦田，我把困难向大国诉说，谁和我相亲就快来求援。一个为了拯救祖国奔走呼号的爱国女英雄的形象跃然纸上。诗的语言生动，感情真挚，形象鲜明，充分表现了诗人拳拳爱国之心和坚强果断的意志。

全诗表达了许穆夫人强烈的爱国精神，其中第二章更是表达她不顾礼法的限制、坚决返卫的决心。

> 既不我嘉，不能旋反。
> 视尔不臧，我思不远。
> 既不我嘉，不能旋济。
> 视尔不臧，我思不闷。

这种行动的思想基础，就是对卫国的热爱。许穆夫人的这种爱国精神，也已汇入中国文学的爱国主义传统的长河之中，成为一朵最为耀眼而美丽的浪花。

（三）怀归念远的思乡情

农业生产培养了周人安土重迁，充满家园之恋的乡土感情。每逢战争、劳役、灾祸迫使他们不得不远离故土家园与亲人相分相离的时候，怀归念远的思乡情就油然而生了。

《诗经》中不少行役诗都表达了这方面的感情。《唐风·鸨羽》："肃肃鸨羽，集于苞栩。王事靡盬，不能艺稷黍。父母何怙？悠悠苍天，曷其有所？"公差没完没了，回归无期，田园荒废，土地没人种，父母无以为生，使他感到难言的痛苦。

《小雅·黄鸟》也是一首思归之歌。一个迁往他乡的人，人地生疏，觉得生活中缺少温暖，处处得不到理解和照顾，急切地想回到自己的家乡和父老乡亲中去："黄鸟黄鸟，无集于穀，无啄我粟。此邦之人，不我肯穀。言旋言归，复我邦族。"下二章又说："此邦之人，不可与明。言旋言归，复我诸兄。……此邦之人，不可与处。言旋言归，复我诸父。"这种由农业社会和宗族意识所培养起来的爱故土，重亲情，也会很自然地升华为爱邦国之情，一旦国家危难或受到侵犯，也就会出现像《鄘风·载驰》《秦风·无衣》那样的充满爱国激情的诗篇。我国文学中的爱国主义主题，正是从《诗经》开始，而后形成了重要传统。

以农业文明和血缘关系为纽带的周人，特别重视伦理亲情，这在《诗经》中处处可见。如前面所讲到的《鸨羽》一诗，那位远离家乡的役夫，他在思归时所想到的，首先是他的父母无人照顾，使他万分痛楚的是不能尽人子的赡养之责。其他行役诗中所表达的也多是这种心情，如《小雅·杕杜》："陟彼北山，言采其杞。王事靡盬，忧我父母。"《四牡》："翩翩者鵻，载飞载下，集于苞栩。王事靡盬，不遑将（养）父。"再说"王事靡盬，不遑将母"，又说"岂不怀归？是用作歌，将母来谂（念）"。书

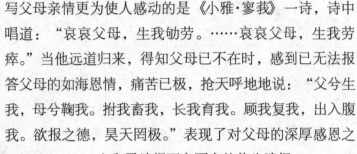

写父母亲情更为使人感动的是《小雅·蓼莪》一诗，诗中唱道："哀哀父母，生我劬劳。……哀哀父母，生我劳瘁。"当他远道归来，得知父母已不在时，感到已无法报答父母的如海恩情，痛苦已极，抢天呼地地说："父兮生我，母兮鞠我。拊我畜我，长我育我。顾我复我，出入腹我。欲报之德，昊天罔极。"表现了对父母的深厚感恩之心和子欲报而亲不在的终生遗恨。

写夫妻情深，偕老相爱的，如"宜言饮酒，与子偕老。琴瑟在御，莫不静好"（《郑风·女曰鸡鸣》）。一旦别离，则陷入相思："采采卷耳，不盈顷筐。嗟我怀人，寘彼周行。"（《周南·卷耳》）"自伯之东，首如飞蓬。岂无膏沐？谁适为容！"（《卫风·伯兮》）"瞻彼日月，悠悠我思。道之云远，曷云能来？"（《邶风·雄雉》）妻子不幸去世，丈夫睹物怀人，忧伤中不住念叨着妻子在世时种种好处："绿兮丝兮，女所治兮。我思古（故）人，俾无兮。"说妻子曾亲手为我染丝治衣，遇事规劝使我少过错。"心之忧矣，曷维其亡！"（《邶风·绿衣》）面对残酷的现实，他简直不能接受。丈夫亡故，妻子临穴而泣，更是痛不欲生："葛生蒙楚，蔹蔓于野。予美亡此，谁与？独处。……冬之夜，夏之日，百岁之后，归于其室。"（《唐风·葛生》）

女子远嫁，兄长远送，以至"瞻望弗及，泣涕如雨"（《邶风·燕燕》）。朋友远行，献上最好的祝愿："二子乘舟，泛泛其逝。愿言思子，不瑕有害。"（《邶风·二子乘舟》）对父母孝敬，夫妻恩笃，对骨肉亲朋的友爱、关怀，这些充溢着美好的、善良的伦理情思的诗篇，正体现了我们民族特有的社会心理和素质，在塑造民族传统上起着极为重要的作用。

中国古代诗词歌赋

七、《诗经》的特色和地位影响

（一）特色

《诗经》深刻反映了西周初年至春秋中叶社会的各个方面，政治、经济、军事、宗教、文化和世态人情等等。其关注现实、抒发现实生活情感的创作态度使其具有强烈深厚的艺术魅力。其形式体裁、语言技巧、艺术形象、表现手法都显示出艺术上的巨大成就，对于后代文学创作产生了深远影响。

1. 现实主义精神

《诗经》的最大特色是在诗歌创作上奠定了现实主义的优良传统。其中的大量诗篇，尤其二"雅"和"国风"的诗歌反映人间世界和日常生活、日常经验、歌唱劳动和爱情、描写被压迫阶级的困苦生活、讽刺和批判黑暗的政治、质疑和反抗神权等等，都体现出鲜明的现实性特征。如《七月》《东山》《采薇》《伐檀》《硕鼠》《黄鸟》《何草不黄》《伯兮》《氓》等都是思想性和艺术性高度结合的优秀诗篇，它们反映现实、关注社会政治与道德、批判统治阶层中的腐败现象，具有显著的政治道德色彩。《诗经》关注现实的热情、强烈的政治和道德意识、真诚积极的人生态度，被后人称作"风雅精神"，直接影响了后代的中国诗歌乃至其他文学样式的创作。后世的诗文革新往往推举"风雅精神"为旗帜，如陈子昂、李白（"大雅久不作，吾衰竟谁陈"）、杜甫（"别裁伪体亲风雅"）、白居易（"风雅比兴外，未尝著空文"），宋代理学家将自己的诗作称为濂洛风雅。

2. 以抒情言志为主流，奠定了中国诗歌乃至文学以抒情传统为主的发展方向

抒情言志诗成为我国诗歌的主要形式。《诗经》的抒情诗在表现个人感情时总体上比较克制因而显得平和。像《相鼠》《巷伯》这样态度激烈的诗歌很少。大多"发乎情而止乎礼"，委婉曲折，细致隽永，表现出含蓄蕴藉的特征。

3. 《诗经》的形式基本句式以四言为主，间或有二言

至九言的各种句式

四言为二节拍，节奏感强，韵律整齐。《诗经》韵律和美，"动乎天机，不费雕刻"，在自然和谐的音声中形成诗歌的初步韵律，为后世所取法。有的首句次句连用韵，隔三句而于第四句用韵，如《关雎》首章；有的一起即隔句用韵，如《卷耳》；有的通篇用韵，如《考槃》《月出》。

篇章结构上用重章叠句。重章，整篇中用同一诗章，只变换少数几个词，来表现动作的进程和情感变化，如《周南·芣苢》。叠句，在不同诗章中叠用相同诗句，如《豳风·东山》；或在同一诗章中叠用相同或相近诗句，如《周南·汉广》。重章叠句使诗歌可以围绕同一旋律反复吟唱，回环往复，在意义表达和修辞上有很好效果。

为了增加诗歌音律和修辞美，《诗经》还采用双声叠韵的连绵词和叠字等形式，表达细致曲折的感情和自然界美丽的形象，使诗歌在吟咏演唱时音节舒缓悠扬。如《关雎》，关关是叠字，窈窕是叠韵，参差是双声；《卷耳》中，采采是叠字，顷筐、高岗、玄黄是双声，崔嵬、虺隤是叠韵。

《诗经》语言形式形象生动，丰富多彩，以少总多，情貌无遗。"国风"对语气助词的驱遣妙用更增强了诗歌的形象性和生动性。

这些修辞手法的运用使《诗经》语言的表现力极强。刘勰《文心雕龙·物色》："是以诗人感物，联类不穷。流连万象之际，沉吟视听之区。写气图貌，既随物以宛转；属采附声，亦与心而徘徊。故灼灼状桃花之鲜，依依尽杨柳之貌，杲杲为日出之容，瀌瀌拟雨雪之状，喈喈逐黄鸟之声，喓喓学草虫之韵。皎日嘒星，一言穷理；参差沃若，两字穷形，并以少总多，情貌无遗矣。"

4.《诗经》的表现手法：赋、比、兴

所谓赋，用朱熹《诗集传》解释即"敷陈其事而直言之"，即铺陈直叙，诗人将思想感情及其有关事物平铺直叙表达出来，包括一般陈述和铺排。如《七月》用铺排手法叙述农夫一年十二月的生活，大小雅中的史诗多用铺陈。

比，"以彼物比此物"，即打比方、打比喻。如《豳风·鸱鸮》《魏风·硕鼠》《小雅·鹤鸣》等通篇用比表达感情。诗中部分用比喻的，如《氓》用桑树从繁茂到凋落比喻爱情的盛衰；《硕人》用柔荑喻美人之手，凝脂喻美人之肤，瓠犀喻美人之齿等等。

兴，"先言他物以引起所咏之词"，触物兴词，由于客观事物的触发而引起

（左侧竖排）中国古代诗词歌赋

诗人情感的波动，大多为诗歌发端。兴是《诗经》中独特的手法，其运用比较复杂。兴本义为起，即发端，用于诗的开头，与下文并无意义关联，如《秦风·晨风》"彼晨风，郁彼北林"与下文"未见君子，忧心钦钦"，《小雅·鸳鸯》"鸳鸯在梁，戢其左翼。君子万年，宜其遐福"，前两句与后两句之间并无意义联系，只是在开头协调音韵，引起下文。这种起兴是《诗经》中比较简单的兴句。而大量兴句则兼有比喻、象征、烘托的实在意义。如《关雎》开头"关关雎鸠，在河之洲"，借眼前景物以兴起下文"窈窕淑女，君子好逑"。《桃夭》开头"桃之夭夭，灼灼其华"，写春天桃花开放的美丽氛围，既是写实，又喻新娘美貌，同时烘托婚礼的热烈气氛。总之，《诗经》中的兴，很多都是含有喻义、引起联想的画面。兴中有比，比中有兴。所以后世往往比兴合称，用来指通过联想和想象寄寓思想感情于形象之中的创作手法。

兴与比的区别在于：兴多在发端，总在所咏之物的前面，极少在篇中；比是以彼物比此物，兴含比义时，可以反衬；兴是先见一种景物触动心中之事或思感，比则先有本事或思感，然后找一事物作比喻，如"有女如玉"；比可以是局部的，如"手如柔荑，肤如凝脂"，兴为全章烘托主题、渲染气氛，如《关雎》开始起兴即烘托出君子求淑女的主题。

《诗经》中运用赋、比、兴三种手法，共同创造艺术形象、抒发情感，有的作品已达到情景交融、物我相谐的艺术境界，对后世诗歌意境的创造有直接的启发，如《秦风·蒹葭》。《诗经》的表现手法为后代作家提供了学习典范。汉赋中铺陈的大量运用，乐府叙事诗中的铺陈，后代小说的铺陈等无不导源于《诗经》。而比兴作为中国诗歌的形象思维或有所寄托的艺术表现形式，为后人广泛继承和发挥，如屈原香草美人的比喻，汉乐府、古诗以及后代富于兴象、兴寄作品的大量出现等。比兴手法的运用形成我国古典诗歌含蓄蕴藉、韵味无穷的艺术特点。

（二）地位影响

《诗经》在春秋之后，在儒家的努力下，成为中国文化的神圣经典，对两千多年的中国士人的政治品格、人伦修养、生活情志有着深远的影响。因此，它在中国文化史上有着十分重要的地位。就文学而言，《诗经》有着积极深广的现实精神，它促成、培养了中国文学关怀人生、关心社会这一伟大的特点，是中国文学的现实主义的开山之祖。《诗经》无论是在美学风格、创作手法和艺术技巧方面，都取得了丰厚而精湛的成就，成为世世代代诗人学习诗艺的源头活水。《诗经》是上古文化和民族精神相结合的产物，是上古人民的丰富智慧和真情实感相辉映的结晶，是中国文学史上伟大的典范。

《诗经》对后世文学的影响是深远而多方面的。主要有以下几个方面：

首先，《诗经》创立了中国文学史的"风雅"传统。所谓"风雅"，既指执著于人生、立足现实的诗歌内容，也指委婉迂曲、温柔敦厚的诗歌风格。司马迁说："国风好色而不淫，小雅怨诽而不乱。"（《史记·屈原贾生列传》）就说明了《诗经》即事抒情、诗以言志的内容，以及既执著不懈又不过分耽溺情感的精神状态。它鼓励了诗人积极用世，"感于哀乐，缘事而发"，而反对沉湎于绝对个人的世界里。这与儒家所提倡的伦理风范相吻合，因此被儒家奉为经典，从而深深地感染了后世士大夫的诗歌观念和诗歌情怀。在《诗经》的影响下，诗歌在很大程度上成为中国传统文人表达自己的政治态度、抒泄社会情感的一种主要途径。这就是孔子所谓"诗，可以兴，可以观，可以群，可以怨"（《论语·阳货》）的主旨。这使得中国传统文人在本质上人人都成为诗人，使得诗歌成为文人生活中不可缺少的一部分，从而极大地促进了诗歌的发展，也引导了诗歌对现实人生的深刻关注。在《诗经》的现实精神影响下，后世文人常在理论和实际中自觉抵制个人趣味，抵制诗歌中的形式主义倾向。自唐以后，历朝历代都有以"风雅"为主旨的诗歌革新运动，并产生较大的社会影响。"风雅"在传统文化里成为评价诗歌的最高标准。如中国古代文学史上两位最伟大的诗人李白和杜甫，都曾表达过对"风雅"的向往。李白说："大雅久不作，吾衰竟谁陈。"（《古风》其一）杜甫说："别裁伪体亲风雅。"（《戏为六绝句》其六）而且，杜甫之所以被称为最伟大的诗人，在古人看来，就是因为他的诗歌最为典型地体现了"风雅"的诗歌理想。

其次，"比兴"作为《诗经》最为突出的艺术手段，对中国诗歌技巧有着很大的影响。诗人们追求"言在耳目之内，情寄八荒之表"的比兴境界，从而从多方面发展了诗歌的比兴手法。除此之外，"比兴"还和寄托联为一体，称为"兴寄"，被赋予特别的含义。"兴寄"在修辞或艺术手法之外，还指这些艺

中国古代诗词歌赋

术手法中所包含的讽喻现实政治的内涵。一味追求诗歌技巧，而忽视了诗歌思想内容的诗歌，就会受到指责。如唐陈子昂说"齐梁间诗，彩丽竞繁，而兴寄都绝"（《与东方左史虬修竹篇序》）。"比兴"要求并鼓励诗人要有自觉的政治批评意识，并通过委婉敦厚的手法将自己的政治态度表露出来。同样，在理解诗歌时，也要求读者能通过对意象的类推，进而理解诗歌中所包含的政治讽喻意味。这种比兴寄托的方法在很大程度上影响中国传统诗学思维，尤其是对政治抒情诗和诗学理论的影响尤为显著。

最后，《诗经》的体制和修辞手法也为后世诗人所继承、发展。《诗经》在形成过程中的采诗制度在后世也多次被重新采用。如汉代就设置了乐府机构，采集制作配乐协律的"歌诗"，用于宫廷礼乐，也用于观知民风。汉乐府诗就是在这一制度下被保存的，当然，被同时保存的还有民间歌谣中的直面现实的精神。唐代诗人的新乐府运动至少也表达了对这一理想制度的信任和期待。《诗经》四言体的形式在后世诗歌中不再占有主导地位，但在汉初的郊庙歌辞以及曹操、嵇康和东晋的很多诗人的诗歌中，四言体制得到了一定的发展。尤其是曹操以质朴而不失典雅的语言和慷慨悲凉的真实情感，赋予四言诗以新的生命。曹操在诗中还经常引用《诗经》成句，显示了他对《诗经》的有意学习和继承。其他如押韵形式、修辞技巧等，我们从后世诗歌中也往往能看到《诗经》的痕迹。

（三）《诗经》名句

关关雎鸠，在河之洲。窈窕淑女，君子好逑。（《周南·关雎》）

译：鱼鹰和鸣咕咕唱，在那河中沙洲上。美丽善良的姑娘，正是君子好对象。

蒹葭苍苍，白露为霜。所谓伊人，在水一方。（《秦风·蒹葭》）

译：河边芦苇青苍苍，晶莹露珠结成霜。所恋的那个心上人，正在河水那一方。

桃之夭夭，灼灼其华。（《周南·桃夭》）

译：桃树蓓蕾缀满枝杈，鲜艳明丽一树桃花。

巧笑倩兮，美目盼兮。（《卫风·硕人》）

译：浅笑盈盈酒窝俏，黑白分明眼波妙。

知我者，谓我心忧；不知我者，谓我何求。悠悠苍天，此何人哉？（《王风·黍离》）

译：了解我的人，说我心中忧愁；不了解

古代诗歌总集——《诗经》

我的人，说我有什么奢求。高远的苍天啊，是谁把国家害成这样？

青青子衿,悠悠我心。（《郑风·子衿》）

译：你衣领颜色青青，日日思念在我心。

昔我往矣,杨柳依依。今我来思,雨雪霏霏。（《小雅·采薇》）

译：当初离家去前方，杨柳飘扬春风荡。如今归来奔家乡，雪花纷飞漫天扬。

风雨如晦,鸡鸣不已。既见君子,云胡不喜！（《郑风·风雨》）

译：风雨晦暗秋夜长，鸡鸣声不停息。看到你来这里，还有什么不高兴呢！

有匪君子,如切如磋,如琢如磨。《卫风·淇奥》)

译：这个文雅的君子，如琢骨角器一般，如雕玉石般完美无瑕。

言者无罪,闻者足戒。（《周南·关雎·序》）

译：提意见的人只要是善意的，即使提得不正确，也是无罪的。听取意见的人即使没有对方所提的缺点错误，也值得引以为戒。

它山之石,可以攻玉。（《小雅·鹤鸣》）

译：其他山上的顽石，可把玉器来磨制。

投我以木桃,报之以琼瑶。匪报也,永以为好也。（《卫风·木瓜》）

译：你送我木桃，我就以琼浆玉液报答。这不能算报答，是为了能永结为好啊。

（注：《木瓜》是用于表达男女爱慕之情的。）

靡不有初,鲜克有终。（《大雅·荡》）

译：开始还能有些法度，可惜很少能得善终。

呦呦鹿鸣,食野之苹。我有嘉宾,鼓瑟吹笙。（《小雅·鹿鸣》）

译：野鹿呦呦叫着呼唤同伴，在那野外吃艾蒿。我有许多好的宾客，鼓瑟吹笙邀请他。

月月出皎兮,佼人僚兮。（《陈风·月出》）

译：月亮出来，如此洁白光明，璀璨佳人，如此美貌动人。

硕鼠硕鼠,无食我黍。三岁贯女,莫我肯顾。逝将去女,适彼乐土。（《魏风·硕鼠》）

译：老鼠老鼠，别再吃我的黍。多年侍奉你，可从不把我顾。发誓要离开你，到那舒心地。

屈原与楚辞

楚辞，其本义是指楚地的言辞，后来逐渐固定为两种含义：一是诗歌的体裁，一是诗歌总集的名称。从诗歌体裁上来说，它是战国后期以屈原为代表的诗人，在楚国民歌基础上开创的一种新诗体。作品运用楚地（今两湖一带）的文学样式、方言声韵，叙写楚地的山川人物、历史风情，具有浓厚的地方特色。另外，由于屈原的《离骚》是楚辞的代表作，所以楚辞又被称为"骚"或"骚体"。

一、历尽沧桑的传奇一生

屈原（公元前 340- 公元前 278 年），伟大的浪漫主义诗人。战国时期楚国人，名平，字灵均。他出生于楚国贵族家庭，本和楚王同姓，姓熊，相传是祝融氏的后裔。屈是他的氏，过去姓和氏是分开的，后来才合而为一，所以现在说他的姓氏是屈姓。他的祖籍是楚国丹阳，也就是现在湖北省秭归县境内。秭归位于长江北岸的卧牛山麓，四周城墙环绕，形似一个倾斜的葫芦，具有浓厚的古典建筑风格，故有"葫芦城"之称。又因城墙均由石头叠砌而成，又叫"石头城"。汉代始设县，唐朝时曾设立归州，1912 年改归州县，1914 年改为秭归县，一直沿用至今。

传说秭归县名由屈原而来。屈原有个姐姐，屈原被流放前，她曾特地赶回来宽慰弟弟，其情其景，感人至深。后人为表达对这位贤惠的姐姐的敬意，将县名改为"姊归"，后演变为现在的"秭归"。秭归与香溪之间有一沙滩，传说是屈原遗体安葬处，后取名"屈原沱"。沱上有屈原祠。从唐宋以来，经数次迁址修葺，后因葛洲坝水利枢纽工程兴建，水位升高，于 1976 年修建此祠。现位于秭归城东向家坪，改名为"屈原纪念馆"。三峡工程兴建，屈原祠将再次迁建。在乐平里，有关屈原的名胜古迹和传说甚多，如香炉坪、照面井、读书洞、玉米三丘等。古人曾集为"八景"并以景名联诗一首："降龙伏虎啸天来，乡鼓岩连播鼓台。照面井寒奸亡胆，读书洞出离骚才。丘生玉米合情操，濂滴珍珠荡谷俟。锁水回龙含泽畔，三关八景胜蓬莱"。秭归还是历史悠久的柑桔之乡，屈原在他的名篇《橘颂》中，曾对橘树的形象和性格作过深刻的描写。今天，秭归已成为我国七大柑桔生产基地之一。深秋时节，满目都是柑橘林，青枝绿叶藏红果，如诗如画。在屈原的故里还有一奇值得一提。这里的耕牛不穿绳，却能听从指挥。相传屈原从楚都回家，快到家门口时，侍者挑书简的绳子断了，一老农当即把牛鼻绳解下来给他，从此以后，这里的牛就不再用牛鼻绳了。

（一）名字与众不同

屈原既然是楚王的本家，那么他和楚国的关系，当然也就不同一般了。屈氏子孙如屈重、屈完、屈到、屈建等，在楚国都曾担任过要职。到了屈原这一代，屈氏当大官的人就不多了，只有屈原和后来被秦国俘虏的大将屈丐。屈原楚辞《九章》中的《惜诵》曾说道："忽忘身之贱贫。"这就说明很可能当时他们这个贵族家庭已经衰落，已经不再是地位显赫的"公族"和"公室"了。

屈原的出生和名字的来历都具有传奇色彩，为什么这么说呢？他在《离骚》自述出身时已经给出了答案。关于出生年月日，他在《离骚》中说"摄提贞于孟陬兮，惟庚寅吾以降"。这句是说太岁星逢寅的那年正月，又是庚寅的日子，我从母体降生了。过去人都说"寅年生人"，而屈原恰好是寅年寅月寅日出生的，正好占了人的生辰。这种巧合似乎决定了他的与众不同，决定了他会有和别人不一样的人生。《离骚》中又说："皇览揆余初度兮，肇锡余以嘉名，名余曰正则兮，字余曰灵均。"意思是父亲看到屈原生辰的不凡，就给他取了一个好名字，名平，字原。平有公平的意思，世间什么最公平？当然是头上的青天了；世间什么最广阔平坦？当然是脚下的大地了。从名字我们就可以看出屈原所承担的社会责任和使命感。屈原的名字"平"则法天，"原"则法地，而他又生在人的生辰，所以他的出生和名字占了天时、地利、人和，在当时看来肯定是一个好兆头。

屈原自幼聪明，勤奋好学，可以称得上是楚国贵族中杰出的青年。他精通历史、文学与神话，洞悉各国形势和治世之道，头脑灵活，口才好。司马迁在《史记》中说他"博闻强志""娴于辞令"。屈原二十多岁就做了楚怀王的左徒，左徒比楚国的令尹只低一级，在当时已经是很大的官了。他对内和楚王讨论国家大事，发布号令，对外接待宾客，应付诸侯。楚王很信任他，还让他草拟法令，又让他出使齐国，联齐抗秦。那时的屈原身为楚国兼管内政外交的重要官员，起初还算仕途顺利。

屈原一生经历了楚威王、楚怀王、顷襄王三个时期，一个经历三朝的老臣可谓看尽了楚国的沧桑，亲眼看到了楚国从强盛走向衰落，从奄奄一息走向最终的灭亡。

屈原主要活动是在楚怀王时期。楚怀王，公元前328-公元前299年在位，二十多岁的屈原在他在位早年，因为才华出众，做了楚国的左徒。此时的屈原是受重用的，当时的楚国在战国七雄中是一个拥有强大国力的诸侯国。

当时正是群雄争霸，战争频仍的战国末期，局势相当混乱。只有楚国、秦国、齐国是具有统一天下实力的诸侯国。从当时各方面情况分析，楚国应该坚持屈原主张的联合齐国、抵抗秦国的合纵方针，然而此时的楚怀王已经不是当年的楚怀王了，他沉溺酒色，还听信郑袖、靳尚、子兰这些小人的谗言，开始疏远屈原，后来竟完全将屈原的方针置之不理。他贪图秦国的小恩小惠，武断地断绝了与齐国的联盟。孰不知正因为贪图这点小便宜，却中了秦国设下的巨大圈套。

当时的秦国很想攻打齐国，统一天下，碍于当时的六国联盟，迟迟不敢动手。后来他们打探到屈原在楚国得罪了子兰、靳尚这些大臣，并且开始遭到楚王的疏远，心想机会已经到了。大臣张仪带着金银珠宝，怀着拆散六国联盟的目的来到了楚国。

张仪到了郢都，先来拜访屈原，说起了秦国的强大和秦楚联合对双方的好处，屈原说："楚国不能改变六国联盟的主张。"张仪无奈地离开了屈原的住处。

张仪又去拜访子兰。张仪对子兰说："有了六国联盟，怀王才信任屈原，拆散了联盟，屈原就没有什么可怕了。"子兰听了，十分高兴。这样楚国的贵族就和张仪连成一气了。之后子兰又引他拜见了怀王最宠爱的王后郑袖，张仪把一双价值万金的白璧献给了郑袖。那白璧的宝光，深深吸引了王后的眼球。郑袖欣然表示，愿意帮助他们促成秦楚联盟。她们一致认为："要秦楚联合，先要拆散六国联盟；要拆散联盟，先要怀王不信任屈原。"

子兰想了一条计策：就说屈原向张仪索取贿赂，由郑袖在怀王面前透露这个风声。张仪大喜说："王后肯出力，秦楚两国联盟肯定能成功。"张仪布置妥当，就托子兰把他引见给怀王。见到怀王之后，他劝怀王绝齐联秦，还列举了很多好处。最后说道："只要大王愿意，秦王已经准备了商于地方的六百里土地献给楚国。"怀王是个贪心的人，听说不费一兵一卒，白得六百里土地，怎能不高兴呢？回到宫中，他高兴地把这件喜事告诉了郑袖。郑袖向他道喜，随即又皱起眉头："听说屈原向张仪要一双白璧未成，恐怕要反对这事呢！"怀王听了，半信半疑。

第二天，怀王摆下酒席，招待张仪。席间讨论起秦楚友好的事，屈原果然强烈反对，并与子兰、靳尚进行了激烈的争论。屈原说："放弃了六国联盟，就给了秦国可乘之机，这是关乎楚国生死存亡的事情啊！"他痛斥了张仪、子兰和靳尚，走到怀王面前大声说："大王，千万不能相信他们的花言巧语呀！张仪是秦国派来拆散联盟、孤立楚国的，万万相信不得……"看到屈原竭力反对秦楚和好，怀王想起了郑袖之前所说屈原索贿之事，再加上贪图秦国的土地，不禁怒道："难道楚国的六百里土地抵不上你一双白璧！"之后就将屈原逐出宫殿。

屈原痛心极了，站在宫门外面不忍离开，盼着怀王能醒悟过来，改变主意，以免给国家带来灾难。他一直等到晚上，看见张仪、子兰、靳尚等人笑盈盈地走出宫门，才绝望地走了。他心想："楚国啊，你又要受难啦……"

怀王和齐国断绝了邦交，拆散了联盟以后，就派人跟张仪到秦国去接收土地。将近秦都咸阳时，张仪装作喝醉了酒，在下车时跌了一跤，以跌伤腿为借口，告别了楚使，先进城去了。楚使住在客馆里，天天去见张仪，而张仪总是推腿伤未愈不能接见。一直过了三个月，张仪得到六国联盟确实已经瓦解了的消息以后，才出来接见楚使。当楚使提到交割土地时，张仪赖得一干二净。他说："我说献给楚王的，是自己的六里俸地，不是六百里，再说秦国的土地我怎么能做主随便献给人呢？"楚使有口难言，只得空手回来报告楚王。这一来，可把怀王气坏了，他凭借多年来养精蓄锐所得的充足兵粮，派出十万大军，进攻秦国。结果秦国突然改变策略与齐国联合，一起攻打楚国，楚国大败，还丧失了汉中的大片土地。此时的楚国不但因战败而丧失土地，还与六国断绝了联盟，处于孤立无援的境地。楚怀王后悔了，恨自己没相信屈原

的忠告，于是下令又召回了屈原。

此时的屈原虽然对楚怀王心存不满，但是他为了楚国的利益，把这些私人恩怨抛在脑后，担负起出使齐国与其重新建交的重任。屈原刚离开楚国，秦国就得到了这个消息。因为秦国大败楚军，所以也怕齐和楚重新建交，于是主动提出退还汉中的一半土地来求和。楚怀王恨透了张仪，提出不要汉中土地，只要张仪人头的条件。秦惠王本来不同意，张仪却胸有成竹地说："我张仪一个人的性命就能抵得上汉中一半的土地，臣愿意到楚国去。"张仪到楚以后，又贿赂了郑袖、靳尚之流，他们在楚怀王面前一番花言巧语之后，糊涂透顶的楚怀王居然又把张仪给放了，还和秦王结下了婚姻关系。等到屈原出使齐回国后，跟怀王说明利害关系，怀王才醒悟自己又一次上当了。此时再想追回张仪，张仪早已逃得无影无踪了。这样楚国对齐国又一次大失信用。公元前305年，楚怀王二十四年，楚国又一次背齐合秦，去秦国迎亲；第二年，楚怀王还与秦惠王在黄棘（今河南新野县东北）会盟，接受了秦退还的上庸之地（今湖北竹山县）。当时屈原虽然竭力反对，意见却不被怀王采纳，反而遭到了流放，被流放到了汉北地区（今安康一带及汉水上游地区）。

什么是流放？流放是将罪犯放逐到边远地区进行惩罚的一种刑罚。它的主要功能是通过将已定刑的人押解到荒僻或远离乡土的地方，以对案犯进行惩治，并以此维护社会和统治秩序。作为一种刑罚，流放是中国古代法律制度的重要组成部分。流放刑罚在我国起源很早，并且沿用历史悠久，从远古流放之刑出现，到清末被废除，历经了几千年。

古代的中国，是一个繁荣的农业文明国家，大多数人被束缚在土地上，安土重迁。人们普遍强调家族主义，子多福多。儿孙满堂，四世同堂，成为多数中国人梦寐以求的理想。在这样的环境中，无论是谁，一旦遭受到流放的刑罚，一定被认为是一件极为不幸的事情。在几千年的漫漫历史长河当中，也不知有多少人被流放过，这些人或披戴带锁跋涉于流放途中；或蓬头垢面苟活于流放之地。历代统治者在中国广袤的国土上，对于流放地点的选择也费尽心机：西北绝域、西南烟瘴和东北苦寒之地以及一些海岛都先后成为过流放地。当时屈原被流放的地点就属于西南烟瘴之地。

公元前303年，也就是楚怀王二十六年，齐、韩、魏三国一起进攻楚国，声讨楚国违背合纵缔约。楚国向秦国求救，还把太子送到秦国作人质，谁知道楚太子竟杀了秦大夫逃回楚国。楚怀王二十八年，秦以此为借口，联合齐、韩、魏一起进攻楚国，杀死楚将唐昧，占领了重丘（今河南泌阳县东北）。第二年又起兵攻楚，消灭楚军2万，又杀死楚国大将景缺。这时，昏庸的怀王才又想起齐楚联盟的重要性，让太子在齐国作人质，以求齐楚联盟共同对付秦国。公元前299年，秦国又一次进攻楚国，占领了楚国八个城池。趁热打铁，秦昭王又"邀请"楚怀王在武关（今陕西商县东）相会，其真实目的是将楚怀王扣押。

屈原此时已经从汉北的流放地返回楚国，和昭睢等一起力劝怀王不要赴会，说："秦，虎狼之国，不可信，不如不去。"可子兰怕失去秦王欢心，竭力怂恿怀王前去。结果怀王一入武关，就被秦军扣留，劫往咸阳，要挟他割让巫郡和黔中郡。楚怀王被劫往咸阳，于是楚国从齐国迎回作人质的太子横。将他立为顷襄王，公子子兰为令尹。因为楚国不肯向秦国割让土地，秦国又发兵攻打楚国，大败楚军，攻占了十六座城池。公元前296年，顷襄王三年，怀王死于秦国，秦国将他的尸体送回楚国安葬。从此以后秦国和楚国彻底断绝交往，诸侯国也由此认为秦国是个不讲信义的国家。

公元前293年，也就是顷襄王六年，秦国派白起前往伊阙攻打韩国，取得重大胜利。秦国于是给楚王送信说："楚国背叛秦国，秦国准备率领众诸侯国一起讨伐楚国，决一胜负。希望您整顿士卒，我们痛快一战。"楚顷襄王很忧虑，就谋划再与秦国讲和。求和对屈原来说是绝对不能容忍的，他写诗抒情，表达了他眷顾楚国，心系怀王的感情，又指出，怀王最后落到客死他国的下场，就是因为"其所谓忠者不忠，而所谓贤者不贤也"。也就是说楚怀王远贤臣，亲小人才导致了悲剧下场。这对子兰形成了威胁，于是子兰指使靳尚到顷襄王面前进谗，使屈原第二次被流放到南方的荒僻地区。

（三）屈原投江

屈原到了流放的陵阳地方，日夜心烦意乱。他知道楚国一定大难临头了："但是我怎能为了逃避灾难，离开出生的地方呢？"屈原考虑了几天，觉得楚国一片黑暗，闷得气也难喘，因此决定远走他乡。走了几天，到

了楚国的边境，他又踌躇起来。他的马悲哀地嘶叫着，屈原不禁激动地说："对，我是楚国人，你是楚国马，死也要死在楚国的土地上！"于是他又回到陵阳住了九年，召他回郢都的消息一点也没有，关于楚国越来越坏的消息却不断传来。他想起怀王是因为拒绝割让黔中才死在秦国的，所以决意要到这块地方看看，他来到黔中郡有个叫溆浦的地方住了下来。爱国的火焰在他心里燃烧，可自己又无能为力，满腹的忧愁愤恨，他都写成了诗篇。

顷襄王二十一年，噩耗终于传来：秦将白起进攻楚国，占领郢都，楚国的宗庙和陵墓都被毁了，楚国灭亡了！他决定要回到郢都去，死也要死在出生的土地上。他昏昏沉沉地走了几天，来到了汨罗江边，他在清澈的江水里看见了形容枯槁的自己，心里像波浪一样翻腾起来。联盟被小人破坏了，楚国遭到了灭顶之灾，百姓生灵涂炭。屈原在江边踱着，他怀念郢都，哀怜百姓，憎恨敌人，憎恨奸邪，决心用自己的生命去表明自己的爱国热忱、赤胆忠心。他怀着满腔的愤恨和对故国的依恋抱石投江，他的身影很快在滚滚的波涛中消失得无影无踪。一个伟大的诗人就这样逝去了，相传那天正好是农历的五月初五。

汨罗在今天湖南湘阴县北七十里。自汉以来，我国民间相延近两千年的端午节即纪念屈原的节日。这天的种种活动，都跟悼念屈原有关。屈原是我国历史上一个伟大的诗人，也是唯一一个年年都会得到纪念的伟大诗人。世界上还没有任何一个诗人能像屈原这样得到全民族的永久纪念。

屈原写过许多不朽的诗篇，流传至今的多数篇章是放逐以后写的。现在一般比较公认为顷襄王时代他被放逐于江南后写的作品有《离骚》、《九歌》、《九章》和《天问》等。可见他的最重要的作品几乎都是最后流放江南期间创作的。他被放逐前就已经在艰难的政治斗争中度过了大半生，在腐朽贵族的谗毁和排挤下，最终落得个被国君怀疑、流放，报国无门的下场。他只好把满腔的悲愤、崇高的理想和无奈的思绪，倾注到饱含心血的诗篇中，写出了一篇篇震撼人心的杰作。

二、绝代楚辞开浪漫主义先河

《楚辞》不仅是一部伟大的文学作品，也是一份珍贵的历史资料。《楚辞》收录的作品以屈原的作品为主，其中《离骚》、《九歌》、《天问》等篇保存了较多的历史资料和神话传说。例如《离骚》中有云："启九辩与九歌兮，夏康娱以自纵。不顾难以图后兮，五子用失乎家巷。羿淫游以佚畋兮，又好射夫封狐。固乱流其鲜终兮，浞又贪夫厥家。浇身被服强圉兮，纵欲而不忍。日康娱以自忘兮，厥首用夫颠陨。夏桀之常违兮，乃遂焉而逢殃。"此段所述夏代历史相当完整，可以从《史记》和《左传》中得到印证；此外，从《离骚》中关于羲和、望舒、飞廉、丰隆、宓妃的记述，也可窥见上古神话传说的一斑；而"摄提贞于孟陬兮，唯庚寅吾以降"，则是考证古代天文历法的资料。《九歌》中保存了关于云神、山神、湘水神、河神、太阳神的神话故事，是研究上古民俗和楚文化的珍贵资料；《天问》是一首长诗，它在对自然宇宙和社会历史提出的一百七十多个问题中，保存了许多神话传说和古史资料，如对于鲧、禹治水的传说所提出的一系列问题，就涉及鲧和禹治水方法的不同。

（一）楚辞的产生

关于楚辞的特征，宋代黄伯思在《校定楚辞序》中概括说："盖屈宋诸骚，皆书楚语，作楚声，记楚地，名楚物，顾可谓之'楚辞'。"这一说法是正确的，楚辞是源于楚地的歌谣。那么楚国到底是一个什么样的国家？楚地又有什么特别之处呢？

楚国，又称荆、荆楚，春秋战国时代的一个诸侯国。最早兴起于古荆州之地的楚部落，辖地大致为现在的湖南、湖北全部、重庆、河南、安徽、江苏、江西部分地方。据《战国策·楚策一》记载："楚，天下之强国也。楚地西

有黔中、巫郡，东有夏州、海阳，南有洞庭、苍梧，北有汾陉之塞、郇阳，地方五千里。"楚国之疆域，虽然时有得失损益，但在其鼎盛时期，据考察其地跨今十一省，兼县三百余个，是战国时代最大的国家。《汉书·地理志》中记载，楚地"有江汉川泽山林之饶；江南地广，或火耕水耨，民食鱼稻，以渔猎山伐为业，果蓏蠃蛤，食物常足"，可见楚国物资之丰饶。楚国土著居民众多，除了三苗及其遗民之外，还有越、濮、巴三族。楚人英勇善战，视死如归，具有为国捐躯的牺牲精神。即使战死疆场，马革裹尸，也是一种光荣和自豪。

楚国地域广阔，人口众多，经济富庶，文化也相当繁荣。主要表现在音乐、舞蹈等方面。楚国乐器种类齐全，有钟、磬、鼓、瑟、竽、篪、排箫等，由这些乐器演奏出来的音乐也是多种多样的，我们熟知的成语"阳春白雪"和"下里巴人"就是用来形容楚国音乐的。《昭明文选·宋玉对楚王问》中记载："客有歌于郢中者，其始曰《下里巴人》，国中属而和者数千人。其为《阳阿薤露》，国中属而和者数百人。其为《阳春白雪》，国中属而和者不过数十人。引商刻羽，杂以流徵，国中属而和者不过数人而已。是其曲弥高，其和弥寡。"意思是说有个善于唱歌的人在唱《下里巴人》时，能随之附和的有几千人；唱《阳阿薤露》时，能随之附和的有几百人；当唱到《阳春白雪》时，能跟着附和的却只有区区几十人了。曲子越高雅，能随之附和的人就越少。由此可以看出《下里巴人》应当是楚人、巴人杂居地区所流行的通俗歌曲，人们演唱起来，简直是载歌载舞，场面十分热闹。其余歌曲，由于难度较大，人们能演唱的也逐渐减少。这一记载，非常真实地反映了楚国这一音乐之邦，在音乐发展中，允许夷夏并存，雅俗共赏。现在从《楚辞》等书还可以看到众多楚地乐曲的名目，如《涉江》《采菱》《劳商》《九辩》《九歌》《薤露》《阳春》《白雪》等。现存的歌辞，较早的有刘向《说苑》所载《越人歌》，据说是楚人翻译的越国舟子的唱辞："今夕何夕兮，搴舟中流。今日何日兮，得与王子同舟。蒙羞被好兮，不訾诟耻。心几烦而不绝兮，得知王子。山有木兮木有枝，心悦君兮君不知。"舞蹈是和音乐相伴而来的，自商周以来，楚国一直盛行巫舞，巫舞实际上就是一种宗教舞蹈，在民间相当流行。除此之外还有宫廷乐舞，它不同于民间乐舞，表现场面要大得多，当然也就豪华得多。无论是民间的巫舞还是宫廷乐舞，都特别讲究舞蹈者的线条美、律动美。

楚国有着悠久的历史，楚地又巫风盛行，楚人用歌舞娱神，所以才使神话得以大量保存，诗歌音乐的迅速发展，使楚地民歌中充满了原始的宗教气氛。所有这些影响使得楚辞具有楚国特有的音调音韵，同时具有深厚的浪漫主义色彩和浓厚的巫文化色彩。可以说，楚辞的产生是和楚国地方民歌以及楚地文化传统的熏陶分不开的。同时强大的楚国在问鼎中原、争霸诸侯的过程中与北方各国频繁接触，促进了南北文化的广泛交流，楚国也受到北方中原文化的深刻影响。正是这种南北文化的汇合，孕育了屈原这样伟大的诗人和《楚辞》这样异彩纷呈的伟大诗篇。

（二） 《楚辞》内容与风格

《楚辞》中，屈原的作品占绝大部分，共收有他的诗作八卷二十余篇。包括《离骚》、《九歌》（十一篇）、《天问》、《九章》（九篇）、《远游》、《卜居》、《渔父》、《招魂》等。

《离骚》是一首充满激情的政治抒情诗，是一首现实主义与浪漫主义相结合的艺术杰作。诗中的一些片断情节反映着当时的历史事实，但表现上完全采用了浪漫主义的方法：不仅运用了神话、传说材料，也大量运用了比兴手法，以花草、禽鸟寄托情意。

《九歌》是以娱神为目的的祭歌，共十一篇：《东皇太一》《云中君》《湘君》《湘夫人》《大司命》《少司命》《东君》《河伯》《山鬼》《国殇》《礼魂》。它所塑造的艺术形象，表面上是超人间的神，实质上是现实中人的神化，充满着浓厚的生活气息。

屈原与楚辞

《天问》是屈原思想学说的集粹，所问都是上古传说中不甚可解的怪事、大事。全诗 372 句 1553 字，是一首以四字句为基本格式的长诗，在天文、地理、历史、哲学等许多方面提出了一百七十多个问题，是世界文库中绝无仅有的奇作。

《九章》是屈原流放于江南时所作，共九篇：《惜诵》、《涉江》、《哀郢》、《抽思》、《怀沙》、《思美人》、《惜往日》、《橘颂》、《悲回风》。其中《橘颂》一篇清新秀拔，别具一格，从辞赋的体裁上说，开了体物写志的先河。

《招魂》运用了民间的风俗和艺术形式，是一篇颇有艺术特色的诗篇。诗中把天上地下、四面八方都作了惊心动魄、凄惨恐怖的描写，告诫魂魄哪里都不要去，赶快回到自己的祖国。《招魂》无论其思想内容还是艺术手法，在我国文学史上都占有重要地位。

楚辞从风格而言，铺排夸饰，想象极其丰富；从体式而言，和《诗经》比起来，篇幅变长了，句式也从四言为主变为长短不拘，参差错落；从语言而言，楚地的方言词语大量涌现，"兮"字、"些"字成为楚辞的明显标志。

下面以《湘夫人》为例，对以上各方面特征进行详细的解释。

帝子降兮北渚，目眇眇兮愁予。袅袅兮秋风，洞庭波兮木叶下。登白薠兮骋望，与佳期兮夕张。鸟萃兮萍中，罾何为兮木上？沅有茝兮澧有兰，思公子兮未敢言。荒忽兮远望，观流水兮潺湲。麋何食兮庭中？蛟何为兮水裔？朝驰余马兮江皋，夕济兮西澨。闻佳人兮召予，将腾驾兮偕逝。筑室兮水中，葺之兮荷盖；荪壁兮紫坛，播芳椒兮成堂；桂栋兮兰橑，辛夷楣兮药房；罔薜荔兮为帷，擗蕙榯兮既张；白玉兮为镇，疏石兰兮为芳；芷葺兮荷屋，缭之兮杜衡。合百草兮实庭，建芳馨兮庑门。九嶷缤兮并迎，灵之来兮如云。捐余袂兮江中，遗余褋兮澧浦。搴汀洲兮杜若，将以遗兮远者；时不可兮骤得，聊逍遥兮容与！

初看这首诗，发现有很多生僻的字，给人的感觉就很晦涩难懂，句式也长短不一，有四言的、五言的、还有六言的，几乎每句都有标志性的"兮"字。再看描写的对象，有佳人、秋风、浩渺的洞庭湖、落叶、鸟、兰花、麋鹿、蛟龙、奇花异草、白玉、愁情……通过这些我们可以联想到这样的情景：湘君在

中国古代诗词歌赋

洞庭湖边迎候湘夫人，树叶飘零之时，湘夫人仍然没有出现。他在水中修筑芳香宫室，以待湘夫人来临，然而始终没有见到心中的佳人，只能饮恨终生。由此可以看出诗人想象力极其丰富。再看所描写的芳香宫室，用荷叶做屋顶，用荪草装饰墙壁，用紫贝砌成庭，用散布芬香的花椒泥粉刷墙壁。用桂木做屋梁，用木兰作橡子，用辛夷作门楣，用白芷装饰卧房。由此可以看出作品极富铺排夸张之势。

（三） 《楚辞》开浪漫主义先河

《楚辞》在中国诗史上占有重要的地位。它的出现，打破了《诗经》以后两三个世纪的沉寂而在诗坛上大放异彩。后人也因此将《诗经》与《楚辞》并称为风、骚。风指十五国风，代表《诗经》，充满着现实主义精神；骚指《离骚》，代表《楚辞》，充满着浪漫主义气息。风、骚成为中国古典诗歌现实主义和浪漫主义的创作的两大流派。《楚辞》是我国第一部浪漫主义诗歌总集。与《诗经》质朴的现实主义创作方法有所不同，《楚辞》感情奔放、想象奇特、文采华美、风格绚烂，具有浓厚的楚国地方特色。与《诗经》古朴的四言诗体也不同，句式长短不一，使用楚国的方言词语。在节奏和韵律上也独具特色，更适于表现丰富复杂的思想感情。

浪漫主义这个词起源于中世纪法语中的 romance（意思是"传奇"或"小说"）一词，"罗曼蒂克"一词也由此音译而来。浪漫主义是文艺的基本创作方法之一，与现实主义同为文学艺术上的两大主要思潮。作为创作方法，浪漫主义在反映客观现实上侧重从主观内心世界出发，抒发对理想世界的热烈追求，常用热情奔放的语言、瑰丽的想象和夸张的手法来塑造形象。

《楚辞》的浪漫主义特点与长江流域的民风有关。当时，北方早已进入宗法社会，而楚地尚有氏族社会的遗风，民风强悍，思想活泼，不为礼法所拘束。所以，抒写男女情思、志士爱国是如此真切，而使用的材料，又是如此的丰富。什么都可以奔入笔底，有人神之

屈原与楚辞

53

恋，有狂怪之士，有远古历史传说，有与天神鬼怪同游。所有神都具有民间普通的人性，神也不过是超出常人的人而已。正是这些光怪陆离的形象，使作品显得色泽艳丽，情思馥郁，气势奔放。

巫风盛行也对楚辞的浪漫主义风格的形成和发展起到了重要的作用。在巫风盛行的部族中，流传和保存着许多民间传说和神话故事。这些神话故事生动优美，想象奇特，跟中原华夏经过"不语怪力乱神"的儒家改造过的历史传说颇有不同。这些神话故事是楚国巫歌大量歌咏吟唱的题材，同样也被楚辞大量吸收。楚辞不但广泛地纵意驱遣了那些神话传说、历史人物、日月风云，而且形成了自己独特的浪漫主义风格。

《楚辞》充满了浪漫主义更主要的原因在于屈原的学识和坎坷的人生经历。屈原自幼聪明，又勤奋好学。司马迁在《史记》中说他"博闻强识"、"娴于辞令"，这当中就包括赞许他具有非凡才能的意思。司马迁又记载上官大夫谗毁屈原的话，说"王使屈平为令，众莫不知，每一令出，平伐其功，以为'非我莫能为'也。"我们从屈原政敌谗毁他的话中，也可以窥见一点消息，即屈原平时是一个很自信的人，对自己杰出的才能颇为自负。屈原的自信并不算什么缺点，而恰恰是古往今来许多有才能的青年政治家对自己的事业充满信心，勇于进取的表现。屈原又善于学习，所以才能广泛地接受各方面的文学和文化遗产，接受各种民间文学的影响，从中吸取丰富的养料，借鉴宝贵的写作经验，加以融会贯通。他的作品涉及古代历史、神话、文学、语言、天文、地理、历法、动植物各个知识领域，在当时确实是一个"大百科全书式的人物"。早年的屈原就显示出他非凡的政治才能，所以二十岁的时候就做了左徒，对内和楚王讨论国家大事，发布号令；对外接待宾客，应对诸侯。针对楚国的一些弊端，还进行了大胆的改革。正是因为这些改革触动了郑袖、子兰、靳尚等旧贵族的利益，屈原才遭到他们的陷害和打击。屈原一生中遭遇了两次流放，这给他的心灵造成了巨大的伤害，在精神上饱受折磨和摧残。如果说用他的苦难能换回楚王的清醒和楚国的复兴，他肯定不会有一丝怨言的，但是他付出的沉重代价换来的是什么呢，是小人的不断谄媚，楚王的继续昏庸，楚国的江河日下。从顷襄王六年到十八年，楚国基本上被秦国掌握，俯首听命，不敢动弹。屈原对此痛心疾首，却又无能为力，眼看着国势日弱，民生多艰，只好用诗歌来抒发自己忧

中国古代诗词歌赋

国忧民的心情。

屈原把个人的命运和楚国的前途紧紧地联结在一起。他与祖国同休戚、共存亡，为美好理想奋斗终生，鞠躬尽瘁。他一生的战斗历程和悲剧结局在楚辞中作了全面的续写，因而楚辞也深刻地剖析了他毕生经历中的种种矛盾和冲突：诗人与楚王的矛盾，诗人与靳尚之流的矛盾，诗人坚持理想和放弃理想的矛盾。这些矛盾归结到一点，决定了他何去何从，决定了他用饱含深情的诗篇表述自己崇高的理想，追求理想是他无悔的选择。

如果屈原用质朴的语言直接描写小人的嘴脸和破败的景象，作品中就不会有如此瑰丽的语言；如果在诗中直接描写小人如何谄媚，楚王如何昏庸，他又如何不愿意与这些人为伍，那么作品中就不会出现那么多奇异的景象了；如果直接描写他是多么厌恶黑暗的现实，渴望理想的国度和清明的政治，那么作品中就不会充斥着如此奔放的情感。正是因为他的品格高洁、理想远大、学识渊博，才写出如此瑰丽、饱含深情的作品。

屈原把赋、比、兴巧妙地糅合成一体，使原本质朴的文学传统融入了新鲜的元素，不仅仅是单纯通过描述事实来直抒胸臆，还可以通过多样的表现手法来表达更加丰富的感情。特别是比兴手法的大量运用，使得抽象的品德和复杂的现实关系能够更加生动形象地表现出来。例如，以栽培香草比延揽人才；以众芳芜秽比好人变坏；以善鸟恶禽比忠奸异类；以规矩绳墨比公私法度；以饮食芳洁比人格高尚；以男女恋情比君臣关系等等。

正是因为屈原具有上下求索的追求精神和独特的创造才能，才使得楚辞这一文学样式在中国文学史中大放异彩，是他掀起了诗歌形体的一次大变革。在中国文学史上，他结束了一个旧的时代，又开辟了一个新的时代。他创造性地发展了比兴手法，广泛地赋予物以生命或人的性格，还运用了大胆幻想和夸张的手法，对我国浪漫主义诗歌传统的形成和发展作出了巨大的贡献。

三、千古绝唱当之无愧属离骚

　　《离骚》是屈原的代表作品，是我国古代最长的一首抒情诗。全诗共三百七十三句，二千四百九十个字。《离骚》的写作时间，据《史记·屈原贾生列传》说，是屈原被楚怀王疏远时期。题目"离骚"的含义，历来有多种解释。司马迁《史记·屈原贾生列传》："离骚者，犹离忧也"；王逸《离骚经序》：

中国古代诗词歌赋

"离，别也；骚，愁也"；班固《离骚赞序》："离，犹遭也；骚，忧也，明己遭忧作辞也"；游国恩《楚辞论文集》："'离骚'为歌曲名，与'劳商'为双声字，同实异名。"以上诸种，传统上认为司马迁和王逸的解释更好。屈原在这首长篇抒情诗中，先写了自己的家世出身，又回顾了自己帮助楚怀王进行政治改革从而遭谗受讥的经历。诗中深刻地表明了作者主张举贤受能，修明法度，达到富国强兵的美政理想。

　　司马迁在《史记·太史公自序》中说："屈原放逐，著《离骚》。"认为应当作于放逐以后。今人对此说法不一，有说作于被怀王疏远以后，有说作于被顷襄王流放以后，有说作于怀王末顷襄王初，有说始作于怀王时而作成于顷襄王初，迄今没有定论。关于创作缘由，各家说法不一。刘安《离骚传》说："屈平疾王听之不聪也，谗谄之蔽明也，邪曲之害公也，方正之不容也，故忧愁幽思而作《离骚》"；又说："屈原正道直行，竭忠尽智以事其君，谗人间之，可谓穷矣。信而见疑，忠而被谤，能无怨乎？屈平之作《离骚》，盖自怨生也。"现在比较公认的说法是：屈原的"忧愁幽思"和怨愤，是和楚国的政治现实紧密联系在一起的。《离骚》就是他根据楚国的政治现实和自己的不平遭遇，"发愤以抒情"而创作的一首政治抒情诗。

　　下面节选《离骚》中非常经典的一段并加以解释。这一段集中表现了诗人高洁的品格和对理想矢志不渝的追求精神，因为它极具代表性，已经被选入高中教材，使得越来越多的人走进了屈原的内心世界。

长太息以掩涕兮，哀民生之多艰。余虽好修姱以鞿羁兮，謇朝谇而夕替。既替余以蕙纕兮，又申之以揽茝。亦余心之所善兮，虽九死其犹未悔。怨灵修之浩荡兮，终不察夫民心。众女嫉余之蛾眉兮，谣诼谓余以善淫。固时俗之工巧兮，偭规矩而改错。背绳墨以追曲兮，竞周容以为度。忳郁邑余侘傺兮，吾独穷困乎此时也。宁溘死以流亡兮，余不忍为此态也。鸷鸟之不群兮，自前世而固然。何方圜之能周兮，夫孰异道而相安？屈心而抑志兮，忍尤而攘诟。伏清白以死直兮，固前圣之所厚。悔相道之不察兮，延伫乎吾将反。回朕车以复路兮，及行迷之未远。步余马于兰皋兮，驰椒丘且焉止息。进不入以离尤兮，退将复修吾初服。制芰荷以为衣兮，集芙蓉以为裳。不吾知其亦已兮，苟余情其信芳。高余冠之岌岌兮，长余佩之陆离。芳与泽其杂糅兮，唯昭质其犹未亏。忽反顾以游目兮，将往观乎四荒。佩缤纷其繁饰兮，芳菲菲其弥章。民生各有所乐兮，余独好修以为常。虽体解吾犹未变兮，岂余心之可惩。

我揩拭着辛酸的眼泪，声声长叹，哀叹人生充满了艰辛。我只不过是洁身自好却因此遭殃受累，早晨去进谏，到傍晚就遭毁弃！他们毁坏了我蕙草做的佩带，我又拿芬芳的白芷花来代替。这些都是我内心之所珍爱，叫我死九次我也绝不改悔！我只怨君主啊你是这般无思无虑，始终是不能明察我的用心。你周围的侍女嫉妒我的姿容，于是造出百般谣言，说我妖艳狐媚！那些贪图利禄的小人本来就善于投机取巧，方圆和规矩他们可以全部抛弃。追随着邪恶，背弃了法度，竞相以苟合求容作为处世准则。我忧郁烦闷，怅然失意，我困顿潦倒在这人妖颠倒的时期！我宁愿暴死而尸漂江河，也绝不和他们同流合污，沆瀣一气。哦，那凤鸟怎么能和家雀合群？自古以来本就这样泾渭分明。哪有圆孔可以安上方柄？哪有异路人能携手同行！我委屈着自己的心志，压抑着自己的情感，暂且忍痛把谴责和耻辱一起担承。保

持清白之志而死于忠贞之节，这本为历代圣贤所赞称！我后悔，后悔我当初没有看清前程，迟疑了一阵，我打算回头转身。好在迷失方向还不算太远，掉转车头，我依旧踏上原来的水驿山程。我走马在这长满兰草的水边高地，我奔向那长有椒树的山丘，暂且在此停息。我既然进言不听反而获罪，倒不如退居草野，把我

的旧服重整。我裁剪碧绿的荷叶缝成上衣啊！又将洁白的莲花缀成下裙。没人理解我，就让他去大放厥词吧！只要我内心是真正的馥郁芳芬。我把头上的帽子加得高而又高啊，把佩带加得很长很长。芬芳与污垢已经混杂在一起，唯独我这光明洁白的本质未曾蒙受丝毫减损。急匆匆我回过头来纵目远望，我要往

东南西北观光巡行。我的佩饰如花团锦簇、五彩缤纷，喷吐出一阵阵令人心醉的幽香清芬。人生各有自己的追求，自己的喜爱，我却独独爱好修洁，习以为常！就算把我肢解了我也毫不悔改，难道我的心志会因惩创而变化？

　　《离骚》是屈原用他的理想、遭遇、痛苦、热情，以至于整个生命所熔铸而成的宏伟诗篇，其中闪耀着诗人鲜明的个性光辉，这在中国文学史上，还是第一次出现。《离骚》的创作，既植根于现实，又富于幻想色彩。诗中大量运用古代神话和传说，通过极其丰富的想象和联想，并采取铺张描述的写法，把现实人物、历史人物、神话人物交织在一起，把地上和天国、人间和幻境、过去和现在交织在一起，构成了瑰丽奇特、绚烂多彩的幻想世界，从而产生了强烈的艺术魅力。诗中又大量运用"香草美人"的比兴手法，把抽象的意识品性、复杂的现实关系生动形象地表现出来。

（一）香草美人

　　"香草美人"是一种文学传统，最早是王逸提出来的。汉代王逸在《离骚》序中说："《离骚》之文，依《诗》取兴，引类譬喻，故善鸟香草，以配忠贞；恶禽臭物，以比谗佞；灵修美人，以媲于君。"后以"香草美人"比喻忠贞贤良之士。现在对"香草美人"的解释是美人、香草。美人的意象一般被解释为比喻，或是比喻君王，或是自喻。前者如"惟草木之零落兮，恐美人之迟暮"，后者如"众女嫉余之娥眉兮，谣诼谓余以善淫"。可以说，屈原在很大程度上，是通过自拟弃妇而抒情的，所以全诗在情感上哀婉缠绵，如泣如诉。以夫妇喻君臣不仅形象生动，深契当时的情境，而且也符合中国传统的思维习惯，早在西周春秋时代发展起来的阴阳五行观念里，就把君和夫、臣和妇放在同样的位置，这一观念可能影响了屈原的创作。《离骚》中充满了种类繁多的香草，这些香

草作为装饰，支持并丰富了美人意象。同时，香草意象作为一种独立的象征物，它一方面指品德和人格的高洁；另一方面和恶草相对，象征着政治斗争的双方。总之，《离骚》中的香草美人意象构成了一个复杂而巧妙的象征比喻系统，使得诗歌蕴藉而且生动。

"香草美人"是继承《诗经》比兴手法并对其进行发展改进而形成的比兴手法。"比"与"兴"是我国古代诗歌常用的技巧。除诗歌外，现代散文、小说等也常用比兴手法。所谓"比"，按照朱熹的解释是"以彼物比此物也"，其实就是比喻。它通过具形具色的事物比所要写的事物，使之形象、生动、具体。所谓"兴"，即"先言他物以引起所咏之词也"。诗用形象思维，离不开比兴两法。因此，比与兴构成了诗的两种技巧。还有通篇以物比人的，如《橘颂》；以古事比现实的，如《离骚》中对重华的"陈词"。由此可见，屈原的作品差不多全是用比兴手法来写的，从而构成瑰丽多姿的形象。这种特殊风格是从哪里来的？很重要的一个方面就是将《诗经》的比兴手法与所要表现的内容合二为一，具有象征的性质，而且在长篇巨制中以系统的一个接一个的比兴来表现复杂的内容。《诗经》中的比兴大都比较单纯，用作比兴的事物还是一种独立的客体，在诗中也往往只是一首诗中的片段。所以与《诗经》中的比兴手法比较起来，楚辞中的比兴技巧大大提高了一步。在表达情感方面，较之《诗经》总体上比较克制、显得温和蕴藉的情感表达，屈原的创作在相当程度上显示了情感的解放，从而形成了全新的、富于生气和强大感染力的诗歌风格。由于这种情感表达的需要，就不能满足于平实的写作手法，而需要大量借用楚地的神话材料，用奇丽的幻想，使诗歌的境界大为扩展，显示出恢弘瑰丽的特征。这为中国古典诗歌的创作，开辟出一条新的道路。后代个性和情感强烈的诗人如李白、李贺等，都从中受到极大的启发。大体上可以说，中国古代文学中讲究文采，注意华美的流派，最终都可以溯源于屈原。

（二）走进《离骚》

《离骚》作为长篇巨制，所表现的思想内容是极其丰富的。从外部结构来说，全诗分三大部分和一个

礼辞。第一部分从开头至"虽体解吾犹未变兮，岂余心之可惩"，自叙生平，并回顾了诗人在为现实崇高的政治理想不断自我完善、不断同环境斗争的心灵历程以及惨遭失败后的情绪变化。这是他的思想处于最激烈的动荡之时的真实流露。从"女嬃之婵媛兮，申申其詈予"至"怀朕情而不发兮，余焉能忍与此终古"为第二部分。其中写女嬃对他的指责说明连亲人也不理解他，他的孤独是无与伦比的。由此引发出向重华陈词的情节。这是由现实社会向幻想世界的一个过渡。然后是巡行天上。入天宫而不能，便上下求女，表现了诗人在政治上的努力挣扎与不断追求的顽强精神。从"索藑茅以筳篿兮"至"仆夫悲余马怀兮，蜷局顾而不行"为第三部分，表现了诗人在去留问题上的思想斗争，表现了对祖国的深厚感情，读之令人悲怆！末尾一小节为礼辞。"既莫足以为美政兮，吾将从彭咸之所居"，虽文字不多，但表明诗人的爱国之情是与他的美政理想联系在一起的，这是全诗到高潮之后的画龙点睛之笔。使诗中表现的如长江大河的奔涌情感，有了更为明确的流向。诗的第一部分用接近于现实主义的手法展现了诗人所处的环境和自己的历程。而后两部分则以色彩缤纷、波谲云诡的描写把读者带入一个幻想的境界，常常展现出无比广阔、无比神奇的场面。如果只有第一部分，虽然说这仍然是一首饱含血泪的杰作，但还不能成为浪漫主义的不朽之作；而如只有后两部分而没有第一部分，那么诗的政治思想的底蕴就会薄一些，其主题之表现也不会像现在这样既含蓄，又明确；既朦胧，又深刻。

从构思上说，诗中写了两个世界：现实世界和由天界、神灵、往古人物以及人格化了的日、月、风、雷、鸾凤、鸟雀所组成的超现实世界。这超现实的虚幻世界是对使诗人不满的现实世界的一个补充。在人间见不到君王，到了天界也同样见不到天帝；在人间是"众皆竞进以贪婪"，找不到志同道合的人，到天上求女也同样一事无成。这种构思更适于表现抒情诗瞬息变化的激情。诗人设想的天界是在高空和传说中的神山昆仑之上，这是与从原始社会开始形成的神话相一致的，所以显得十分自然，比起后世文学作品中通过死、梦、成仙到另一个世界的处理办法更具有天然的神秘色彩，而没有宗教迷信的味道。诗人所展现的背景是广阔的、雄伟的，瑰丽的。其意境之壮美，是前无古人的。特别是诗人用了龙马的形象，作为由人间到天界，由天界到人间的工具。《尚书中候》佚文中说：帝尧继位，"龙马衔甲"。我国古代传说中的动物龙的原型之一即是神化的骏马。在人间为马，一升空即为龙。本来只是地面与高空之分，而由于神骏变化所起的暗示作用，则高空便成了天界。诗人借助自己由人间到天上，由天上到人间的情节变化，形成了这首长诗内部结构上的大开大阖。

《离骚》的语言是相当美的。首先，大量运用了比喻象征的手法。如以采摘香草喻加强自身修养，佩带香草喻保持修洁等。但诗人的表现手段却比一般的比喻高明得多。如"制芰荷以为衣兮，集芙蓉以为裳。不吾知其亦已兮，苟余情其信芳。"第四句中的"芳"自然由"芰荷"、"芙蓉"而来，是照应前两句的，但它又是用来形容"情"的。所以虽然没有用"如"、"似"、"若"之类字眼，也未加说明，却喻意自明。其次，运用了不少香花、香草的名称来象征性地表现政治的、思想意识方面的比较抽象的概念，不仅使作品含蓄，长于韵味，而且从直觉上增加了作品的色彩美。再次，全诗以四句为一节，每节中又由两个用"兮"字连接的若连若断的上下句组成，加上固定的偶句韵，使全诗一直在回环往复的旋律中进行，具有很强的节奏感。最后，运用了对偶的修辞手法，如"夕归次于穷石兮，朝濯发乎洧盘"；"苏粪壤以充帏兮，谓申椒其不芳"；"惟兹佩之可贵兮，委厥美而历兹"等，将"兮"字去掉，对偶之工与唐宋律诗对仗无异。在一句中，还往往以双声配双声，叠韵配叠韵，这就形成了《离骚》的诗句在错落中见整齐，在整齐中又富于变化的特点，读来节奏谐和，音调抑扬，具有一种起伏回荡、一唱三叹的韵致。

《离骚》中的名句很多，细细揣摩，耐人寻味。

"怨灵修之浩荡兮，终不察夫民心。众女嫉余之蛾眉兮，谣诼谓以善淫。"这几句诗使抒情主人公除了作为政治家和诗人的自我形象出现外，又常幻化为一个美丽而遭逢不幸的女子。她有爱美的天性，喜欢用芳洁的东西修饰自己，还亲手栽培了许多芬芳的草木。起初与丈夫缔结了婚约，后来却受到众女的嫉妒和谗

毁，终于被抛弃。这一条"美人香草"式的寓意伏线和诗人的政治抒情叠合在一起，营造了《离骚》全诗特有的写实与虚拟二重世界相互交融、迷离惝恍的艺术效果，给全诗增添了绰约的风姿和芳菲的情韵。

"亦余心之所善兮，虽九死其犹未悔"这一句表明屈原志向不改，坚贞不屈。真可说是一条铁骨铮铮的汉子。屈原最不能容忍的是那群无耻小人对他的恶毒诬蔑，一会说他穿着奇装异服，一会又说他面容姣好，肯定是个善淫之辈。这群人追名逐利、篡改法令、歪曲是非、混淆黑白、竞相谄媚，把朝廷弄得乌烟瘴气。屈原下决心绝对不和他们合流，他自比不合群的鸷鸟，孤傲、矫健，"自前世而固然"，他不想改变，也无法改变，这就像方圆不能周，异道不相安一样。在这里，屈原清楚地预感到了自己的结局，但他并不后悔自己的选择。句中"虽九死其犹未悔"和同出自于《离骚》的"路漫漫其修远兮，吾将上下而求索"一句是后人引以自勉和共勉最多的句子。

"民生各有所乐兮，余独好修以为常。虽体解吾犹未变兮，岂余心之可惩。"这几句诗所表现出的诗人自知之明、自谋之熟、自勉之严、自决之勇，令人感慨万分。经过激烈的思想斗争，他不仅又回到了"亦余心之所善兮，虽九死其犹未悔"的境界，而且感情更加深沉，意志更加坚定。通过这一段情感的抒发，诗人将构成自己心灵世界悲剧性冲突的两个方面——理想与现实的对立、进取与退隐的对立，初步展现出来了，继之又更加坚定地作出了选择。

《离骚》还为我们塑造了一个高大的抒情主人公形象。首先，他有着突出的外部形象的特征。"高余冠之岌岌兮，长余佩之陆离。""长颇颔亦何伤。"很多屈原的画像即使不写上"屈原"二字，人们也可以一眼认出是屈原，就是因为都依据了诗中这种具有特征性的描写。其次，可以看出他是一个注重修养的人。他在任何艰难困窘的情况下，毫不放松砥砺德行，因而铸造了完美的人格。诗人以"好修"作为自己的终生乐事，就是自己被肢解，也永不变心。只有这种白璧无瑕的诗人，才能写出这样伟大的作品。再次：他具有鲜明的思想性格。第一，他是一位进步的政治改革家，主张法治，主张举贤授能。第二，他主张美政，重视人民的利益和人民的作用，反对统治者的荒淫暴虐和臣子的追逐私利。第三，他追求真理，坚强不屈。他关心国家和人民，直到今天仍作为坚定的爱国者受到高度评价。虽然他将爱国和忠君联系在一起，在这一点上，他并不能背离所处时代和社会的基本道德原则，但同时也要看到，屈原又具有较为强烈的自我意识。他并不把自己看做君主的奴仆，而是以君主从而也是国家的引路人自居。他对自己的政治理想与人生理想有坚定的信念，为追求自己的理想不惜与自身所属社会集团的大多数人对抗，宁死不渝。这就在忠君爱国的公认道德前提下，保存了独立思考、忠于自身认识的权利。作为理想的殉难者，后人曾从他身上受到巨大感召；他立身处世的方式，也被后世正直的文人引为仿效的榜样。

《离骚》无论从思想内容、结构形式还是创作手法上都是空前绝后的，所以它不仅是中国文学的奇珍，也是世界文学的瑰宝。

四、痛失家国魂断汨罗江

（一） 举世皆浊我独清

公元前 278 年，秦军攻破楚国京都。屈原眼看自己的祖国被侵略，心如刀割，但是始终不忍舍弃自己的祖国。他不知不觉来到了汨罗江边，在清澈的江水里看见了形容枯槁的自己，心里像波浪一样翻腾起来。联盟被小人破坏了，楚国遭到了灭顶之灾，百姓生灵涂炭。他在江边踱着，怀念郢都，哀怜百姓，憎恨敌人，憎恨奸邪，内心充满了矛盾。关于屈原投江，汉人托名描写了当时的情景。

屈原既放，游于江潭，行吟泽畔，颜色憔悴，形容枯槁。

渔父见而问之曰："子非三闾大夫与！何故至于斯？"

屈原曰："举世皆浊我独清，众人皆醉我独醒，是以见放。"

渔父曰："圣人不凝滞于物，而能与世推移。世人皆浊，何不淈其泥而扬其波？众人皆醉，何不哺其糟而歠其醨？何故深思高举，自令放为？"

屈原曰："吾闻之，新沐者必弹冠，新浴者必振衣；安能以身之察察，受物之汶汶者乎？宁赴湘流，葬于江鱼之腹中。安能以皓皓之白，而蒙世俗之尘埃乎！"

渔父莞尔而笑，鼓枻而去，乃歌曰："沧浪之水清兮，可以濯吾缨；沧浪之水浊兮，可以濯吾足。"遂去，不复与言。

意思是说，屈原被放逐之后，在江湖间游荡。他沿着水边边走边唱，脸色憔悴，形容枯槁。渔父看到屈原便问他说："您不就是三闾大夫吗？为什么会落到这种地步？"屈原说："世上全都肮脏只有我干净，个个都醉了唯独我清醒，因此被放逐。"渔父说："通达事理的人对客观时势不拘泥执著，而能随着世道变化推移。既然世上的人都肮脏龌龊，您为什么不也使那泥水更浑浊而推

中国古代诗词歌赋

波助澜？既然个个都沉醉不醒，您为什么不也跟着吃那酒糟喝那酒汁？为什么您偏要忧国忧民，行为超出一般与众不同，使自己遭到被放逐的下场呢？"屈原说："我听过这种说法：刚洗头的人一定要弹去帽子上的尘土，刚洗澡的人一定要抖净衣服上的泥灰。哪里能让洁白的身体去接触污浊的外物？我宁愿投身湘水，葬身在江中鱼鳖的肚子里，哪里能让玉一般的东西去蒙受世俗尘埃的沾染呢？"渔父微微一笑，拍打着船板离屈原而去。口中唱道："沧浪水清啊，可用来洗我的帽缨；沧浪水浊啊，可用来洗我的双足。"唱完便离开了，不再和屈原说话。

从中我们可以看出渔父和屈原是两个性格完全不同的人。渔父是一个懂得与世推移、随遇而安、乐天知命的隐士形象。他看透了尘世的纷纷扰扰，但决不回避，而是恬然自安，将自我的情操寄托到无尽的大自然中，在随性自适中保持自我人格的节操。渔父是作为屈原的对立面存在的，面对社会的黑暗、污浊，屈原则显得执著、决绝，他始终坚守着人格之高标，追求清白高洁的人格精神，宁愿舍弃生命，也不与污浊的尘世同流合污，虽然理想破灭了，但至死不渝。屈原是一个很有理想的政治家，他对于社会、对于人生，都有自己一种很美好的看法，而且为实现自己美好的理想，一直在奋斗。他被流放，实际上是他奋斗遇到了挫折、遇到了失败。他就是在这样一个背景下：故国处在一个危机当中、个人的事业处在挫折当中这样一个困厄的境地，在这样的情况和矛盾面前，他要作出自己最终的抉择，那就是用生命来殉自己的理想。那天刚好是农历五月初五日，在写下了绝笔作《怀沙》之后，抱石投汩罗江身死，以自己的生命谱写了一曲壮丽的爱国主义乐章。

（二）全民族永久纪念

农历五月初五，古时候被称为端五，因为端有"开端"、"初"的意思。农历以地支纪月，正月建寅，二月为卯，顺次至五月为午，因此称五月为午月，"五"与"午"通，"五"又为阳数，所以端五又被称为端午。因为屈原是在这一天自尽的，楚国人为了纪念他而举行的一些仪

式，慢慢固定下来，成为汉民族的传统节日"端午节"。时至今日，端午节仍是一个十分盛行的隆重节日，由于传统文化越来越受重视，从2008年起端午节正式成为国家法定节假日。

据统计，端午节的名称在我国所有传统节日中叫法最多，达二十多个，堪称节日别名之最。如有端午节、端五节、端阳节、重五节、重午节、天中节、夏节、五月节、菖节、蒲节、龙舟节、浴兰节、粽子节、午日节、女儿节、地腊节、诗人节、龙日、午日、灯节等等。端午节有许多习俗，例如吃粽子、赛龙舟、插艾草、喝雄黄酒、佩戴香囊等等，下面就简单地叙述一下各种风俗的由来。

吃粽子：传说屈原死后，楚国百姓哀痛异常，纷纷涌到汨罗江边去凭吊屈原。渔夫们划起船只，在江上来回打捞他的真身。有位渔夫拿出为屈原准备的饭团、鸡蛋等食物，"扑通、扑通"地丢进江里，说是让鱼龙虾蟹吃饱了，就不会去咬屈大夫的身体了。人们见后纷纷仿效。后来为怕饭团为蛟龙所食，人们想出用楝树叶包饭，外缠彩丝，发展成粽子。因为有屈原传说的渲染，粽子成为中国历史上文化积淀最深厚的传统节食，直到今天仍然十分受欢迎。在讲究饮食的中国人巧手经营之下，今天能看到的粽子，不论是造型还是内容，跟过去相比都有五花八门的变化。先就造型而言，各地的粽子有三角、四角锥形、枕头形、小宝塔形、圆棒形等。粽叶的材料则因地而异。南方因为盛产竹子，就地取材以竹叶来缚粽。一般人都喜欢采用新鲜竹叶，因为干竹叶绑出来的粽子，熟了以后没有竹叶的清香。北方人则习惯用苇叶来绑粽子。苇叶的叶片细长而窄，所以要用两三片重叠起来使用。粽子的大小也差异甚巨，有达二三斤的巨型兜粽，也有小巧玲珑，长不及两寸的甜粽。就口味而言，粽子馅荤素兼具，有甜有咸。北方的粽子以甜味为主，南方的粽子甜少咸多。

赛龙舟：相传起源于古时楚国人因舍不得贤臣屈原投江死去，许多人划船追赶拯救，他们争先恐后，追至洞庭湖时不见踪迹。之后每年五月五日都划龙舟来纪念屈原。借划龙舟驱散江中之鱼，以免鱼吃掉屈原的身体。竞渡之习，盛行于吴、越、楚。明朝以后，这种习俗更加盛行，不仅宫廷举行竞渡，民间各地也都举行竞渡，其场面极为壮观。龙舟，与普通船只不太相同，大小不一，桡手人数不一。如广州黄埔、郊区一带龙船，长三十三米，路上有一百人，桡

中国古代诗词歌赋

手约八十人。南宁龙舟长二十多米，每船约五六十人。湖南汨罗市龙舟则长十六至二十二米，桡手二十四至四十八人。福建福州龙舟长十八米，桡手三十二人。龙船一般是狭长、细窄，船头饰龙头，船尾饰龙尾。龙头的颜色有红、黑、灰等色，均与龙灯之头相似，姿态不一。一般以木雕成，加以彩绘（也有用纸扎、纱扎的）。龙尾多用整木雕，上刻鳞甲。除龙头龙尾外，龙舟上还有锣鼓、旗帜或船体绘画等装饰。如广东顺德龙舟上饰以龙牌、龙头龙尾旗、帅旗，上绣对联、花草等，还有绣满龙凤、八仙等图案的罗伞。一般龙舟没有这么多的装饰，多饰以各色三角旗、挂彩等。古代龙舟也很华丽，如画龙舟竞渡的《龙池竞渡图卷》，图中龙舟的龙头高昂，硕大有神，雕镂精美，龙尾高卷，龙身还有数层重檐楼阁。如果是写实的，则可证古代龙船之精美了。又如《点石斋画报·追踪屈子》绘芜湖龙船，也是龙头高昂，上有层楼。有的地区龙舟还存有古风，很精美。龙船竞渡前，先要请龙、祭神。如广东龙舟，在端午前要从水下起出，祭过在南海神庙中的南海神后，安上龙头、龙尾，再准备竞渡。并且买一对纸制小公鸡置龙船上，认为可保佑船平安。闽、台则往妈祖庙祭拜。有的直接在河边祭龙头，杀鸡滴血于龙头之上，如四川、贵州等个别地区。而湖南汨罗市，竞渡前必先往屈子祠朝庙，将龙头供在词中神翁祭拜，披红布于龙头上，再安龙头于船上竞渡，既拜龙神，又纪念屈原。而在湖北的屈原家乡秭归，也有祭拜屈原的仪式流传。

插艾草：端午在古人心目中是毒日、恶日，在民间信仰中这个思想一直传了下来，所以才有种种求平安、禳解灾异的习俗。其实，这是由于夏季天气燥热，人易生病，瘟疫也易流行；加上蛇虫繁殖，易咬伤人，所以要十分小心，这才形成此习惯。在端午设置种种可驱邪的花草，来源亦久。最早的如挂艾草于门，《荆楚岁时记》："采艾以为人，悬门户上，以禳毒气。"这是由于艾为重要的药用植物，又可制艾绒治病，灸穴，又可驱虫。五月艾草含艾油最多，所以功效最好，人们也就争相采艾了。艾草还代表招百福，它是一种可以治病的药草，插在门口，可使身体健康。在我国古代就一直是药用植物，针灸里面的灸法，就是用艾草作为主要成分，放在穴道上进

行灼烧来治病。有关艾草可以驱邪的传说已经流传很久，主要是它具备医药的功能，像《荆楚岁时记》中记载曰："鸡未鸣时，采艾似人形者，揽而取之，收以灸病，甚验。是日采艾为人形，悬于户上，可禳毒气。"一般人也有在房屋前后栽种艾草求吉祥的习俗。

喝雄黄酒：相传屈原投江后，一位老医师拿来一坛雄黄酒倒进江里，说是要药晕蛟龙水兽，以免伤害屈大夫。过不了多久，水面上浮起了一条晕厥的蛟龙，龙须上还沾着一片屈大夫的衣襟。人们就把这恶龙拉上岸，抽了筋，然后把龙筋缠在孩子们的手腕、脖子上，又用雄黄酒抹七窍，使那些毒蛇害虫都不敢来伤害这些小孩子。至今，如广西宾阳，逢端午时便有一包包的药料出售，包括雄黄、朱末、柏子、桃仁、蒲片、艾叶等，人们浸入酒后再用菖蒲艾蓬蘸洒墙壁角落、门窗、床下等，再用酒涂小儿耳鼻、肚脐，以驱毒虫，求小儿平安。另外有的地区还用雄黄酒末在小孩额上画"王"字，使小孩带有虎的印记，以用虎辟邪。这些活动，从卫生角度来看，还是有科学道理的。雄黄加水和酒洒于室内可消毒杀菌。

佩戴香囊：传说古时候，每年的四月、五月间各种虫害、瘟疫严重地威胁着人们，玉皇大帝便派了一位神仙下凡，察访民情，治理瘟害。神仙发现同是天下人，心眼不一般，有的人好，有的人歹，便惩恶护善，掏出五色香袋对善良的人说：每年五月初五，你们和家里的小孩戴上它。奇怪的是，从那以后凡是戴香袋的大人小孩，虫害见了便逃之夭夭，而没有香袋的恶人们不免被虫害毒疫毒死了。戴香包，香包又叫香袋、香囊、荷包等，有用五色丝线缠成的，有用碎布缝成的，内装香料（用中草药白芷、川芎、芩草、排草、山奈、甘松、高本行制成），佩在胸前，香气扑鼻。陈示靓的《岁时广记》引《岁时杂记》提及一种："端五以赤白彩造如囊，以彩线贯之，攒使如花形。"以及另一种"蚌粉铃"："端五日以蚌粉纳帛中，缀之以绵，若数珠。令小儿带之以吸汗也。"这些随身携带的袋囊，内含物几经变化，从吸汗的蚌粉、驱邪的灵符、铜钱，辟虫的雄黄粉，发展成装有香料的香囊，制作也日趋精致，成为端午节特有的民间艺品。戴香包颇有讲究。老年人为了防病健身，一般喜欢戴梅花、菊花、桃子、苹果、荷花、娃娃骑鱼、娃娃抱公鸡、双莲并蒂等形状的，象征着鸟语花香、万事如意、夫妻恩爱、家庭和睦。小孩喜欢的是飞禽走兽类的，如虎、豹子、猴子上竿、斗鸡赶兔等。青年人戴香包最讲究，如果是热恋中的情人，那多情的姑娘很早就要精心制作一两枚别致的香包，赶节前送给自己的情郎。小伙子戴着心上人送的香包，自然要引起周围男女的评论，夸小伙的对象心灵手巧。

除此之外，端午节还有斗草、打马球、射箭等游艺娱乐活动。斗草是每年端午节人们一起到郊外采药，用来解涴暑毒疫，慢慢演变成的一种习俗；收获之余，往往举行比赛，以对仗形式互报花名、草名，多者为赢；儿童则以叶柄相勾，捏住相拽，断者为输，再换一叶相斗。马球，是骑在马上，持棍打球，古称击鞠。三国曹植《名都篇》中有"连翩击鞠壤"之句。射箭在《金史·礼志》中有记载：金代沿袭了辽代的习俗，端午节那天，在插进土里的柳枝离地几寸的地方，用刀把皮剥去。前面有人骑马作向导，后面有人骑马射柳枝。柳枝断了后能骑马过去接住断柳的为优，能把柳枝射断不能接住断柳的次之。每射一次箭观战的人都会擂鼓助威。到了明代，是把鸟雀贮于葫芦中射之。在此就不加以赘述了。

（三）多样端午节

未食五月粽，被褥不甘松。未食五月粽，寒衣不敢送。未食五月粽，破裘毋甘放。未食五月粽，寒衣勿入栊。未食五月粽，寒衣未入栊。食过五月粽，寒衣收入栊，未食五月粽，寒衣不敢送。未食五月粽，寒衣不入栊，食过五月粽，不够百日又翻风。

相传在屈原故乡秭归有三个端午节。农历五月初五为"头端阳"，五月十五为"大端阳"，五月二十五为"末端阳"。秭归人从农历四月底就开始忙碌 —— 泡糯米、杀鸡鸭、扫庭院，备锣鼓，修龙舟……到了五月初五头端阳这天，人们开始包粽子、煮鸡蛋、吃大蒜、喝雄黄酒，还采来白艾和菖蒲用红纸条扎成束后悬于门前。到了农历五月十五这天，各家各户备下佳肴接女儿、女婿回家同享，俗称"过大端阳"，这期间的重头戏包括划龙舟、投粽子、办诗会，这种热闹的节日气氛一直持续到农历五月二十五日也就是"末端

阳"，前后长达二十天。

每逢端午，海南各处都会如中原一般举办龙舟竞渡等活动。在如今保存最为完好的古县治城垣定安，五百年历史的明成化古城门洞内，仍有两个石阶叠架着两条鲜艳、修长、昂扬的龙舟。海岛先人，端午时节，扛起龙舟，奔向大河，挥汗于南渡江中竞渡……

四川石柱有"出端午佬"的习俗。由四人以两根竹竿抬起一张铺有红毯的大方桌。毯上用竹篾编一个骑虎的道士。敲锣打鼓，街游行。旧时，川西还有端午"打李子"的习俗。是日，成都人皆买李子，于城东南角城楼下，上下对掷，聚观者数万。乐山、新津等地端午赛龙舟时，还举行盛大商品交易会。

江苏高邮的端午较为特殊，有系百索子、贴五毒、贴符、放黄烟子、吃"十二红"等习俗，孩子兴挂"鸭蛋络子"，就是挑好看的鸭蛋装在彩线结成的络子中，挂在胸前。

福州端午旧俗，媳妇于是日以寿衣、鞋袜、团粽、扇子进献公婆。建阳县以五日为药王晒药囊日，人家皆于此日作酱。上杭县端午用小艇缚芦苇作龙形戏于水滨，称为竞渡。仙游县端午竞渡后，献纸于虎啸潭，以吊念嘉靖癸年戚继光于此溺兵。邵武府端午节前，妇女以绛纱为囊盛符。又以五色绒作方胜，联以彩线，系于钗上。幼女则悬之于背，称为"窦娘"。

山东临清县端午，七岁以下的男孩带符（麦秸做的项链），女孩带石榴花，还要穿上母亲亲手做的黄布鞋，鞋面上用毛笔画上五种毒虫。意思是借着屈原的墨迹来杀死五种毒虫。即墨在端午节早晨用露水洗脸。

河北北平忌端午节打井水，往往于节前预汲，据说是为了避井毒。市井小贩也于端午节兜售樱桃桑椹，据说端午节吃了樱桃桑椹，可全年不误食苍蝇。各炉食铺出售"五毒饼"，即以五种毒虫花纹为饰的饼。

说不尽的端午，说不尽的屈原。自汉以来，我国民间相延近两千年的端午节即纪念屈原的节日。这天的种种活动，都跟悼念屈原有关。屈原是我国历史上一个伟大的诗人，也是唯一一个年年受到纪念的伟大诗人。世界上还没有任何一个诗人像屈原这样受到全民族的永久纪念。

五、唯日月与其同光

屈原作为一个伟大的浪漫主义诗人，在中国文学史中留下了辉煌灿烂的一笔。他那高大的形象、高洁的品格以及用生命来完成理想的牺牲精神，给后人留下了深刻的印象。历代文人以屈原为榜样，惊叹他用生命熔铸的不朽诗篇，景仰他白璧无瑕的崇高人格。1953 年，屈原与哥白尼等文化巨匠一起被世界和平理事会命名为世界四大文化名人。在投入汨罗江以身殉国两千多年之后，这位被华人世世代代纪念不息的诗坛巨星和历史伟人引领中华文化走向了世界。

（一）名人对屈原的评价

汉代淮南王刘安对屈原的评价很高，他说："《国风》好色而不淫。《小雅》怨诽而不乱，若《离骚》者，可谓兼之。蝉蜕浊秽之中，浮游尘埃之外，皭然泥而不滓。推此志，虽与日月争光可也。"

司马迁在《史记·屈原列传》中，不仅引用了刘安的话，而且发挥了屈原《九章·惜诵》中所反映的"发愤以抒情"的文学思想，明确指出："屈平之作《离骚》，盖自怨生也。"他还进一步把《楚辞》产生于"怨愤"的思想推广开来解释一切文学和有价值的学术著作产生的原因，从而提出了著名的"发愤说"。司马迁在《报任安书》中说："盖文王拘而演《周易》；仲尼厄而作《春秋》；屈原放逐，乃赋《离骚》；左丘失明，厥有《国语》；孙子膑脚，《兵法》修列；不韦迁蜀，世传《吕览》；韩非囚秦，《说难》、《孤愤》；《诗》三百篇，大抵圣贤发愤之所为作也。"

扬雄对屈原和楚辞的批评主要有两点：一是认为屈原为人处世违背了儒家明哲保身的原则，不够"明智"，不应自沉汨罗江。二是认为屈原的作品"过以浮"，"蹈云天"。这是对屈原作品中神话和幻想成分的批评。

班固批评屈原"露才扬己"，违反了"温柔敦厚"

的诗教，不能"明哲保身"，是"狂狷"之士，不是"明智之器"。认为屈原的作品"多称昆仑冥婚宓妃虚无之语，皆非法度之政、经义所载"，对屈原运用大量神话传说的手法亦取否定态度。

王逸认为屈原及其作品从思想到艺术都是完全符合儒家思想和圣人经典的。他说："夫《离骚》之文，依托五经以立义焉。"他认为楚辞是"所谓金相玉质，百世无匹，名垂罔极，永不刊灭者矣"。

（二）　崇高精神与日月争光

追求美政，至死不渝。屈原无论是作为统治阶层中的一员，还是被流放，始终关注民众的生存状况和同情民众遭遇的苦难；还有他主张选贤举能，反对任人唯亲，提出不论人的身份贵贱，唯才是举，不拘一格。这些政治思想是其美政理想的体现。屈原"美政"理想的核心就是明君贤臣共兴楚国。首先，国君应该具有高尚的品德，才能享有国家。其次，应该选贤任能，罢黜奸佞。另外，修明法度、以民为本也是其"美政"的内容之一。总之，相对于楚国的现实而言，屈原的"美政"理想更加进步，并符合历史的发展趋向。他认为只有圣君贤相才能改变楚国的政治和社会的现实，使楚国强大起来。他热烈颂扬古代的圣君如尧、舜、禹、汤、后稷、文王以及齐桓、晋文和楚之三后等，热烈颂扬古代的贤臣如伊尹、傅说、吕望、周公、宁戚、箕子、介子、比干、伯夷、叔齐、伍子胥及楚之子文等。他还用对比的方法讲一些非圣之君如桀、纣、羿、寒浞、浇等。他想通过对比来说明圣君贤相的重要，并借以说明楚无圣君贤相的危险性，这些都是针对现实而发的。《离骚》中"彼尧舜之耿介兮，既遵道而得路"，"耿介"，意即光明正大，是屈原对国君的最高要求。所谓贤臣，则以伊、傅、吕、宁为楷模，而不以贵胄为对象。这就是主张任人唯贤，反对任人唯亲的意思，屈原在讲到贤臣时，往往用忠贞、忠诚、忠信这些语辞。屈原本人就是在忠君爱国的思想支配下，敢于坚持真理，不向邪恶势力低头。他在《离骚》《九章》等作品中还反复谈到"民"的问题，"皇天无私阿兮，览民德焉错辅。夫惟圣哲之茂行兮，苟得用此下土"；"瞻前而顾后兮，相观民之计

中国古代诗词歌赋

极"（《离骚》）；"愿摇起而横奔兮，览民尤以自镇"（《九章·抽思》）。可以看出所谓圣君贤相，所谓美政，就是要看能否解决民生疾苦问题，能否致民于康乐之境。理想是美好的、追求是执著的，而现实却是残酷的。为了不改变初衷，当矛盾无法解决的时候，只能用生命来诠释追求的真谛："余心之所善兮，虽九死其犹未悔。"

诗人被腐朽的贵族集团排斥在现实的政治生活之外，他苦闷彷徨地面对着未来，究竟选择什么样的道路呢?首先，女嬃劝他不要"博謇好修"，应该明哲保身。但诗人通过向重华陈词，分析了往古兴亡的历史，证明了自己态度的正确，否定了这种消极逃避的道路。于是，追求实现理想的强烈愿望，使他升腾到了天上。他去叩帝阍，阍者却闭门不理；他又下求佚女以通天帝，也终无所遇。这天上实际是人间的象征，说明再度争取楚王的信任也是不可能的。接着诗人去找灵氛占卜，巫咸降神，请他们指示出路。灵氛劝他去国远游，另寻施展抱负的处所，巫咸则劝他暂留楚国，等待时机。诗人感到时不待人，留在黑暗的楚国也不会有什么希望，于是决心出走。但是这一行动又与他的爱国感情产生了尖锐的矛盾，正当他升腾远逝的时候，却看见了祖国的大地："陟升皇之赫戏兮，忽临睨夫旧乡。仆夫悲余马怀兮，蜷局顾而不行"，他终于留下来了。诗人通过这一系列虚构的境界，否定了与他爱国感情和实现理想的愿望背道而驰的各种道路，最后决心一死以殉自己的理想。另外我们还可以看出屈原的政治思想和抱负不是僵硬的教条，其坚韧的求索精神，表现了他试图在更广阔的历史空间、更大的文化视角探求人类生存的社会形态，探求人类精神栖息的理想模式，探求心目中的美政目标及其实现途径。虽然他失败了，但其精神永远不会磨灭。屈原坚持真理，不畏艰辛的人格精神，不仅值得后人效仿和学习，其勇于创新的精神更值得后代人赞扬和继承。屈原是我国文学史上个人独立创作时代的开创者，他创作的楚辞开创了一种新的诗歌文化传统，让文学真正成为作家心灵世界的展示，这种原创精神对后世的影响，无论是从文学角度，还是对文人所产生的影响，都是有划时代意义的。屈原为后世作家指出了一条明确的宽广的创作道路，即文人向民间文学学习，从屈原到白居易，这条漫长的创作道路，使民间文艺和文人的写作相结合，从而使中国文学不断地从各个时代的民间文学中汲取新鲜的养料，使得各个时代产生了代表自己时代特色的杰作；他

发展了《诗经》的比兴手法，从而形成一种"寄情于物"，"托物以讽"，以象征为特色的表现方法，对后来的古典诗歌有着极大的影响。例如张衡的《四愁诗》、曹植的《美女篇》、阮籍的《咏怀》、左思的《咏史》、李白的《古风》、杜甫的《佳人》等等，都是直接或间接地接受了屈原的这种创作风格；《离骚》、《招魂》所运用的大胆幻想和夸张的手法，对我国积极浪漫主义诗歌传统的形成和发展也有很大的影响，唐代的伟大诗人李白和另一位重要诗人李贺都继承了楚辞的浪漫主义传统，从而取得巨大的成就。

爱国主义是千百年形成的对祖国、对人民的最深厚情感，是中华民族文化最深厚的根基所在。而屈原是中华民族爱国主义精神的一面伟大旗帜。在对屈原思想情感的评价上，"爱国主义"是一个现当代人使用频率很高的词，20世纪80年代初，有人曾对屈原的爱国主义提出了不同看法，引起较为激烈的争论，但最终仍得到了肯定。虽然屈原当时所爱的"楚国"与现在的中国并不是一个概念，或者说当时的屈原仅是一种"宗国"情结，但用历史发展的眼光来看，他坚贞不渝的爱国情怀仍然是数千年来中华民族爱国主义传统的文化原型与精神典范。屈原的爱国和忧国忧民，不是停留在一般信念和文字上，而是与他"九死不悔"的献身精神结合在一起。他的作品和他的生平，构成了中华民族爱国主义的传统精神，是我们这个民族的根之所系、基石所在。

（三）郭沫若创作历史剧《屈原》

屈原离我们远去了，但是屈原的故事、屈原的精神和屈原的品格却通过口耳相传或是经过文人创作，都早已融入到我们的血液当中了。屈原的一生是伟大的一生，取材于它创作的历史剧《屈原》更是一部不朽的著作。

《屈原》是郭沫若的历史剧当中成就最高、影响最大的代表作。这个剧本取材于战国时代楚国爱国诗人屈原一生的故事，以楚怀王对秦外交上两条路线的斗争作为全剧情节线索，从而成功地塑造了屈原这个文学典型和一系列人物形象，深刻地表现了为祖国和人民不畏暴虐，坚持斗争的主题。

历史剧固然是文学创作，不是史实的复写。然而，由于作者的创作动机、文学见解、个人风格等各方面的不同，他们所创作的历史剧，仍有所不同。有的历史本身的东西多一些，有的以历史真实做基础却更多是个人的创造。两种类型各有千秋。郭沫若的历史剧大多属于后一种。郭沫若创作历史剧的动机，正是出于现实政治斗争的需要。

剧中的屈原，是一个伟大的政治家兼诗人的典型。他心中时时系念的是祖国和人民的命运前途，力主联齐抗秦的外交路线，因为他早看透了秦国的野心，认为唯有联合抗秦才能保国安民。一向光明磊落的屈原，根本没有料到南后之流竟然采取那么卑鄙无耻的手段陷害他，横加以"淫乱宫廷"之类的罪名。屈原把祖国的安危和人民的祸福，看得远远重于自身的厉害得失。他冲破一切思想束缚去进行英勇的斗争。昏庸专横的楚怀王不听屈原的一再忠告，破坏了反侵略统一战线，转而依附秦国。面对正在沉入黑暗的祖国，失去自由的诗人的满腔忧愤，以《雷电颂》的形式无比猛烈地迸发出来。《雷电颂》是屈原斗争精神最突出的体现。而爱国爱民的深切感情，是诗人斗争精神的源泉。

《屈原》剧中，还刻画了两个性格迥然相异的女性形象——婵娟和南后。确如作者自己所说的："婵娟的存在似乎可以认为是屈原辞赋的象征，她是道义美的形象化。"她由衷地敬爱屈原，崇敬屈原的道德文章。当风云变幻、浊浪排天的时候，她那平日蕴蓄于心中的崇高信仰、优秀品德，真正凸显出来。从她对变节投敌的宋玉的有力斥责，从她面对南后淫威所表现的坚定从容，特别是从她生命垂危时那番动人肺腑的倾诉，使我们看到了一个"竟与橘树同风"的高尚灵魂，一个广大人民道义精神的化身。这个形象对塑造屈原这个典型起到了很好的烘托作用。与婵娟相反，南后仅仅为了个人固宠求荣，竟然不惜取媚侵略势力，与秦国暗相勾结，陷害屈原这样的忠良，祸国殃民，而且采用的手段又是那么的卑鄙无耻。当她的阴谋得逞以后，她更加猖狂、放肆，彻底暴露了她冷酷残忍的本性。南后这一形象，对屈原的典型塑造起到了反衬的作用。使屈原光明磊落、大公无私的品德，益加鲜明突出。

《屈原》一剧中，穿插了相当数量的抒情诗和民歌。它们是剧本的有机组成部分，对剧情发展，人物刻画，主题表达，都起着重要作用。这是剧本艺术上的一个特点。譬如，全剧以屈原朗诵《橘颂》开始，结合屈原对于《橘颂》内容的

阐发，展露了屈原的人生抱负。因此，屈原时时以橘树的"内容洁白""植根深固""秉性坚贞"自励并劝勉青年，要他们"志趣坚定""心胸开阔"，气度"从容""至诚"，特别是要"不挠不屈，为真理斗到尽头！"这与第二幕南后等策划阴谋时所表现的自私褊狭、卑鄙阴险形成了强烈对比，为随之而来的剧烈冲突做好了准备。婵娟死后，《橘颂》再次出现，首尾呼应。它像是始终回响在一部交响乐中的主旋律，反复出现，以强调剧本的主题——"不挠不屈，为真理斗到尽头！"再譬如《雷电颂》，则被安排在全剧高潮的波峰浪巅，由主人公屈原独白。这不仅是刻画屈原典型性格的最重要的一笔，而且使剧本主题异常鲜明地突现出来。其他如屈原吟咏的《九章》《惜诵》译句，有助于表现诗人蒙受奇耻大辱之初的心情。正因为有这些精彩丰富的诗歌自然和谐地穿插在剧本中，才使剧本充溢着浓郁的诗意，具有更加感人的力量。关于《屈原》的创作意图，郭沫若曾经讲过，是要"把这时代的愤怒复活在屈原时代里去"，是要"借了屈原的时代来象征我们当前的时代"。

（四）屈原名言

杂申椒与菌桂兮，岂维纫夫蕙茝！（《离骚》）

路漫漫其修远兮，吾将上下而求索。（《离骚》）

长太息以掩涕兮，哀民生之多艰。（《离骚》）

亦余心之所善兮，虽九死其犹未悔。（《离骚》）

乘骐骥以驰骋兮，来吾道夫先路也。（《离骚》）

日月忽其不淹兮，春与秋其代序。（《离骚》）

指九天以为正兮，夫惟灵修之故也。（《离骚》）

吾令凤鸟飞腾兮，继之以日夜。（《离骚》）

时缤纷其变易兮，又何可以淹留？（《离骚》）

嫋嫋兮秋风，洞庭波兮木叶下。（《九歌》）

沅有芷兮醴有兰，思公子兮未敢言。（《九歌》）

乘龙兮辚辚，高驰兮冲天。（《九歌》）

青云衣兮白霓裳，举长矢兮射天狼。（《九歌》）

余处幽篁兮终不见天，路险难兮独后来。（《九歌》）

风飒飒兮木萧萧，思公子兮徒离忧。（《九歌》）

春兰兮秋菊，长无绝兮终古。（《九歌》）

何灵魂之信直兮，人之心不与吾心同！（《九章·抽思》）

心郁郁之忧思兮，独永叹乎增伤。（《九章·抽思》）

曾不知路之曲直兮，南指月与列星。（《九章·抽思》）

世溷浊莫吾知，人心不可谓兮。（《九章·怀沙》）

吾不能变心以从俗兮，故将愁苦而终穷。（《九章·涉江》）

余将董道而不豫兮，固将重昏而终身。（《九章·涉江》）

苟余心之端直兮，虽僻远其何伤？（《九章·涉江》）

与天地兮同寿，与日月兮齐光。（《九章·涉江》）

举世皆浊我独清，众人皆醉我独醒。（《渔父》）

沧浪之水清兮，可以濯我缨；沧狼之水浊兮，可以濯我足。（《渔父》）

薄暮雷电，归何忧？（《天问》）

魂兮归来！（《招魂》）

目极千里兮，伤心悲。（《招魂》）

世溷浊而不清：蝉翼为重，千钧为轻；黄钟毁弃，瓦釜雷鸣；谗人高张，贤士无名。（《卜居》）

纵观屈原的一生，作为一位政治家和改革家，他失败了，他的理想和事业永远为后人所惋惜。但作为一个伟大的思想家和文学家，他成功了。他忧国忧民、行廉志洁的人品被誉为后世楷模；他气魄宏伟、辞章瑰丽的作品堪称世界文学殿堂的精品；他创造的"楚辞"文体在中国文学史上独树一帜，与《诗经》并称"风骚"二体，对后世诗歌创作产生了积极影响。近代学者梁启超首推屈原为"中国文学家的老祖宗"。郭沫若评价屈原是"伟大的爱国诗人"，一颗闪耀在"群星丽天的时代"，"尤其是有异彩的一等明星"。闻一多评价屈原是"中国历史上唯一有充分条件称为人民诗人的人"。《中国文学史》评价屈原是"中国有史以来第一个伟大的爱国诗人"。《中国大百科全书·文学》评价屈原为"中国浪漫主义文学的奠基人"。

乐府民歌

  乐府诗是继《诗经》《楚辞》之后，在我国诗歌发展长河中焕发异彩的诗歌形式。乐府民歌即为乐府诗中的民歌部分，是乐府诗的精华。乐府民歌起源于汉代，主要盛行于汉魏六朝，它突出地表现了这一时期的诗歌成就。南北朝民歌是继周民歌和汉乐府民歌之后以比较集中的方式出现的一批人民口头创作，显示出劳动人民无比丰富的创造力，是我国文学历史上最宝贵的诗歌遗产之一。

一、乐府民歌概述

（一）乐府的建立和乐府诗歌的兴起

"乐府"一词在古代具有多种涵义。最初是指主管音乐的官府。两汉所谓乐府是指的音乐部门，乐即音乐，府即官府，这是它的原始意义。掌管音乐的官方机构，在先秦时就有了，以"乐府"为这种机构的名称，约始于秦代。1977年秦始皇陵附近出土的编钟上，铸有"乐府"二字。汉承秦制，也设有专门的乐府机构。史载汉惠帝时有"乐府令"之职，到了汉武帝时，乐府机构的规模和职能都被扩大了，扩充为大规模的专署，作为供统治者点缀升平、纵情声色的音乐机关。汉乐府的任务，包括制定乐谱、将文人歌功颂德的诗制成曲谱并制作演奏新的歌舞、训练乐工、搜集民歌及制作歌辞等。朝廷典礼所用的乐章，如西汉前期的《房中乐》和西汉中期的《郊祀歌》等，主要是由文人写作的。汉代人把乐府配乐演唱的诗称为"歌诗"，这种"歌诗"在魏晋以后也称为"乐府"。同时，魏晋六朝文人用乐府旧题写作的诗，汉人原叫"歌诗"的，有合乐有不合乐的，也一概称为"乐府"。于是所谓乐府便由机关的名称一变而为一种带有音乐性的诗体的名称。如《文选》于骚、赋、诗之外另立"乐府"一门；《文心雕龙》于《明诗》之外又特标《乐府》一篇，并说"乐府者，声依永，律和声也"，便都是这一演变的标志。六朝人虽把乐府看成一种诗体，但着眼还在音乐上。继而在唐代出现了不用乐府旧题而只是仿照乐府诗的某种特点写作的诗，被称为"新乐府"。这时这些乐府作品则已撇开音乐，而注重其社会内容，如元结《系乐府》、白居易《新府》、皮日休《正乐府》等，都未入乐，但都自名为乐府，于是所谓乐府又一变而为一种批判现实的讽喻诗。宋元以后，"乐府"又用作词、曲的别称。因这两种诗歌的分支，最初也都配乐演唱的。其实这时的乐府作品离开了唐人所揭示出来的乐府

的精神实质，而单从入乐这一点上出发，是乐府一词的滥用，徒滋混淆，不足为据。所以，我们需要把中国文学史上的不同意义的"乐府"区别清楚。

除此之外，汉乐府不同于后代的一个最大特点，或者说一项最有意义的工作，便是采集民歌。在普通场合演唱的歌辞，则主要是从各地搜集来的民歌。所用的音乐，主要也是来自民间，也有一部分来自西域的音乐。《汉书·札乐志》说："至武帝定郊祀之礼，……乃立乐府，采诗夜诵。"所谓采诗，即采民歌。同书《艺文志》更有明确的记载："自孝武立乐府而采歌谣，于是有赵、代之讴，秦、楚之风，皆感于哀乐，缘事而发，亦可以观风俗，知薄厚云。"

为了区别于文人制作的乐府歌辞，习惯上把采自民间的歌辞称为"乐府民歌"。需要说明，这里所说的"民歌"，同样是泛指产生于民间的群众性、社会性创作，而不是专指"劳动人民"的作品。《汉书·艺文志》说，统治者采集民间歌谣具有"观风俗、知厚薄"的目的，这恐怕是按照儒家理想加以美化的解释，其实主要为了娱乐。

采集民歌这件事，在文学史上也是有其重要意义的。白居易说："周灭秦兴至隋氏，十代采诗官不置。"（《采诗官》）其实，和周代一样，汉代也注重采诗。而从上引文献，我们还可以看到当时采诗的范围遍及黄河、长江两大流域，比周代还要广。两汉某些头脑比较清醒的统治者较能接受农民大起义的历史教训，也颇懂得反映人民意向的民歌民谣的作用，经常派遣使者"使行风俗""观纳民谣"，甚至根据"谣言单辞，转易守长"。（《后汉书·循吏传叙》）这种政治措施，说明当时乐府采诗虽然为了娱乐，但也有作为统治之借鉴的政治意图，即所谓"观风俗，知薄厚"；而在客观上也起到了保存民歌的作用，使民歌得以集中、记录、流传。

（二）乐府民歌的范围和分类

乐府民歌是汉代出现的一种新的诗歌形式。汉乐府民歌流传到现在的共有一百多首，其中很多是用五言形式写成，后来经文人的有意模仿，在魏、晋时代成为主要的诗歌形式。

据《汉书·艺文志》所载篇目，西汉乐府民歌有一百三十八首，这数字已接近《诗经》的"国风"，东汉尚不在内，但现存的总共不过三四十首。而且《汉书·艺文志》还列出西汉采集的一百三十八首民歌所属地域，其范围遍及全国各地。但是这些乐府民歌流传下来的不多，一般认为现存汉代乐府民歌，大都是东汉乐府机构采集的。这些作品最早见于记录的是沈约的《宋书·乐志》，而且基本上都收入到宋代郭茂倩所编的专书《乐府诗集》中。郭茂倩将自汉至唐的乐府诗分为十二类：

一、郊庙歌辞。是朝廷祭祀用的乐章。古代帝皇立郊祭祭天地，于宗庙祭祖宗，郊庙歌辞便是郊祭、庙祭时歌颂天地、祖宗的乐章。汉代有《郊祀歌》十九首用于郊祭，《安世房中歌》十七首用于歌颂祖宗。这类郊庙乐章，以后历朝不绝，现存数量颇多，《乐府诗集》存诗十二卷。

二、燕射歌辞。是帝皇用于宴会和大射（射箭的一种仪式）的歌辞。帝皇宴飨宗族、亲友、宾客和大射时，要奏乐曲，这是从周代传袭下来的制度。今存西晋至隋代歌辞。《乐府诗集》存诗三卷。

三、鼓吹曲辞。鼓吹曲原是军乐。其乐器主要有鼓、箫和笳，鼓吹就是击鼓吹箫笳的意思。汉代，鼓吹曲还用于朝廷节日大会和皇帝出行道路等场合，借军乐以壮声威。汉鼓吹曲有《短箫铙歌》十八首，其中也有少数民歌，后代依汉《铙歌》旧题作诗者不绝。曹魏、孙吴以下各朝，亦各制鼓吹曲，其内容多数铺叙皇帝的武功。《乐府诗集》存诗五卷。

四、横吹曲辞。从北方少数民族传来的军乐，其乐器有鼓、角，故后来又叫鼓角横吹曲。汉魏以来，流传的有《陇头》、《关山月》等十八曲，今所存歌辞，均为南朝和唐代文人作品。又有《梁鼓角横吹曲》六十多首，是北方少数民族的歌辞。《乐府诗集》存诗五卷。

五、相和歌辞。原是汉代的民间歌曲，包含不少民歌，后来产生了大量受民歌影响的文人作品。相和，取丝竹相和之义，即用弦乐器、管乐器配合歌

乐府民歌

唱，声调清婉动听，因此受到社会各阶层的喜好。相和歌中的平调、清调、瑟调三部类，称清商三调，曹魏开始特别发展，成为相和歌的主要部分。《乐府诗集》存诗十八卷。

六、清商曲辞。以清商三调为主的相和歌，实际也是清商曲。东晋南朝时代，利用发展汉魏清商旧曲，配合南方的民间歌曲和文人拟作，是为清商新声。《乐府诗集》称为清商曲辞，存诗八卷。

七、舞曲歌辞。配合舞蹈演唱的歌辞。分雅舞歌辞、杂舞歌辞两种。雅舞歌用于郊庙朝会，性质与郊庙、鼓吹曲辞相仿；杂舞歌用于朝会、宴会，性质与相和歌接近。《乐府诗集》存诗五卷。

八、琴曲歌辞。用琴演奏歌曲的歌辞。琴曲起源很早，但现存歌辞，大抵都是南朝、唐代文人作品。其中唐尧、虞舜、周文王以至汉代王嫱、蔡琰等人的作品，都出自后人假托。《乐府诗集》存诗四卷。

九、杂曲歌辞。这类歌辞所收曲调，在唐宋时代配乐情况已不清楚，有的只是文人案头之作，根本没有配乐。因其数量甚多，内容复杂，故称为杂曲歌辞。察其风格，多数与相和歌辞、清商曲辞相近。《乐府诗集》存诗十八卷。

十、近代曲辞。隋唐时代配合新兴的燕乐演唱的歌辞。郭茂倩在宋代编《乐府诗集》，被称为近代曲辞。这类曲辞，是唐五代词的先驱者。《乐府诗集》存诗四卷。

十一、杂歌谣辞。是不配合音乐的歌谣。因其风格与乐府所采民歌接近，故附列为一类。其中远古时代的作品，也多为后代假托。《乐府诗集》存诗七卷。

十二、新乐府辞。唐代诗人学习汉魏六朝乐府诗（主要是相和、清商、杂曲三类），采用其体式，但题目、题材，都出自创造，形成了"即事名篇"的新乐府辞。这类歌辞都不配乐，是文人案头之作。《乐府诗集》存诗十一卷。

以上十二类歌辞中，最有价值的是相和歌辞、清商曲辞两类，它们包含了许多优秀民歌和大量文人受民歌影响的好作品。所谓"相和"，是一种演唱方式，是美妙的民间音乐，含有"丝竹更相和"和"人声相和"两种意思，是一

中国古代诗词歌赋

种"丝竹相和"的管弦乐曲，也是汉代民间的主要乐曲。鼓吹曲辞、横吹曲辞、杂曲歌辞三类中，也有少量优秀民歌和不少文人佳作。新乐府辞都出自唐代文人之手，也有不少深刻反映现实的佳作。郊庙歌辞、燕射歌辞两类，内容大抵为皇帝歌功颂德、祈求福佑和祝颂、规勉之词，是纯粹的贵族乐章，缺少文学价值。"郊庙"一类中《房中歌》最早，惟《郊祀歌》的某些作品有一定的艺术价值，如《练时日》之创为三言体，《景星》等篇之多用七言句，《日出入》之通首作杂言。舞曲歌辞、琴曲歌辞两类，篇章较少，内容亦较平庸。近代曲辞配合燕乐，实际属于词的范围，因此一般谈乐府诗的都不予论述。杂歌谣辞不配乐，也不采用乐府体制，实际也不是乐府诗。汉魏六朝的优秀入乐民歌和在不同程度上受民歌影响的历代文人佳篇，构成了乐府诗的主流。

汉乐府中著名的篇章有揭露战争灾难的《十五从军征》，有表现女性不慕富贵的《陌上桑》、《羽林郎》，当然最为著名的还是长篇叙事诗《孔雀东南飞》。《孔雀东南飞》是中国汉乐府民歌中最长的一首叙事诗，题为《古诗为焦仲卿妻作》。这首诗讲述了一个凄婉的爱情故事。焦仲卿与刘兰芝相爱至深，因为焦母与刘家的逼迫而分手，以致酿成生离死别的人间惨剧。汉乐府民歌最重要的艺术特色是它的叙事性，《孔雀东南飞》是汉乐府叙事诗的最高峰。汉乐府民歌多采用口语化的朴素语言表现人物的性格，故人物形象生动，感情真挚。汉乐府民歌中虽然多数为现实主义的描绘，但许多地方都有着程度不一的浪漫主义色彩，如《孔雀东南飞》的最后一段文字，即表现出浪漫主义与现实主义的巧妙结合。

乐府民歌

二、汉代乐府民歌

在中国文学史中，一些新起的民间文学，由于具有真挚深刻的思想内容和活泼生动的艺术形式，虎虎有生气，因而对文人文学产生深远的影响。两汉时代的乐府民歌，为中国中古诗坛输送了大量新鲜血液，哺育了建安以后世世代代的诗人。这种重要历史现象，便是民间文学在中国文学史上产生巨大作用的一个明证。

中国古代诗词歌赋

汉代乐府民歌不仅是一幅幅丰富的生活画卷，同时也是优美的艺术珍品。正如前人所评述的"其造语之精，用意之奇，有出于《三百》、楚骚之外者。奇则异想天开，巧则神工鬼斧。"汉代乐府民歌反映了汉代人民生活的方方面面，既有白发征夫"十五从军征，八十始得归"的慨叹，又有"战城南，死郭北，野死不葬乌可食"的惨烈战后场面的描写；既有"上邪！我欲与君相知，长命无绝衰。山无陵，江水为竭，冬雷震震，夏雨雪，天地合，乃敢与君绝！"的对爱情的忠贞誓言，又有对负心人的"从今以往，勿复相思，相思与君绝！"的愤怒决绝之词；既有"少壮不努力，老大徒伤悲"的奋发之语，又有"昼短苦夜长，何不秉烛游"的消极行乐。汉乐府民歌在思想内容上有一个鲜明的特点，即强烈的现实主义精神，许多诗歌作者，都根据自己的生活体验，用诗来反映他们对现实的不满，对理想的追求。一些优秀诗篇还从不同角度，揭露了统治阶级对人民的残酷欺压和剥削，揭露了统治阶级的荒淫无耻。汉乐府诗这种"感于哀乐，缘事而发"的现实主义精神，实际上是对中国第一部现实主义作品——《诗经》中"饥者歌其食，劳者歌其事"精神的继承，对后代诗歌也有更具体、更直接的巨大影响。

（一）汉代贵族的郊庙、鼓吹曲辞

汉代贵族乐歌大都已经亡佚，今只存属于郊庙歌的《安世房中歌》十七章、

《郊祀歌》十九章和鼓吹曲的《铙歌》十八曲。这些乐章虽说都用于贵族典礼，但区别也很明显。

刘邦唐山夫人所作的《安世房中歌》，是因袭周代的乐歌，《宋书·乐志》说："周又有《房中之乐》，秦改曰《寿人》。其声，楚声也。汉高好之，孝惠改曰《安世》。"《郊祀歌》和《铙歌》，一为"新声曲"，一为军乐，与先王的雅乐相对而言，也就是所谓"郑声"。由于它们的性质、用途与《安世房中歌》相同，因此很快就在贵族殿堂上升级雅化了。

《郊祀歌》十九章的撰制，是乐府初创之际的一件大事。"是时，上方兴天地诸祠，欲造乐，令司马相如等作诗颂，延年辄承意弦歌所造诗，为之新声曲。"郊祭是封建统治者祈求神灵保佑江山绵长的活动，《郊祀歌》都是对天地神口的颂歌。如《青阳》《朱明》《西颢》《玄冥》四首分咏春、夏、秋、冬，是所谓"迎时气之乐章"；《天地》《惟泰元》《五神》是祀太一神武帝的歌曲；还有颂日的《日出入》，祭泰山的《天门》，以及记述祥瑞，迎神送神等作。他们的作者，除司马相如外，可知的大约还有邹阳，其余也当出于当时宫廷词臣之手。以赋家铺扬之笔做歌，因而无不写得气势卓立，辞采缤纷而又深奥。

又如《日出入》一章：

日出入安穷？时世不与人同。故春非我春，夏非我夏，秋非我秋，冬非我冬。泊如四海之池，偏观是邪谓何？吾知所乐，独乐六龙。六龙之调，使我心若。訾，黄其何不徕下？

这首对太阳神的颂歌，用奇幻恢弘之笔，赞美太阳升降出入，奔驰不息，永世长存，讴歌了它以驾驶龙马，周游天宇为乐事的伟大胸襟。诗最后盼望日神降临，歆享人间虔诚供奉的粢盛牲醴。可以说与屈原《九歌·东君》对太阳的礼赞，有异曲同工之妙。

《郊祀歌》文字古奥，形式却很新颖。除先秦习见的四言体外，又有三言诗及三、四、五、六、七言兼备的杂言诗，尤以七言句的大量使用为一大特色。如《景星》后半首接连十二句七言，在西汉极为罕见。《天地》篇说："发梁扬羽申以商，迷兹新音永久长。"这些地方正显示出它的"新变声"

的特色，而成为后世七言诗的滥觞。

《铙歌》十八曲也是西汉的作品。《铙歌》原系军乐，但在汉代使用范围极其广泛，无论朝会、道路、赏赐、宴乐，甚至大臣殡葬送丧都用之，故庄述祖说："短箫铙歌之为军乐，特其声耳。其辞不必皆序战阵之势。"歌词内容相当庞杂，只有《战城南》咏战争，其余都与朝会、道路、狩猎等有关。

《战城南》是一首哀悼阵亡将士之歌：

战城南，死郭北，野死不葬乌可食。为我谓乌："且为客豪，野死谅不葬，腐肉安能去子逃?"水深激激，蒲苇冥冥。枭骑战斗死，驽马徘徊鸣。……

暮色昏沉、水流湍急的蒲苇滩上，男儿的尸体横陈着，正在被乌鸦啄食。这是多么悲壮惨烈的画面！诗人继而又大发异想：恳求乌鸦且慢啄食，先为这些异乡的战士号哭招魂，他们死于荒野，无人埋葬，腐烂的尸体怎能逃脱你们的嘴呢?新奇的构思中蕴藏了多少层悲痛啊！诗的后半首笔锋突转："禾黍不获君何食?愿为忠臣安可得?"没有收成，士卒拿什么充饥? 饥乏之躯，又怎能为国力战?于尖锐的责问中充满了愤激之情。从武帝时代起，汉统治者接连发动战争，"当此之时，军旅数发，父战死于前，子斗伤于后，女子乘亭障，孤儿号于道，老母寡妇，饮泣巷哭"。《战城南》从一个侧面反映了民众对这类战争的怨恨。

汉乐府诗中纯粹写男女情爱的极少，因此，《有所思》和《上邪》一直为人们所重视。《有所思》刻画失恋女子的心理。她原先对情人爱得那么深，用贵重的"双珠玳瑁簪"作信物，还要"用玉绍缭之"；而一旦得悉情人变心，将信物"拉杂催烧之"还不解恨，更要"当风扬其灰"。诗就像把两个对照鲜明的特写镜头掇联在一起，从而凸现出她的无限痴情。

《上邪》的写法更为奇特：

上邪，我欲与君相知，长命无绝衰。山无陵，江水为竭，冬雷震震，夏雨雪，天地合，乃敢与君绝。

整首诗都是情人决不变心的誓言。誓言中列举五件反常以至荒唐的事：高山夷为平地，长江水流干，冬天震雷，夏日飞雪，天地合一，来反衬对爱情的忠贞不二。在情感的表达上，也很有浪漫色彩。后世诗词常采用此种手法，但很少有表现得如此热情奔放的。

《铙歌》十八曲都是参差不齐的杂言诗，押韵和句式极为灵活自由，可惜也大都写得佶屈聱牙，很难读懂，有些甚至无法句读。著录传抄造成的"字多讹误"是一个原因，但更重要的恐怕还是"声辞艳相杂"，表声的文字和表义的文字杂乱混淆，后人难以区分，自然无法理解。

西汉后期，《郊祀歌》和《铙歌》都划归太乐署掌管，从此与民间音乐完全绝缘。汉代以后的朝廷郊庙鼓吹乐章，内容颇多沿袭，在当时虽说是事关国典、无比隆重的乐歌，在今天看来，不过是庙堂文学的僵尸残骸。

（二）　"感于哀乐，缘事而发"的汉俗曲歌辞

班固虽不曾把那一百三十八首西汉乐府民歌记录在《汉书》里，但对这些民歌却也做了很好的概括，这就是他说的"感于哀乐，缘事而发"。从现存不多的作品看来，包括东汉在内，这一特色确是很显著。这些民歌不仅具有丰富的社会内容，而且具有高度的思想性。它们广泛地反映了两汉人民的痛苦生活，像镜子一样照出了两汉的政治面貌和社会面貌，同时还深刻地反映了两汉人民的思想感情。

1. 社会生活的真实画卷

（1）对阶级剥削和压迫的描绘

汉代土地兼并剧烈，阶级剥削和压迫又极惨重，农民生活异常痛苦。关于这一点，就是统治阶级的御用文人也不能不承认："贫民常衣牛马之衣，食犬彘之食""卖田宅，鬻子孙以偿债"（《汉书·食货志》）。因此，在汉乐府民歌中有不少对饥饿、贫困、受迫害的血泪控诉。如《妇病行》所反映的便是在残酷的剥削下父子不能相保的悲剧：

　　妇病连年累岁，传呼丈人前一言。当言未及得言，不知泪下一何翩翩。"属累君两三孤子，莫我儿饥且寒！有过慎莫笪

答！行当折摇，思复念之！"乱曰：抱时无衣，襦复无里。闭门寒牖舍，孤儿到市。道逢亲交，泣坐不能起。从乞求与孤买饵。对交啼泣，泪不可止。"我欲不伤悲，不能已。"探怀中钱持授。交入门，见孤儿啼索其母抱。徘徊空舍中，"行复尔耳，弃置勿复道！"

诗中写一个妇人久病不起，临终前再三嘱咐丈夫要好好养育孩子，不要打骂他们，可是她死了以后，孩子们无衣无食。父亲到市上去乞讨，碰到熟人，同情地给了他几个钱。回到家，见小孩子不懂母亲已经死了，还一个劲地哭着要母亲抱。这是最普通人的最普通的生活，又是充满苦难与辛酸的生活。这样的诗，是过去从来没有过的。诗中那位母亲临终之际对自己的孩子死不瞑目的牵挂，真可以催人泪下。残酷的剥削，竟使得这个做父亲的不得不违背妻子临终时的千叮万嘱，忍心地抛弃了自己的孩子。《汉书·贡禹传》说："武帝征伐四夷，重敛于民，民产子三岁，则出口钱，故民困重，至于生子辄杀，甚可悲痛。宜令儿七岁去齿，乃出口钱"。由此可见，当时许多贫民还有因口赋钱而杀害亲生子的，抛弃子女的惨剧也必相当普遍，并不足为异。诗言两三孤子，到市求乞的是大孤儿，啼索母抱的是小孤儿。"塞牖舍"之"舍"即徘徊空舍之"舍"。牖舍连文，看似重复，但正是汉魏古诗朴拙处，像舟船、觞杯、餐饭、晨朝、门户等连用的例子是很多的。

人民的容忍是有限度的，因此在汉乐府民歌中也反映了人民对统治阶级的实际斗争行为。在这方面，《东门行》和《陌上桑》特别值得我们珍视，它们充分地体现了人民反压迫、反剥削的斗争精神。

《陌上桑》则是通过面对面的斗争歌颂了一个反抗荒淫无耻的五马太守的采桑女子——秦罗敷，塑造了一个美丽、勤劳、机智、勇敢、坚贞的女性形象。这是一出喜剧，洋溢出乐观主义的精神。全诗分三解（解为乐歌的段落），作者用别开生面的烘托手法让罗敷一出场就以她的惊人的美丽吸引着读者和观众：

行者见罗敷，下担捋髭须。少年见罗敷，脱帽著绡头。耕者忘其犁，锄者忘其锄。来归相怨怒，但坐观罗敷。

写罗敷之美，不从罗敷本身实写，却从旁观者眼中、神态中虚摹，是有独创性的。这段描写，不仅造成活泼的喜剧气氛，同时在结构上也为那"五马立踟蹰"的"使君"做了导引。第二解是诗的主旨所在，写使君的无耻要挟和罗敷的断然拒绝："使君一何愚！使君自有妇，罗敷自有夫。"第三解写罗敷夸说自己的夫婿的事功和才貌，则又是一种机智的反击。这段夸说，也表现了作者的爱憎，罗敷越说越高兴，那使君自然越听越扫兴。"座中数千人，皆言夫婿殊！"喜剧便是在这种充满胜利快感的哄堂大笑中结束。汉时太守(使君)，照例要在春天循行属县，说是"观览民俗"、"劝人农桑"，实际上往往"重为烦扰"(见《汉书·韩延寿传》、《后汉书·崔骃传》)。《陌上桑》所揭露的正是当时太守行县的真相，所谓"重为烦扰"的一个丑恶方面，是有其特定的时代背景的。它并不是什么故事诗，更不是由故事演变而来的故事诗，而是一篇"感于哀乐，缘事而发"的活生生的现实作品。

(2) 对战争和徭役的揭露

在这一方面汉乐府民歌也有不少杰作。汉代自武帝后，长期的对外战争给人民带来深重的灾难，因此有的民歌通过战死者的现身说法揭露了战场的惨状和统治阶级的残忍与昏庸，如《战城南》一诗就是如此。

全篇都托为战死者的自诉，"为我谓乌"数句尤奇，真是想落天外。战死沙场，暴骨不葬，情本悲愤，却故作豪迈慷慨语，表情愈深刻，揭露也愈有力。"梁筑室"四句，追叙战败之因，见死得冤枉。

《十五从军征》则是通过一个老士兵的自述揭露了当时兵役制度的黑暗。汉代兵役制度，据当时官方的规定是：民年二十三为正卒，一岁为卫士，一岁为材官、骑士，五十免兵役。但这首民歌却揭穿了统治阶级的欺骗，诗中的主人公足足服了六十五年的兵役，而穷老归来，仍一无抚恤，他的悲剧的结局是可想而知的。"八十始得归"，这并不是什么夸张的说法，而是客观真实。《宋书》卷一百载沈亮对宋文帝说："伏见西府兵士，或年几八十，而犹伏隶，或年始七岁，而已从役。"可见这种现象，不独汉代，而是历代都有的。

在汉乐府民歌中出现了不少流亡者的怨愤的呼声。他们有的是无家可归，如《古歌》：

秋风萧萧愁杀人，出亦愁，入亦愁。座中何人，谁不怀忧?令我白头！胡地多飙风，树林何修修。离家日趋远，衣带

乐府民歌

日趋缓。心思不能言，肠中车轮转。

诗中提到"胡地"，显然与战争有关。《悲歌》更明言"欲归家无人"，只能是"悲歌可以当泣，远望可以当归"。他们有的虽并非家中无人，却又是妻离子散。如《饮马长城窟行》便是写的一个妻子为了寻求她的丈夫而辗转流徙在他乡的事例。"远道不可思，宿昔梦见之。梦见在我旁，忽觉在他乡。他乡各异县，辗转不相见。"读这些诗句，不禁令我们联想起唐人张仲素的《秋闺思》："欲寄征人问消息，居延城外又移军。"在封建社会，人民所受的苦难往往是相近似的。

此外，《东光》一篇也是反对黩武战争的，但含有游子思家的情调，士兵们并自称"游荡子"："诸军游荡子，早行多悲伤。"由此看来，在流亡者的怀乡曲中当有不少士兵的作品，上述《古歌》等就很可能是。

（3）对封建礼教和封建婚姻制的抗议

汉代自武帝罢黜百家，尊崇儒术，封建礼教的压迫也就随之加重。在"三从""四德""七去"等一系列封建条文的束缚下，妇女的命运更加可悲。因此，在汉乐府民歌中我们很少读到像《诗经》的"国风"所常见的那种轻松愉快的男女相悦之词，只有《江南》是个例外：

江南可采莲，莲叶何田田。鱼戏莲叶间。鱼戏莲叶东，鱼戏莲叶西。鱼戏莲叶南，鱼戏莲叶北。

《乐府古题要解》说："江南古词，盖美芳辰丽景，嬉游得时也。"可能是一首与劳动相结合的情歌。古人常以莲象征爱情，以鱼比喻女性。它可能是武帝时所采《吴楚汝南歌诗》。

但是，更多的还是弃妇和怨女的悲诉与抗议。有的因无辜被弃，对喜新厌旧的"故夫"提出了责难，如《上山采蘼芜》：

上山采蘼芜，下山逢故夫。长跪问故夫：新人复何如？新人虽言好，未若故人姝。颜色类相似，手爪不相如。新人从门入，故人从阁去。新人工织缣，故人工织素。织缣日一匹，织素五丈余。将缣来比素，新人不如故。

此篇向来列入古诗，其实是"缘事而发"的民歌。张玉谷说："通章问答成章，乐府中有此一体，古诗中仅见斯篇。"(《古诗赏析》卷四)可见即从表现手法上也可以看出它不会是文人的抒情诗。从这首诗中我们可以看到这个弃妇是如何冤屈：她勤劳、能干、柔顺，但她还是被抛弃了。作者巧妙地通过"故夫"自己的招供揭示了他的丑恶的灵魂。不难想像：那个新人的命运并不会比故人好些。

有逆来顺受的弃妇，但也有敢于反抗夫权，对三心二意的男子毅然表示"决绝"的女性，如《白头吟》。诗一开头就说："皑如山上雪，皎若云间月。闻君有两意，故来相决绝。"用雪与月表明自己的光明纯洁，而对方之卑鄙龌龊也就不在话下。切身的痛苦使得诗的主人公正确地提出了"愿得一心人，白头不相离"的爱情理想。然而在那恋爱不自由、婚姻不自由的情况下，这理想是无法实现的。这个倔强的女子终于不能不伤心得落泪，原因就在此。

汉乐府民歌中还保存有少数讽刺统治者卖官的政治丑剧和权门豪家的荒淫生活的。前者如《长安有狭邪行》："小子无官职，衣冠仕洛阳。"便是在讽刺卖官鬻爵。卖官之风，西汉已有，但不如东汉之甚。《后汉书·桓帝纪》和《灵帝纪》都有公开"占卖关内侯、虎贲、羽林，入钱各有差"的记载，灵帝并"私令左右卖公卿，公千万，卿五百万"，因而出现了无官职而有官服的所谓"衣冠仕"的怪现象。又诗言"仕洛阳"，洛阳乃东汉首都，也足证应该是东汉时作品。后者如《相逢行》，极力摹写那个少年家庭如何荣华富贵，好像是句句恭维、钦羡，其实是句句奚落，是另一种讽刺手法。对较好的官吏，民歌也有表扬，如《雁门太守行》写和帝时洛阳令王涣的政绩，表现了人民的爱憎分明。东汉乐府继续采诗，这也是一个明证。

总之，通过汉乐府民歌，我们可以听到当时人民自己的声音，可以看到当时人民的生活图画，它是两汉社会全面的真实的反映。它继承并发扬了《诗经》的现实主义精神，如《战城南》《陌上桑》《东门行》《妇病行》《孤儿行》《艳歌行》《上山采蘼芜》《十五从军征》等，具有很强的现实性。在描写上多用叙事体，语言朴素生动。句式有的是杂言，有的则为五言，是五言诗体的先驱者。《焦仲卿妻》（即《孔雀东南飞》）描写男女爱情悲

剧，控诉封建家长制的罪恶，更是一篇中国诗歌史上罕见的长篇叙事杰作。汉乐府民歌的深刻内容和生动新颖的艺术形式，为中国古代诗歌创立了一个新的优良传统，从而对后代诗歌产生深远的影响。

2. 崭新的艺术手法和艺术形式

汉乐府民歌最大、最基本的艺术特色是它的叙事性，这一特色是由它的"缘事而发"的内容决定的。在《诗经》中我们虽然已可看到某些具有叙事成分的作品，如《国风》中的《氓》、《谷风》等。但还是通过作品主人公的倾诉来表达的，仍是抒情形式，还缺乏完整的人物和情节，缺乏对一个中心事件的集中描绘，而在汉乐府民歌中则已出现了由第三者叙述故事的作品，出现了有一定性格的人物形象和比较完整的情节，如《陌上桑》、《东门行》，特别是我们将在下一节叙述的《孔雀东南飞》，诗的故事性、戏剧性，比之《诗经》中那些作品都大大地加强了。因此，在我国文学史上，汉乐府民歌标志着叙事诗的一个新的更趋成熟的发展阶段。它的高度的艺术性主要表现在：

（1）通过人物的语言和行动来表现人物性格。有的采用对话的形式，如《陌上桑》中罗敷和使君的对话；《东门行》中妻子和丈夫的对话，都能表现出人物机智、勇敢、善良等各自不同的性格。《上山采蘼芜》和《艳歌行》的对话也很成功。如果和《诗经》的《国风》比较，就更容易看出汉乐府民歌这一新的特色。对话外，也有采用独白的，往往用第一人称让人物直接向读者倾诉，如《孤儿行》、《白头吟》、《上邪》等。汉乐府民歌还能注意人物行动和细节的刻画。如《艳歌行》用"斜柯西北眄"写那个"夫婿"的猜疑；《妇病行》用"不知泪下一何翩翩"写那个将死的病妇的母爱；《陌上桑》用"捋髭须""著绡头"来写老年和少年见罗敷时的不同神态；《孤儿行》则更是用一连串的生活细节如"头多虮虱""拔断蒺藜""瓜车翻覆"等来突出孤儿所受的痛苦。由于有声有色，人物形象生动，因而能令人如闻其声，如见其人。

（2）语言的朴素自然而带感情的语言风格。汉乐府民歌的语言一般都是口语化的，同时还饱含着感情，饱含着人民的爱憎，即使是叙事诗，也是叙事与抒情相结合，因而具有强烈的感染力。胡应麟："汉乐府歌谣，采摭闾阎，非

中国古代诗词歌赋

由润色；然而质而不俚，浅而能深，近而能远，天下至文，靡以过之！"（《诗薮》卷一）这些话正说明了这一语言的特色。汉乐府民歌一方面由于所叙之事大都是人民自己之事，诗的作者往往就是诗中的主人公；另一方面也由于作者和他所描写的人物有着共同的命运、共同的生活体验，所以叙事和抒情便很自然地融合在一起，做到"浅而能深"。《孤儿行》是很好的范例：

孤儿生，孤儿遇生，命独当苦！父母在时，乘坚车，驾驷马。父母已去，兄嫂令我行贾。南到九江，东到齐与鲁。腊月来归，不敢自言苦。头多虮虱，面目多尘，大兄言"办饭"！大嫂言"视马"！上高堂，行取殿下堂，孤儿泪下如雨，使我朝行汲，暮得水来归。手如错，足下无菲。怆怆履霜，中多蒺藜。拔断蒺藜，肠肉中，怆欲悲。泪下渫渫，清涕累累。冬无复襦，夏无单衣。居生不乐，不如早去下从地下黄泉！春气动，草萌芽。三月蚕桑，六月收瓜。将是瓜车，来到还家。瓜车翻覆，助我者少，啖瓜者多。"愿还我蒂，兄与嫂严，独且急归，当兴校计。"乱曰：里中一何譊譊，愿欲寄尺书，将与地下父母：兄嫂难与久居！

宋长白《柳亭诗话》说："病妇、孤儿行二首，虽参错不齐，而情与境会，口语心计之状，活现笔端，每读一过，觉有悲风刺人毛骨。后贤遇此种题，虽竭力描摹，读之正如嚼蜡，泪亦不能为之堕，心亦不能为之哀也。"这话很实在，并没有冤枉"后贤"，但他还未能指出这是一个生活体验的问题。《孤儿行》对孤儿的痛苦没有做空洞的叫喊，而着重于具体描绘，也是值得注意的一个特点。

（3）艺术形式的自由和多样。汉乐府民歌没有固定的章法、句法，长短随意，整散不拘，由于两汉时代紧接先秦，其中虽有少数作品还沿用着《诗经》古老的四言体，如《公无渡河》、《善哉行》等，但绝大多数都是以新的体裁出现的。从那时来说，它们都可以称为新体诗。这新体主要有两种：一是杂言体。杂言，《诗经》中虽已经有了，如《式微》等篇，但为数既少，变化也不大，到汉乐府民歌才有了很大的发展，一篇之中，由一二字到八九字乃至十字的句式都有，如《孤儿行》"不如早去下从地下黄泉"便是十字成句的。而《铙歌十八曲》全部都是杂言，竟自成一格了。另一是五

言体。这是汉乐府民歌的新创。在此以前，还没有完整的五言诗，而汉乐府却创造了像《陌上桑》这样完美的长篇五言。从现存《薤露》《蒿里》两篇来看，汉乐府民歌中当有完整的七言体，可惜现在我们已看不到了。丰富多样的形式，毫无疑问，是有助于复杂的思想内容的表达的。

（4）浪漫主义的色彩。汉乐府民歌多数是现实主义的精确描绘，但也有一些作品具有不同程度的浪漫主义色彩，运用了浪漫主义的表现手法。如抒情小诗《上邪》那种如山洪暴发似的激情和高度的夸张，便都是浪漫主义的表现。在汉乐府民歌中，作者不仅让死人现身说法，如《战城南》，而且也使乌鸦的魂魄向人们申诉，如《乌生》，甚至使腐臭了的鱼会哭泣，会写信，如《枯鱼过河泣》：

　　枯鱼过河泣，何时悔复及。作书与鲂鱮，相教慎出入。

所有这些丰富奇特的幻想，更显示了作品的浪漫主义特色。陈本礼《汉诗统笺》评《铙歌十八曲》说："其造语之精，用意之奇，有出于三百、楚骚之外者。奇则异想天开，巧则神工鬼斧。"其实，并不只是《铙歌》。特别值得注意的是《陌上桑》。从精神到表现手法都具有较明显的现实主义和浪漫主义相结合的因素。诗中的主人公秦罗敷，既是来自生活的现实人物，又是有蔑视权贵、反抗强暴的民主精神的理想形象。在她身上集中地体现了人民的美好愿望和高贵品质。十分明显，如果没有疾恶如仇的现实主义和追求理想的浪漫主义这两种精神的有机结合，以及现实主义的精确描绘和浪漫主义的夸张虚构这两种艺术方法的相互渗透，是不可能塑造出罗敷这一卓越形象的。尽管这种结合，是自发的、自然而然的，但作为一种创作经验，还是值得我们借鉴。

（三）杰出的叙事长诗《孔雀东南飞》

　　汉乐府民歌一般都篇幅短小，《孔雀东南飞》却长达三百五十余句，一千七百多字，篇幅之宏伟，不仅在乐府中独一无二，在整个古代诗歌史上也极为罕见。这首杰出的叙事长篇，代表了汉乐府的最高成就。《孔雀东南飞》是汉乐府叙事诗发展的高峰，也是我国文学史上现实主义诗歌发展中的重要标志。

《孔雀东南飞》描写的是封建制度造成的一出爱情悲剧。它原名《焦仲卿妻》，最早见于徐陵所编《玉台新咏》。诗前小序说：

> 汉末建安中，庐江府小吏焦仲卿妻刘氏，为仲卿母所遣，自誓不嫁，其家逼之，乃投水而死。仲卿闻之，亦自缢于庭树。时人伤之，为诗云尔。

这几句话告诉了我们许多事：故事发生的时代、地点、男女主角的姓名，以及诗的作者和时代。这说明徐陵必有所据，才能这样言之凿凿。尽管由长期流传到最后写定，难免经过文人们的修饰，但从作品总的语言风格及其所反映的社会风尚看来，仍然可以肯定它是建安时期的民间创作。只以太守求婚刘家一端而论，这在门第高下区分禁严的六朝就是不能想象的事情。

1. 深刻而巨大的社会意义和思想意义

这首长篇叙事诗闪耀着强烈的反封建精神的光芒，它以鲜明的爱憎，着力鞭笞了封建礼教对青年一代，特别是对青年夫妇的迫害。《孔雀东南飞》深刻而巨大的社会意义和思想意义在于：通过焦仲卿、刘兰芝的婚姻悲剧有力地揭露了封建礼教、封建家长制的罪恶，同时热烈地歌颂了兰芝夫妇为了忠于爱情宁死不屈地反抗封建恶势力的斗争精神，并最后表达了广大人民争取婚姻自由的必胜信念。由于它所提出的是封建社会里一个极其普遍的社会问题，这就使得这一悲剧具有高度的典型意义，感动着千百年来的无数读者。

2. 个性鲜明的人物形象的塑造

《孔雀东南飞》最大的艺术成就是成功地塑造了几个鲜明的人物形象，通过这些人物形象来表现反封建礼教的主题思想。

首先我们看到作者以无限同情的笔触全神贯注地从各方面来刻画刘兰芝这一正面人物。作者写她如何聪明美丽、勤劳能干、纯洁大方，特别是自始至终突出了她那当机立断、永不向压迫者向恶势力示弱的倔强性格。在"三日断五匹，大人故嫌迟"的无理压迫下，她知道在焦家无法活下去，她起来斗争了，她主动向仲卿提出："妾不堪驱使，徒留无所施，便可白公姥，及时相遣归。"在封建社会，被遣是最不体面最伤心的事情，但当兰芝"上堂拜阿母，阿母怒不止"时，却表现得那么镇定从容，没掉一滴

泪，没有流露出一点可怜相。当她被遣回家，阿兄摆出封建家长的身份逼迫改嫁，阿母又不肯做主，她知道娘家也待不下去，决定的时刻已经到来，于是心怀死志，而外示顺从，索性一口答应："登即相许和，便可作婚姻。"从而摆脱了家人的提防，得以和仲卿密定死计，并最后达到誓死反抗的目的。正是这种倔强性格和不妥协的斗争精神使刘兰芝成为古典文学中光辉的妇女形象之一。

其次，对另一正面人物焦仲卿，作者也做了真实的描绘。他和兰芝不同，所受的封建礼教影响较深，又是个府吏，因此性格比较软弱。但他是非分明，忠于爱情，始终站在兰芝一边，不为母亲的威迫利诱动摇，并不顾母亲的孤单和"不孝有三，无后为大"的"罪名"，终于走上以死殉情的彻底反抗的道路："徘徊庭树下，自挂东南枝。"仲卿和兰芝虽"同是被逼迫"，但二人处境毕竟不尽相同。兰芝一无牵挂，仲卿则思想感情上不能不发生某些矛盾，自缢前的"徘徊"是他应有的表现。

反面人物焦母和刘兄，是封建礼教和宗法势力的代表。作者虽寥寥几笔，着墨不多，但其狰狞可恶，已跃然纸上。这些反面人物也都是从现实生活中概括出来的，同样具有高度的典型性。

3. 人物形象塑造的特点

第一是个性化的对话。对话，上述乐府民歌中已不少，但在《孔雀东南飞》中更有所发展，贯穿全诗的大量的对话，对表现人物性格起了重大的作用。兰芝和仲卿的大段对话不用说，即使是焦母、刘兄的三言两语也都非常传神。如"小子无所畏，何敢助妇语!""不嫁义郎体，其往欲何云?"便活画出这两个封建家长的专横面目。

第二是注意人物行动的刻画。如用"捶床便大怒"写焦母的泼辣，用"大拊掌"写刘母的惊异和心灰意冷。这种刻画，在兰芝身上更加明显。特别值得我们玩索的是写兰芝"严妆"一段。被遣回家，原是极不光彩、极伤心的事，但作者写兰芝却像做喜事一样地着意打扮自己，这就不仅巧妙地借此对兰芝的美丽做了必要的补叙，并为下文县令和太守两度求婚做张本，而且有力地突出了兰芝那种坚忍刚毅、从容不迫的性格。但是，由于对丈夫的爱，兰芝内心是有矛盾的，所以作者写兰芝严妆时用"事事四五通"这一异乎寻常的动作来刻画她欲去而又不忍遽去的微妙复杂的心情。此外，如用"进退无颜仪"来写兰芝这样一个爱好爱强的女性回到娘家时的尴尬情形，用"仰头答"来写兰芝对哥哥的反抗，用"举手拍马鞍"来写兰芝最后和仲卿会面时的沉痛，所有这些，都大大地加深了人物形象的生动性。

第三是利用环境或景物描写作衬托、渲染。如写太守迎亲一段，关于太守的气派真是极铺张排比之能事。但并不是为铺张而铺张，而是为了突出这一势利环境用以反衬出兰芝"富贵不能淫，威武不能屈"的品德和爱情。这种豪华宝贵，正是一般人，包括兰芝的母亲和哥哥在内所醉心的。关于景物描写，如用"其日牛马嘶"来渲染太守迎亲那天的热闹场面，用"今日大风寒，寒风摧树木，严霜结庭兰"来造成一种悲剧气氛，也都能从反面或正面衬托出人物的悲哀心境。

第四个艺术特点是运用抒情性的穿插。在长达一千七百多字的叙事诗《孔雀东南飞》里面，作者的话是很少的。但是，在关键性的地方，作者也情不自禁而又不着痕迹地插上几句。如当兰芝和仲卿第一次分手时，作者写道："举手长劳劳，二情同依依。"又如当兰芝和仲卿最后诀别时，作者写道："生人作死别，恨恨那可论？念与世间辞，千万不复全！"作者已和他的主人公融成一体了，他懂得他的主人公这时的心情，因而从旁代为表白他们在彼此对话中无法表白的深恨沉冤。这些抒情性的穿插，也是有助于对人物的处境和心情的深入刻画的。诗的结语"多谢后世人，戒之慎勿忘"，虽用了教训的口吻，明白宣布写作的目的，但并不令人起反感，也正是由于其中充满着作者的同情，带有强烈的抒情性。

前面说过，汉乐府民歌的某些作品具有不同程度的浪漫主义色彩，和现实主义表现为不同程度的结合，这也是《孔雀东南飞》一个不容忽视的艺术特点。诗的末段，用松柏梧桐，交枝接叶，鸳鸯相向，日夕和鸣，来象征焦仲卿夫妇爱情的不朽。这是对叛逆的歌颂，对斗争的鼓舞，也是对理想生活的追求。从精神到表现手法，它都是浪漫主义的。我们知道，在民间流行的有关夫妻殉情的故事中，这类优美的幻想是颇不少的，如韩凭夫妇、陆东美夫妇，以

及晋以后流行的梁祝化蝶等。但见于诗歌，《孔雀东南飞》却是最早的。

此外，语言的生动活泼，剪裁的繁简得当，结构的完整紧凑，也都是这篇伟大的叙事长诗的艺术特色。由于思想性和艺术性的高度结合，《孔雀东南飞》影响之深远也是独特的。自"五四"运动一直到解放后，它还不断地被改编为各种剧本，为广大人民所喜爱。

（四）汉乐府民歌的特色与文学成就

文人创作辞赋是汉代文学的主流，而乐府民歌作为民间的创作，是非主流的存在。它与文人文学虽有一致的地方，但更多不一致之处。这种非主流的民间创作，以其强大的生命力逐渐影响了文人的创作，最终促使诗歌蓬勃兴起，取代了辞赋对文坛的统治。所以，它在中国文学史上，有着极其重要的地位。

现存的汉乐府民歌数量不算多。但是，在到汉为止的中国文学史上，它显示出特异的光彩。下面，我们对其主要的特色与成就，逐一介绍。

第一，汉乐府民歌具有浓厚的生活气息，尤其是第一次具体而深入地反映了社会下层民众日常生活的艰难与痛苦。在汉代文人文学中，政论散文、辞赋，都不涉及社会下层的生活；《史记》也只记述了社会中下层中某些特殊人物的特殊经历，如医师、卜者、游侠等。至于汉代以前，只有同为民歌的《诗经》中的《国风》部分，与汉乐府民歌较为相近。但是，《国风》虽然也有比较浓厚的生活气息，它反映社会下层生活的特征并不显著，更没有具体深入地反映出这种生活的艰难与痛苦之处。《国风》中大量的关于婚姻、爱情的诗篇，我们只能说它写出了包括社会中下层在内的人类生活中一个具有普遍性的方面，而无法确定所写的一定是下层的或"劳动人民"的生活。反映士兵征战之苦与怀乡之情的诗篇，也只是写出了下层人民生活的一个比较特殊的方面。只有《豳风·七月》，反映了奴隶们一年四季的劳作生活，但它又只是概括性的陈述，而不是具体深入的描写，而且也仅有这一篇。因此，汉乐府民歌中的许多诗篇，读来就有耳目一新之感。《孤儿行》诗中的孤儿，原是一个富人家的子弟。但父母死后，却成为兄嫂的奴隶。他被迫远行经商，饱经风霜，归来后"头多虮虱，面目多尘"，也不能稍事休息："大兄言办饭，大嫂言视马""使我早行汲，暮得水来归"。平日"冬无复襦，夏无单衣"从"三月蚕桑"到"六月收瓜"，什么都得干，使得这位孤儿发出了"居生不乐，不如早去，下从地下黄泉"的悲痛呼喊！这实际上是社会底层人物的生活景象。

《东门行》写了一个城市贫民为贫困所迫走向绝路的场面：

出东门，不顾归。来入门，怅欲悲。盎中无斗米储，还视架上无悬衣。拔剑东门去，舍中儿母牵衣啼："他家但愿富贵，贱妾与君共𩚫糜。上用仓浪天故，下当用此黄口儿！""今非，咄！行！吾去为迟。白发时下难久居！"

无衣无食，又无任何希望的岁月，使得这位男主人公再也不能忍受，宁可铤而走险。女主人公则苦苦解劝，希望丈夫忍受煎熬，不要做违法而危险的事情。这个场面，也是非常感人的。

《艳歌行》写了远离家乡谋生的流浪者生活中一件细琐的小事，情感不像上述几篇那样强烈，但同样浸透了人生的辛酸：

翩翩堂前燕，冬藏夏来见。兄弟两三人，流宕在他县。故衣谁当补？新衣谁当绽？赖得贤主人，览取为吾绽。夫婿从门来，斜柯西北眄。"语卿且勿眄，水清石自见。"石见何累累，远行不如归！

在异乡为别人家干活的兄弟，有幸遇上一位贤惠的女主人，愿意为他们缝补衣衫，她丈夫回来看到了，心怀猜疑地斜视着他们。这使流浪者深感"远行不如归"。然则归又如何呢？倘非为生活所迫，也就不会出门了。

其他如《战城南》写战死的士卒，横尸战场，听任乌鸦啄食。凡此种种，都写出了孤苦无助的人在人间的悲惨遭遇。这种从来就存在，而且后来也长期存在下去的生活事实在汉乐府民歌中，第一次被具体而深入地反映出来，显示了中国文学一个极大的进步，同时，也为后代诗歌提供了一种重要的、内容极其广泛的题材。由于很多诗人继承了汉乐府民歌的传统，反映民生疾苦渐渐成为中国诗歌的一种显著特色。

生活气息浓厚这一特点，主要表现于上述反映下层人物生活的作品中，但也不是仅有这一类作品才具备。譬如《陇西行》，赞美一位能干的主妇善于待客和操持家务，也很有生活气息。

第二，汉乐府民歌奠定了中国古代叙事诗的基础。中国诗歌一开始，抒情诗就占有压倒的优势。《诗经》中仅有少数几篇不成熟的叙事作品，楚辞也以抒情为主。到了汉乐府民歌出现，虽不足以改变抒情诗占主流的局面，但却能够宣告叙事诗的正式成立。现存的汉乐府民歌，约有三分之一为叙事性的作品，这个比例不算低。《汉书·艺文志》说汉乐府民歌有"缘事而发"的特色，主要当是从这一点来说的。前面所说汉乐府民歌的第一个特色，即生活气息浓厚和深入具体地反映下层民众日常生活的艰难痛苦，也是因为采取了叙事诗的形式。这些叙事性的民歌，大多采用第三人称，表达人物事件显得自由灵活。在结构方面，也有显著特点。汉乐府民歌中的叙事诗大都是短篇，这一类作品，常常是选取生活中一个典型的片断来表现，使矛盾集中在一个焦点上，既避免过多的交代与铺陈，又能表现广阔的社会背景。如前面说到的《东门行》，只是写了丈夫拔剑欲行、妻子苦苦相劝的场面，但诗歌背后的内容却是很丰富的。《艳歌行》同样只写了女主人为游子缝衣、男主人倚门斜视的片断，却使人联想到流浪生活的无数艰辛。《十五从军征》在这方面更为突出：

十五从军征，八十始得归。道逢乡里人："家中有阿谁？""遥看是君家，松柏冢累累。"兔从狗窦入，雉从梁上飞。中庭生旅谷，井上生旅葵。舂谷持作饭，采葵持作羹。羹饭一时熟，不知贻阿谁。出门东向看，泪落沾我衣。

一面是六十五年的从军生涯，苦苦思乡；一面是家中多少天灾人祸，亲人一一凋零。一切不说，只说老人白头归来，面对荒凉的庭园房舍和一座座坟墓，人生的苦难，社会的黑暗，乃至更多人的同样遭遇，尽在其中了。这首仅十六句的诗不仅涵量大，而且写得从容舒缓，绝无局促之感。

中国古代的叙事诗，可以说完全是在汉乐府民歌的基础上发展起来的，后代的叙事诗，在分类上一般都归属于乐府体。许多名篇，直接以"歌"、"行"为名，如唐代白居易的《长恨歌》、《琵琶行》。这是表示对乐府民歌传统的继承，因为"歌"、"行"原来是乐府诗专用的名称。在写作手法上，无论短篇和长篇，也都受到汉乐府民歌的影响。

第三，汉乐府民歌表现了激烈而直露的感情。在先秦文学中我们学过了《诗经》的情感表达，指出它的总体的特征，是有所抑制而趋于平和含蕴，古人以"温柔敦厚"四字来概括。屈原的作品中，情感是相当激烈的，但作为一个失败的政治人物的抒情，又有其特殊性。汉乐府民歌可以说既接受了楚文化传统的熏陶，同时又在更广泛的生活方面和更强烈的程度上表现这一特点，无论表现战争、表现爱情，乃至表现乡愁，都尽量地释放情感。叙事诗是如此，抒情诗更是如此。如《战城南》这样来描述战争的惨烈就是一篇名篇。而《上邪》则以五种绝不可能出现的自然现象描写热恋中的情人对于爱情的誓言。诗中主人公连用了五种绝不可能出现的自然现象，表示爱对方一直要爱到世界的末日。《诗经》中即使最强烈的表达，如《唐风·葛生》所说的"夏之日，冬之夜，百岁之后，归于其居"，比较之下，也显得平静而理智了。

对于背叛爱情的人，《有所思》又是毫无留恋，毫无《诗经》中常见的忧伤哀怨，而是果断地愤怒地表示决裂：

有所思，乃在大海南。何用问遗君？双珠玳瑁簪等，用玉绍缭之。闻君有他心，拉杂摧烧之。摧烧之，当风扬其灰。从今以往，勿复相思，相思与君绝！

诗中主人公一听说对方"有他心"，立即把准备送给对方的宝贵的爱情信物折断摧毁并烧成灰，这还不够，还要"当风扬其灰"，以表示"相思与君绝"！

《古歌》和《悲歌》抒发乡愁，又是那样浓厚沉重，无法排遣。前者如下：

秋风萧萧愁杀人，出亦愁，入亦愁，座中何人，谁不怀忧？令我白头！胡地多飙风，树木何修修。离家日趋远，衣带日趋缓。心思不能言，肠中车轮转。

综上所述，可以说：汉乐府民歌在中国诗歌史上，是一次情感表现的解放。《汉书·艺文志》说汉乐府民歌是"感于哀乐"之作，便是指这一特色而言吧。对于诗歌的发展，这一点同样是很重要的。后代情感强烈的诗人，常从这里受到启发。李白的《战城南》，就是对汉乐府民歌的模仿。

第四，汉乐府民歌中，不少作品表现了对

生命短促，人生无常的悲哀。汉代两首流行的丧歌《薤露》和《蒿里》，就是这样的作品：

> 薤上露，何易晞！露晞明朝更复落，人死一去何时归！

> 蒿里谁家地？聚敛魂魄无贤愚。鬼伯一何相催促，人命不得少踟蹰！

前一首感叹生命就像草上的露水很快晒干一样短暂，却又不像露水又会重新降落；后一首感叹在死神的催促下，无论贤者、愚者，都不能稍有停留，都成了草中枯骨。应当指出，汉代人并不是只在送葬时唱这种歌；平时，甚至在欢聚的场合，也唱它们。《后汉书·周举传》载，外戚梁商在洛水边大会宾客，极尽欢乐，"及酒阑倡罢，续以《薤露》之歌，座中闻者，皆为掩涕"。这似乎常常在提醒自己：乐极生悲，欢尽哀来。从中可以感受到汉人普遍的感伤气质。

生命的短促，是人类永远无法克服的事实。出于对美好人生的珍爱，因此而感到悲伤，也是自然的感情。而同样从这种伤感出发，人们又表现出不同的人生态度。《长歌行》强调了努力奋发：

> 青青园中葵，朝露待日晞。阳春布德泽，万物生光辉。常恐秋节至，焜黄华叶衰。百川东到海，何日复西归？少壮不努力，老大徒伤悲！

诗人以朝露易晞、花叶秋落、流水东去不归来比喻生命的短暂和一去不复返，由此咏出了"少壮不努力，老大徒伤悲"的千古绝唱。而面对同样事实，在《怨歌行》中，得出的结论是"当须荡中情，游心恣所欲"。《西门行》更进一步说："昼短苦夜长，何不秉烛游？"从今天的眼光看，《长歌行》所提倡的，或许更为积极可取。但《怨歌行》《西门行》所提倡的及时享乐，也包含着紧紧抓住随时可能逝去的生命的意识。汉乐府民歌中还有一些游仙诗，也是以一种幻想的方式，来反抗生命短促的事实。汉乐府民歌的这一种特色，与同时代的文人诗大体上是一致的，只是民歌中表现得更为强烈而直露。到了魏晋南北朝时代，感叹人生短促，并由此出发寻求各种解脱的途径，更成为文学尤其是诗歌的中心主题，游仙诗也进一步发展。所以，在文学史上，这也是值得重视的现象。

第五，汉乐府民歌表现了生动活泼的想像力。如《枯鱼过河泣》中的枯鱼（鱼干）竟然会哭泣懊悔，并会写信给其他鱼类，告诫它们出入当心；《战城南》中的死者，竟会对乌鸦说话，要求乌鸦为他号丧；《上邪》所设想的一连串不可能之事，都有"异想天开"之妙。如《古歌》以"腹中车轮转"喻忧愁循环不息；《薤露》以草上之露喻人生之短促；《豫章行》以山中白杨被砍伐运走、与根相离，喻人被迫离乡，等等。这种生动活泼的想象力，是先秦诗歌和汉代文人诗中较少出现的。其实，这也是整个汉乐府民歌的普遍特色。这一特色也给后人以一定的启发。

第六，汉乐府民歌使用了新的诗型：杂言体和五言体。其整个趋势，则是整齐的五言体越来越占优势。

杂言体诗在《诗经》中已有，如《式微》《伐檀》等篇。但《诗经》中这种诗为数甚少，在大量的四言体诗中，显得很不起眼，而且就是杂言体的诗，句式的变化也较小。

《楚辞》中的多数作品，句式也不是整齐划一的，但总是有些规则，大体上以五、六、七言句为主。汉乐府民歌则不然，它的杂言体诗完全是自由灵活的，一篇之中从一二字到十来字的都有。应该说，民歌的作者，只是按照内容的需要写诗，并不是有意要写成这样，也就是说，并不是有意要创造一种新的诗型。但它的杂言形式，确实有一种特殊的美感和艺术表现上的灵活生动之便。所以到了鲍照等诗人，就开始有意识地使用乐府的杂言体，以追求一定的效果；到了李白手中，更把杂言体的妙处发挥到极致。于是，杂言也就成为中国古诗的一种常见类型。

西汉的乐府民歌中，《铙歌》十八曲全都是杂言，《江南》则是整齐的五言。另外，像《十五从军征》等也有人认为是西汉作品。但不管怎样说，到了东汉以后，乐府民歌中整齐的五言诗越来越多，艺术上也越来越提高，是没有疑问的。这个过程，大概是同汉代文人诗相互影响、相互作用而形成的。在东汉中后期，文人的五言诗也日趋兴盛。而且，一般所说的"民歌"，尤其是上述语言技巧相当高的"民歌"，也难以排斥经过文人修饰甚或出于文人之手的可能。在汉代乐府民歌中和文人创作中孕育成熟的五言诗体，此后成为魏晋南北朝诗歌最主要的形式。

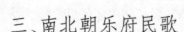

三、南北朝乐府民歌

南北朝乐府民歌是继周民歌和汉乐府民歌之后以比较集中的方式出现的又一批人民口头创作，是我国诗歌史上又一新的发展。它不仅反映了新的社会现实，而且创造了新的艺术形式和风格。一般说来，它篇制短小，抒情多于叙事。

南北朝民歌虽是同一时代的产物，但由于南北朝长期处于对峙的局面，在政治、经济、文化以及民族风尚、自然环境等方面又存在着明显的差异，因而南北朝民歌也呈现出不同的色彩和情调。南朝民歌清丽缠绵，更多地反映了人民真挚纯洁的爱情生活；北朝民歌粗犷豪放，广泛地反映了北方动乱不安的社会现实和人民的生活风习。南朝民歌中的抒情长诗《西洲曲》和北朝民歌中的叙事长诗《木兰诗》，分别代表着南北朝民歌的最高成就。南北朝时期，也像汉代一样，设有专门的乐府机关，采集诗歌，配合音乐演唱。这些乐府诗中有民间歌谣，也有贵族文人的作品，其中民歌部分更为新鲜活泼，更具艺术的魅惑力量。

《乐府诗集》所谓"艳曲兴于南朝，胡音生于北俗"，正扼要地说明了这种不同。南歌的抒情长诗《西洲曲》和北歌的叙事长诗《木兰诗》，为这一时期民歌生色不少，《木兰诗》尤为卓绝千古。

（一）清丽委婉的吴声西曲歌辞

南朝乐府民歌大部分保存在清商曲辞中。清商曲是我国古代主要的通俗乐曲，许多民歌都配合这种音乐演唱。南朝的清商曲又分为若干类，其中最重要的是"吴声歌曲"和"西曲歌"两类，民歌大多都属于这两类。"吴声歌曲"产生于江南吴地，以当时的首都建业（今南京）为中心地带。"西曲歌"产生于长江中游和汉水两岸的城市——荆（今湖北江陵县）、郢（今湖北宜昌县）、樊（今湖北襄樊市）、邓（今河南邓县）等地。这些都是当时的重镇，是商业发

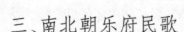 中国古代诗词歌赋

达的城市。因此，这些民歌所反映的多是城市生活，和汉乐府之多反映乡村生活不同。

"吴声歌曲"和"西曲歌"现存约近五百首，其中大部分是民歌。这些歌在内容上几乎全是表现男女爱情生活的，且又有十之八九出自女子之口。诗歌中生动地描写了少男少女彼此间真诚的爱慕，会面时天真愉快的神情和活动，离别以后沉重而又痛苦的相思情绪。描写得真挚而又深刻，字里行间洋溢着生命的热情和力量，表现了人民群众在爱情生活方面的积极行动和美好愿望。在那个时代，在封建礼教强大的统治威力的笼罩下，男女间正当的爱情经常得不到满足，反而受到许多的折磨和迫害，因而，热烈而又大胆地歌唱男女爱情的这类诗歌具有一定的进步意义。但有些歌词为妓女婢妾所作，其中某些情歌因之含有较浓厚的色情成分和脂粉气。

"吴声歌曲"中以《子夜歌》为最著名，一共四十二首，都以描写少女热恋为题材。它往往运用单纯朴素的语言，自然和谐的音调，来表达少女怀春的心情，委婉而生动，充满着天真活泼的情趣。也有描写因失恋而产生的悲愁和痛苦的，这类诗歌往往通过女子之口说出她们的焦灼甚至绝望的情绪。如《子夜歌》：

夜长不得眠，明月何灼灼。想闻散唤声，虚应空中诺。

这诗明白如话，写的是一女子对情人的缠绵思念之情。诗中通过对这女子望着深邃的夜空和皎洁的明月，辗转反侧，不能成寐的描绘，把其内心世界无法排遣的思亲之情和孤寂之感委婉地透露出来。这女子望着明月，思念着远方的爱人，望得发了呆，想得出了神，朦胧中仿佛听到亲人断断续续地在呼唤自己，情不自禁地答应一声，这乃是虚幻。当她发觉亲人并没有呼唤自己，夜空还是万籁俱寂，看到的依然是高悬的一轮明月，她是多么的失望和痛苦啊！

"吴声歌曲"除了写少女热恋，企盼亲人回归与之团聚的内容外，有些诗歌还反映了男子负心及封建社会恋爱不自由而造成的爱情悲剧。如：

郎为旁人取，负侬非一事。缲门不安横，无复相关意。（《子夜歌》）

我与欢相怜，约誓底言者？常叹负情人，郎今果成诈。（《懊侬歌》）

诗中反映了封建社会中男女地位的不平等，男性遗弃女性，往往不会受到应有的制裁，女性则得不到合理的保障。在这种可悲的处境中，女性只能在主观上希冀对方永不变心：

仰头看桐树，桐花特可怜。愿天无霜雪，梧子（指男性）解千年。（《子夜秋歌》）

《华山畿》是写一位少男在华山附近邂逅一位少女，"悦之无因，感心疾而死"。葬时经过华山少女家，驾车的牛停步不肯向前。少女出来唱了一曲悲

歌，棺盖忽然应声打开，她跳进去殉情而死了，这个故事真实地反映了封建社会中男女间没有社交和恋爱的自由，相思的痛苦折磨着他们，甚至牺牲了生命，他们幻想在死亡中获得解放，获得幸福的生活。它反映了封建社会的罪恶，反映了人民对于爱情的强烈愿望。

"西曲歌"中的重要歌词，有《三洲歌》《石城乐》《孟珠》《估客乐》《乌夜啼》《莫愁乐》《襄阳乐》等，大都是描写女子的别情。南朝时代，商业发达，长江中、下游地区的许多城市都相当繁荣，商人阶层生活更加富裕，这就刺激了他们对于爱情的浪漫的追逐，而他们中有些是来往客商，经常离别远行，因而江边送别的现象普遍存在。这些歌词就是这种现实的反映。如：

布帆百余幅，环环在江津。执手双泪落，何时见欢还？（《石城乐》）

闻欢下扬州，相遇楚山头。探手抱腰看，江水断不流！（《莫愁乐》）

"吴声歌曲"和"西曲歌"在描写爱憎的时候，常常使用了巧妙的比喻和夸张的手法，发挥了丰富的想像，使它的思想内容表现得非常生动突出。例如《子夜歌·年少当及时》篇，拿霜下草恰当地比喻了青春的容易消逝，使人明白应及时相爱。又如《读曲歌》用突然掉入井里的飞鸟来比喻一个刚听到对方变心的女子的骤然从欢愉转为悲愁的思想情感，刻画得非常生动。

《华山畿》形容女子悲痛落泪时，把泪水夸张得如同江水一般，它可以使身子沉没，不但表现了丰富的想像力，而且很好地表现了女子对于爱情的热烈态度。

中国古代诗词歌赋

北朝乐府民歌保存于乐府横吹曲辞的横吹曲中。横吹曲是军队中应用的音乐，要求雄伟悲壮。我国古代西北民族的乐曲，由于他们的风俗习惯等原因，常适用于军乐，而为中原文化所吸收。汉代的横吹曲，相传系张骞从西域传来，但歌辞没有流传下来。南北朝时代南北两朝在政治方面形成对峙，但在文化方面彼此还是互相交流的。南朝的吴声西曲，在北魏孝文帝宣武帝时即已传入北朝，成为北朝上层阶级常常欣赏的娱乐品。

（二）质朴刚健的鼓角横吹曲辞

北朝的乐曲，也自东晋时代开始陆续传入南朝。横吹曲中的梁鼓角横吹曲，就是长时期从北入南的乐歌被梁代乐府官署所采用演唱的部分。

北朝的乐府民歌，数量上远不如南朝的多，但内容却广泛地反映了社会生活的各个方面，像汉乐府一般显得丰富多彩，而不似吴声、西曲那样单调，它真实地记录了游牧民族的生活状态，从很多方面表现出北方民族的刚强爽直，充满了北方的景色和风趣。

在北朝民歌中，描写游牧生活的，以《敕勒歌》为代表作：

敕勒川，阴山下。天似穹庐，笼盖四野。天苍苍，野茫茫，风吹草低见牛羊。

这首诗仅二十七个字，但自然高妙，浑朴苍茫，艺术地再现了草原风光，全诗纯系自然景物之描写，但这些自然景物又是歌者即目所见，使主人公的形象隐现在茫茫草原之中，使人感受到作者对草原风物的热爱之情。它粗犷之中，杂有豪迈之气，"无我之境"中有"我的形象"，诗中"我"的形象融化在自然景色之中。《敕勒歌》虽篇幅短小，但自问世后一直成为人们传诵不衰的名篇，具有无比的魅力。

反映游子飘零的，如《陇头歌》：

陇头流水，流离山下。念吾一身，飘然旷野。朝发欣城，暮宿陇头。寒不能语，舌卷入喉。陇头流水，鸣声幽咽。遥望秦川，心肝断绝。

它通过"寒不能语，舌卷入喉"的苦寒状

况来刻画游子飘零的痛苦，写得非常逼真。

北朝社会，战争是一个最突出的现象，整个北朝的历史几乎与战争相始终。由于战争的频繁，兵役和徭役迫使大批人民离开本土，转徙道路，这些反映流亡生活的怀土思乡之作，就是那种社会现实的写照。

描写爱情方面的，北朝民歌也具有独特的风格，如《折杨柳枝歌》中写少女怀春，那种大胆、坦白而勇敢地诉说自己的心情，充分显示出北方民族的爽快、质朴的性格，它和江南女儿的那种缠绵婉转的抒情远不相同。

（三）女性英雄的赞歌《木兰诗》

《梁鼓角横吹曲》中的长篇叙事诗《木兰诗》，是北朝民歌中极为杰出的作品。关于此诗的作者及产生的时代问题，自北宋以来即众说纷纭。目前学术界一般认为，陈释智匠《古今乐录》已录此诗，故其产生时代不会晚于陈代。此诗最初当为北朝民间传唱，在长期的流传过程中，可能经过隋唐文人的润色加工，以致"中杂唐调"。它和《孔雀东南飞》是我国诗歌史上的"双璧"。《木兰诗》全文如下：

唧唧复唧唧，木兰当户织。不闻机杼声，惟闻女叹息。

问女何所思，问女何所忆。女亦无所思，女亦无所忆。昨夜见军帖，可汗大点兵，军书十二卷，卷卷有爷名。阿爷无大儿，木兰无长兄，愿为市鞍马，从此替爷征。

东市买骏马，西市买鞍鞯，南市买辔头，北市买长鞭。旦辞爷娘去，暮宿黄河边，不闻爷娘唤女声，但闻黄河流水鸣溅溅。旦辞黄河去，暮至黑山头，不闻爷娘唤女声，但闻燕山胡骑鸣啾啾。

万里赴戎机，关山度若飞。朔气传金柝，寒光照铁衣。将军百战死，壮士十年归。

归来见天子，天子坐明堂。策勋十二转，赏赐百千强。可汗问所欲，木兰不用尚书郎；愿驰千里足，送儿还故乡。

爷娘闻女来，出郭相扶将；阿姊闻妹来，当户理红妆；小弟闻姊来，磨刀霍霍向猪羊。开我东阁门，坐我西阁床，脱我战时袍，著我旧时裳，当窗理云鬓，对镜帖花黄。出门看火伴，火伴皆惊忙：同行十二年，不知木兰是女郎。

雄兔脚扑朔，雌兔眼迷离；双兔傍地走，安能辨我是雄雌？

这首我国南北朝时期北方的长篇叙事民歌，记述了木兰女扮男装，代父从军，征战沙场，凯旋，建功受封，辞官还乡的故事，充满传奇色彩。本文约作于北魏迁都洛阳以后，中经隋唐文人润色。保存在郭茂倩《乐府诗集·梁鼓角横吹曲》中的北朝乐府民歌，有的是用汉语创作，有的则为译文，虽然只有六七十首，却内容深刻，题材广泛，反映了广阔的社会生活，与南方民歌的细腻委婉清秀大相异趣，显示出北朝的粗犷豪放的气概，呈现出另外一种风情民俗的画卷。

开头两段，写木兰决定代父从军。诗以"唧唧复唧唧"的织机声开篇，展现"木兰当户织"的情景。然后写木兰停机叹息，无心织布，不禁令人奇怪，引出一问一答，道出木兰的心事。木兰之所以"叹息"，是因为天子征兵，父亲在被征之列，父亲既已年老，家中又无长男，于是决定代父从军。

第三段，写木兰准备出征和奔赴战场。"东市买骏马……"四句排比，写木兰紧张地购买战马和乘马用具；"旦辞爷娘去……"八句以重复的句式，写木兰踏上征途，马不停蹄，日行夜宿，离家越远思亲越切。这里写木兰从家中出发经黄河到达战地，只用了两天就走完了，夸张地表现了木兰行进的神速、军情的紧迫、心情的急切，使人感到紧张的战争氛围。其中写"黄河流水鸣溅溅""燕山胡骑鸣啾啾"之声，还衬托了木兰的思亲之情。

第四段，概写木兰十来年的征战生活。"万里赴戎机，关山度若飞"，概括上文"旦辞……"八句的内容，夸张地描写了木兰身跨战马，万里迢迢，奔往战场，飞越一道道关口，一座座高山。"朔气传金柝，寒光照铁衣"，描写木兰在边塞军旅的艰苦战斗生活的一个画面：在夜晚，凛冽的朔风传送着刁斗的打更声，寒光映照着身上冰冷的铠甲。"将军百战死，壮士十年归"，概述战争旷日持久，战斗激烈悲壮。将士们十年征战，历经一次次残酷的战斗，

乐府民歌

有的战死，有的归来。而英勇善战的木兰，则是有幸生存、胜利归来的将士中的一个。

第五段，写木兰还朝辞官。先写木兰朝见天子，然后写木兰功劳之大，天子赏赐之多，再说到木兰辞官不就，愿意回到自己的故乡。"木兰不用尚书郎"而愿"还故乡"，固然是她对家园生活的眷念，但也自有秘密在，即她是女儿身。天子不知底细，木兰不便明言，颇有戏剧意味。

第六段，写木兰还乡与亲人团聚。先以父母姊弟各自符合身份、性别、年龄的举动，描写家中的欢乐气氛；再以木兰一连串的行动，写她对故居的亲切感受和对女儿妆的喜爱，一副天然的女儿情态，表现她归来后情不自禁的喜悦；最后作为故事的结局和全诗的高潮，是恢复女儿装束的木兰与伙伴相见的喜剧场面。

第七段，用比喻作结。以双兔在一起奔跑，难辨雌雄的隐喻，对木兰女扮男装、代父从军十二年未被发现的奥秘加以巧妙的解答，妙趣横生而又令人回味。

这首诗塑造了木兰这一不朽的人物形象，既富有传奇色彩，而又真切动人。木兰既是奇女子又是普通人，既是巾帼英雄又是平民少女，既是矫健的勇士又是娇美的女儿。她勤劳善良又坚毅勇敢，淳厚质朴又机敏活泼，热爱亲人又报效国家，不慕高官厚禄而热爱和平生活。在木兰身上体现了劳动人民的高贵品质，特别是她以女性身份而做出这一英雄事迹，这在以男性为中心的封建社会里是不敢想象的事情。一千多年来，木兰代父从军的故事在我国家喻户晓，木兰的形象一直深受人们喜爱。

这首诗具有浓郁的民歌特色。全诗以"木兰是女郎"来构思木兰的传奇故事，富有浪漫色彩。繁简安排极具匠心，虽然写的是战争题材，但着墨较多的却是生活场景和儿女情态，富有生活气息。诗中以人物问答来刻画人物心理，生动细致；以众多的铺陈排比来描述行为情态，神气跃然；以风趣的比喻来收束全诗，令人回味。这就使作品具有强烈的艺术感染力。

诗中复合、排比、对偶、问答的句式；迭字、比喻、夸张的运用；既有朴实自然的口语，又有对仗工整、精妙绝伦的律句。虽然可能经过后世文人的加工润色，但全诗生动活泼、清新刚健，仍不失民歌本色，不愧是千百年来脍炙人口的优秀诗篇。

《木兰诗》具有乐府民歌的独特风格。开篇采用的一问一答，是民歌中常见的。《木兰诗》语言生动质朴，极少雕饰斧凿："小弟闻姊来，磨刀霍霍向猪羊"，流传千百年来，至今仍是人们津津乐道的口语；除了"万里赴戎机"六句文字比较典雅外，其余都保留着民歌的形式和风格，连锁、问答、排比、重叠等形式的运用，都与民歌大致相同。而且语言丰富多彩，有朴素自然的口语，有恰当谐适的排比，也有新奇幽默的比喻，这都是当时文人的拟作中所没有的。既然《木兰诗》是北方民歌，篇幅颇长，又多长短句，是否被乐府机关入乐演唱？有专家认为，此歌是能够入乐演唱的。单就原韵来说，篇幅较长的乐府诗歌大都是隔几句换一个韵，很少一韵到底，这样才能使演唱的歌曲音节复杂而有变化。《木兰诗》一共换了七个韵，也可以说是七种曲子，这就相当于一个题下七首曲子。所不同者，这里则是一个完整的歌子。好多民歌每韵的句数比较整齐，而《木兰诗》的句数却比较参差。正因为它曾为乐人所演唱，所以古往今来都被收入乐府歌中，而且直到现在，仍有评弹艺人在演唱《木兰诗》。

南北朝乐府民歌，开辟了一条五言、七言绝句抒情小诗的新道路。《木兰诗》的出现，使南北朝民歌有了很大的进步，这种刚健清新民歌的出现，对当时形式主义文风起了冲击的作用，因而影响很大。同时，在表现手法上，如口语的运用，对后代诗人也有借鉴作用。

（四）鲍照对乐府民歌的继承与发展

鲍照（约公元414-466年），字明远，出身寒庶，少时多才。一般文学史都将鲍照与谢灵运、颜廷之并称为南北朝时期刘宋永嘉时代三大文人。鲍照的诗歌特别是他的乐府诗，具有强烈的生活气息和丰富的现实性内容，形成了雄壮有力的艺术风格。鲍照创作了大量的乐府诗歌，特别是他的七言乐府和以七言为主的杂言乐府成就最高，对后世文坛产生了巨大影响。其代表作品为《拟行路难》十八首。他的出现对乐府民歌的继承与

乐府民歌

发扬光大起到了至关重要的作用。

1. 鲍照的乐府诗与汉乐府民歌

《诗经》开创了中国现实主义的先河。可随着历史的发展，到汉代时，由于受儒家思想的影响，文学创作中也浸透着"乐而不淫，哀而不乐"的思想和"温柔敦厚"的儒家教义，《诗经》的现实主义被随意歪曲，致使现实主义的创作精神得不到较好的发扬，只有汉乐府继承了《诗经》的现实主义精神，特别是其中的民歌部分，更是具有深厚的现实主义色彩，具体深刻地反映了当时一般民众日常生活的艰辛与痛苦。鲍照正是继承了这一光荣传统，多方面反映了当时的现实生活和人民的痛苦与挣扎。如《采桑》《代蒿里行》《代挽歌》等均属于汉乐府中"相和歌辞"的一类，《代陈思王白马篇》《代苦热行》等属于汉乐府中的"杂曲歌辞"，而"相和歌辞"和"杂曲歌辞"都是汉乐府中最具现实主义色彩的作品。鲍照所使用的属于"杂曲歌辞"的一类作品，多是过去已失传，而被魏晋文人如曹植、陆机等人所使用过的，自然继承了现实主义的文学传统。汉乐府民歌多用四言、五言、七言和杂言等多种形式，鲍照也是如此，他的七言诗之所以取得那么高的成就，与他注意学习汉乐府诗歌有着密不可分的关系。

2. 鲍照乐府诗与南朝乐府民歌

鲍照十分重视和认真学习南朝的乐府民歌。在当时，吴歌、西曲被视为里巷歌谣的情况下，他却十分推崇南朝民歌作品自然天成的艺术魅力，在他的乐府诗中，有三十多首清新明丽、优美动人的小诗，其中《吴歌》三首和《采菱歌》七首是其代表作，这些作品不仅具有汉魏乐府民歌质朴刚健的风格，而且具有南朝乐府民歌艳丽浅俗的特点，这自然是他学习南朝乐府民歌与继承汉魏民歌特点的结果。

吴歌、西曲产生于长江中下游地区，流行于齐梁时代，主要内容是反映男欢女爱的爱情歌曲。鲍照的这类作品一般都学习了南朝乐府民歌五言四句的形式，但鲍照的这类作品的内容却是利用情歌的形式，巧妙抒发自己怀才不遇的情怀。如《采菱歌》第四"要艳双屿里，望美两洲间"、第五"空抱琴中悲，徒望近关泣"等，写他想与才德兼备的美女相见而美女没来时的烦闷、悲愁，实际是抒发自己怀才不遇的悲愤。《中兴歌》里"梅花一时艳，竹叶千年色，愿君松柏心，采照无穷极"中说的君子并不是单指的梦中情人，而是另有所指，象征赏识自己的君主。

鲍照的《吴歌》三首和《采菱歌》七首等诗，均写得细腻优美，深得江南乐府民歌的妙处，在修辞和音韵等方面也达到了相当高的水平，鲍照在自己的创作中融合了南朝乐府民歌善用比喻、流畅自然的手法，从而形成了凝练通脱的语言风格，在内容和主题上，鲍照的乐府诗与当时流行的吴歌相比，虽然学习了它们的长处，但却与之大相径庭。其中大多数是巧妙地借助情歌内容和形式来抒发自己的慷慨之情，突破了南朝乐府民歌狭小的思想内容范围，是其乐府诗所具有的独特风格。

3. 鲍照乐府民歌的艺术成就

鲍照从当时的社会现实出发，创造性地运用乐府旧题和自创新题，创作出大量反映时事、民众苦难，咏唱自己怀才不遇的感慨以及人生无常、及时行乐的乐府诗歌。他的《代少年时至衰老行》《代阳春登荆山行》《代贫贱苦愁行》《代边居行》都不在《乐府诗集》中，说明是鲍照的自创新题。

鲍照不仅自己善于向古人学习，而且还为后世人提供了新的经验，开拓了新的领域。鲍照的乐府诗歌气势雄壮而深沉，感情不受拘束，直抒胸臆，对读者具有惊心动魄的感染力。他的乐府诗想象丰富大胆，巧妙地运用了比兴、夸饰等多种艺术手法，使诗歌的形象变得更加鲜明和深刻。他善于撷取生活中与自己思想感情相通的事物，通过借助想象和运用比兴等艺术手法，来表达、寄托自己的思想感情，既避免了由于一味地直抒胸臆而流于平淡，又能很好地唤起读者的联想，让人感到情感淋漓尽致。

在诗歌的艺术表现和艺术手法上，他所描写的自然景物大都具有鲜明生动的形象，他不像同时代的其他诗人那样只是单纯地模山范水，而是将山水诗的表现手法移植到他的乐府诗中，诗句工整对仗。鲍照的乐府诗歌注重每首诗的起调和结束之处，在他的《拟行路难》诗中，

多用"君不见"起调，下面排列引人愁思的景物，形象突兀而起，动人心弦。

鲍照的乐府诗，特别是《拟行路难》组诗，开创了七言以及以七言为主的杂言诗的新纪元，而且用韵灵活，诗歌形式不拘一格。在中国文学史上，鲍照是第一个大量创作七言诗的诗人，而且鲍照的乐府诗在诗歌形式上灵活多样。可以说，鲍照七言和以七言为主的杂言乐府将汉魏以来的乐府诗创作推向了一个新的高峰，对于七言诗的最终形成与巩固起到了积极的推动作用。《拟行路难》等诗对于后来的李白、杜甫等诗人的创作产生了相当大的影响。

总之，鲍照是一名勇于学习、敢于创新的现实主义作家，他所创作的大量乐府诗歌，继承和发扬了《诗经》民歌部分富有生活气息的内容，汉魏乐府民歌"感于哀乐，缘事而发"的现实主义精神，汲取了南朝乐府民歌清新的内容，终于完成了"抗音吐怀，每成亮节"的唯他独有的乐府诗风格，在中国文学史上占据了重要的位置，其乐府民歌化的创作道路，对后世文学产生了积极的影响。

四、乐府民歌的地位和影响

汉乐府民歌与南北朝乐府民歌继承并发展了周代民歌现实主义的优良传统，它更广泛、更深刻地反映了当时的社会生活和人民的思想感情，对后代诗歌也有其更具体、更直接的巨大影响。许多作品都起着示范性的作用。

（一）继《风》《雅》后发扬现实主义传统

这种影响，首先就表现在它的"感于哀乐，缘事而发"的现实主义精神上。这种精神像一根红线似的贯穿在从建安到唐代的诗歌史上，俨然形成一条以乐府为系统的现实主义传统脉络。它们之间的一脉相承的关系是如此明晰，以至于我们可以用线条做出如下的表述：

"缘事而发"(汉乐府民歌)——"借古题写时事"(建安曹操诸人的古题乐府)——"即事名篇，无复依傍"(杜甫创作的新题乐府)——"歌诗合为事而作"(白居易所倡导的新乐府运动)。

由借用汉乐府旧题到摆脱旧题而自创新题，由不自觉或半自觉的学习到成为一种创作原则，由少数人的拟作到形成一个流派、一个运动，这说明汉乐府民歌的现实主义精神对后代诗人的影响还是愈来愈显著的。

当然，事物的发展不会是直线的上升，文人们继承和发扬汉乐府的精神也是有一个过程的。在最初阶段他们并无认识，甚至敌视它，如哀帝时诏罢乐府，实际上便只是排斥民歌；到东汉初期，虽有所认识，却还未能将这一精神贯彻到创作中去，比如班固虽指出了乐府民歌"缘事而发"的特色，但他的《咏史》诗却不是这样的作品，稍后的张衡《同声歌》也一样。直到东汉后期才有个别中下层文人从事学习，如辛延年的《羽林郎》。而在它以后，也出现过低潮，特别是当齐梁形式主义占统治地位时期，汉乐府民歌的优良传统更是不绝如缕。但从总的趋势看来还是一直在发展，作为发展的高潮的，便是中唐的新乐府运动。《乐府诗集》将"新乐府辞"列为最后一类，其用意即在指明这一发展的结穴或顶点之所在。

（二）创新体裁，推动诗歌形式的发展

乐府民歌的影响还表现在对新的诗歌形式的创造上。如前所述，乐府民歌的主要形式是杂言体与五言体。杂言体在当时尚未引起文人们的注意，但自建安后，它的影响已日趋显著。如曹操的《气出唱》、曹丕的《陌上桑》、陈琳的《饮马长城窟行》等，便都是杂言，至鲍照《行路难》，尤其是李白的《蜀道难》《将进酒》《战城南》等歌行更是集杂言之奇观，也莫不导源于汉乐府。五言体的影响，比之杂言更早也更大。据现有文献，可以肯定，文人拟作五言诗是从东汉初就开始的，如班固《咏史》。东汉中叶后则拟作益多，有的有主名，但更多的是无名氏的抒情诗，如《古诗十九首》等。到汉末建安，更出现了一个"五言腾踊"的局面，自此以后，五言一体遂被《诗经》的四言、《楚辞》的骚体而代之，一直成为

我国诗史上一种重要的传统形式。

（三）沾溉诗坛，丰富历代作家创作

两汉与南北朝乐府民歌对后来历代作家的文学创作有很大的影响。在艺术手法上，特别是在叙事诗的写作技巧上，乐府民歌的影响也是非常显著的。诸如人物对话或独白的运用，人物心理描写和细节刻画，语言的朴素生动等，都成为后代一切反映社会现实的诗人的学习榜样。仇兆鳌评杜甫"三吏""三别"说："陈琳《饮马长城窟行》，设为问答，此'三吏''三别'诸篇所自来也。"这是不够正确的。因为陈琳的这种表现手法也是从汉乐府民歌学来的，而且"设为问答"，也只是一端。汉乐府民歌反映现实、批判现实通常是通过对现实做客观的具体的描绘，但有时也在诗的末尾揭示出写作的目的，这对于后来白居易的"卒意显其志"也有所启发。至于李白的抒情诗中那些浪漫主义的幻想和夸张，我们同样可以看出它和汉乐府民歌的渊源关系。

诗歌史早已雄辩地证明，新的诗歌形式往往起源于民间。汉魏六朝时期，乐府诗同民歌的关系最为密切，或者本身就是民歌。新兴的诗体就是由民间而进入乐府，并且通过乐府诗广泛影响文人创作。这就是乐府民歌在中国古代诗歌史上的巨大影响。

中国古代诗词歌赋

司马相如与汉赋

赋，是中国古典文学的一种重要文体，对于现代人来说，虽然其远不及诗词、散文、小说那样脍炙人口，但在古代，特别是在汉唐时期，诗与赋往往并举连称，从曹丕的"诗赋欲丽"和陆机的"诗缘情而绮靡，赋体物而浏亮"可窥端倪。赋萌生于战国，兴盛于汉唐，衰落于宋元明清。他是在远承《诗经》的赋颂传统、近承《楚辞》的基础上，最后综合而成的一种新文体。

一、仰慕相如今亦狂

（一）司马相如名字由来

据司马迁《史记·司马相如列传》记载，司马相如字长卿，名犬子。因为仰慕赵国上卿蔺相如的为人，更名为相如，西汉著名辞赋家。

提到蔺相如，大家自然会想到《将相和》。《将相和》这个故事出自司马迁的《史记·廉颇蔺相如列传》，由"完璧归赵""渑池之会"和"负荆请罪"三个小故事组成。这三个小故事的关系是："渑池之会"是"完璧归赵"的发展，"完璧归赵"和"渑池之会"又是"负荆请罪"的起因，"完璧归赵"、"渑池之会"和"负荆请罪"和起来又组成了"将相和"这一完整曲折的故事。

司马相如仰慕蔺相如的机智勇敢、为人大度，为国家利益不计个人得失，所以也叫相如，相信是想成为蔺相如一样的人吧。然而关于他的为人，至今仍褒贬不一。在《百家讲坛》中，王立群把司马相如和卓文君的故事称为"欺骗世人两千多年的爱情神话"。"古典文献很多都对此有记载，二千多年前，古人已经给司马相如下了评语，我只是论证这个评语的正确性。"王立群拿出了《解嘲》等三份古典文献作证："'汉赋四大家'之一的扬雄在其名作《解嘲》一文中第一次提出，司马长卿窃赀于卓氏。其后，北朝颜之推的《颜氏家训·文章篇》指出：司马长卿，窃赀无操。唐人司马贞的《史记索隐》中再次指出：相如纵诞，窃赀卓氏。"所谓"赀"，在文言文中假借为"资"，财产的意思。王立群正是凭"窃赀"得出了司马相如骗财一说。关于骗色王立群教授是这样说的："司马相如是在无法维持生计的落魄之时应密友王吉之邀来到临邛的。司马相如到临邛之后，大肆摆谱，制造声势，实际上是文人与县长联手，钓卓王孙上钩。后来卓王孙设宴，这才有了琴挑卓文君。《史记》中，两次用到"缪"，第一次是"临邛令缪为恭敬，日往朝相如。"指临邛令假装对司马相如恭敬，吸引富豪卓父注意，第二次，"相如缪与

中国古代诗词歌赋

令相重。"指相如假装为临邛令弹奏，其实以《凤求凰》打动卓文君芳心——这都是司马相如的阴谋。

当然也有为司马相如打抱不平的，文君文化研究会理事傅军认为司马相如人品没有问题：从《史记》《汉书》及司马相如的辞赋中看来，司马相如不是一个"老谋深算"的人。《史记》中还有这样的内容"至日中，谒司马长卿，长卿谢病不能往，临邛令……自往迎相如。相如不得已，强往……文君窃从户窥之，心悦而好之。"由此可见，司马相如早先装病，不愿出席这场宴席，是在临邛令的上门盛情邀请下不得已前往的。而"心悦而好之"表明卓文君对司马相如是主动的，而非遭到引诱。关于司马相如的人品，《史记》中记载"文君久而不乐，曰：'……从昆弟假贷犹足为生。'"回临邛，是卓文君的主意，目的是向她的兄弟借钱谋生，而不是蓄意去敲诈卓王孙。而卓王孙之所以"分予文君僮百人，钱百万，及其嫁时衣被财物"，重要原因是"昆弟诸公更谓王孙曰：'虽贫，其人材足依也。'"指的就是司马相如人穷但可靠。

关于司马相如的为人没有最终的结论，但是关于他的文学成就却是有目共睹的。他没有像蔺相如一样成为出色的政治家，却成为一个伟大的文学家，他在文学史上有很高的地位，"文章西汉两司马"指的就是史学家司马迁和辞赋家司马相如。司马相如在赋这种文体发展和定型的过程中起到了非常重要的作用。他是汉大赋的奠基人和代表作家。

（二）赋的特征及分类

赋作为一种文体，早在战国时代后期便已经产生了。最早写作赋体作品并以赋名篇的可能是荀子。据《汉书·艺文志》载，荀子有赋10篇（现存《礼》《知》、《云》《蚕》《箴》5篇），是用通俗"隐语"铺写五种事物。旧传楚国宋玉也有赋体作品，如《风赋》《高唐赋》《神女赋》等，辞藻华美，且有讽谏用意，较之荀赋，似与汉赋更为接近，但或疑为后人伪托，尚无定论。从现存荀赋来看，这时赋体还属萌芽状态。赋体的进一步发展，当受到战国后期纵横家的散文和新兴文体楚辞的巨大影响。赋体的主要特

点，是铺陈写物，"不歌而诵"，接近于散文，但在发展中它吸收了楚辞的某些特点——华丽的辞藻、夸张的手法，因而丰富了自己的体制。赋是汉代最流行的文体。在两汉四百年间，一般文人多致力于这种文体的写作，因而盛极一时，后世往往把它看成是汉代文学的代表。赋也因此被称为汉赋。

汉赋的特点是散韵结合，专事铺叙。从形式上看，在于"铺采摛文"；从结构上说，一般都有三部分，即序、本文和被称作"乱"或"讯"的结尾。汉赋写法上大多以丰辞缛藻、穷极声貌来大肆铺陈，为汉帝国的强大或统治者的文治武功高唱赞歌，只在结尾处略带几笔，微露讽谏之意；从内容上说，侧重"体物写志"。汉赋的内容可分为 5 类：一是渲染宫殿城市；二是描写帝王游猎；三是叙述旅行经历；四是抒发不遇之情；五是杂谈禽兽草木。

汉赋分为骚体赋、大赋和小赋。汉初的赋是从楚辞脱胎而来的，所以叫骚体赋，其内容、形式和风格都和楚辞相当接近，如内容上侧重于抒情，而且抒发的多是抑郁之情；在形式上与楚辞没有多大差别，也用"兮"字句，句式整齐，通篇押韵等，接近于诗歌；大赋又叫散体大赋，规模巨大、结构恢弘、气势磅礴、语汇华丽，往往是成千上万言的长篇巨制。西汉时的贾谊、枚乘、司马相如、扬雄，东汉时的班固、张衡等，都是大赋的行家；小赋扬弃了大赋篇幅冗长、辞藻堆砌、舍本逐末、缺乏情感的缺陷，在保留汉赋基本文采的基础上，创造出篇幅较小、文采清丽、讥讽时事、抒情咏物的短篇小赋，赵壹、蔡邕、祢衡等都是小赋的高手。

骚体赋的首倡者是西汉初年的贾谊，代表作是《吊屈原赋》和《鹏鸟赋》。《吊屈原赋》，是贾谊身处统治阶级内部矛盾而受毁谤与排挤，在汉文帝三年（公元前 177 年）被贬为长沙王太傅以后所作。他认为自己政治上的遭遇同屈原相似，因而在赋中不但慨叹屈原生前的不幸，对他寄以极大的同情；同时，也以屈原坎坷的一生作自喻，揭露了统治者的是非不分、黑白颠倒，抒发了自己不受重用的不平和不甘屈服的心情。既是吊古，也是伤今。贾谊任长沙王太傅第三年的一天，有一只鹏鸟（猫头鹰）飞入他的住宅。长沙民间认为猫头鹰所到的人家，主人不久将会死去。贾谊谪居长沙本已郁郁不得志，又凑巧碰上这事，更是触景生情，倍感哀伤，便写下《鹏鸟赋》，假借与鹏鸟的问答，抒发自己的怀才不遇之情，并用老庄"齐生死，等祸福"的思想来自我宽解。

汉大赋的奠基者和成就最高的代表作家就是司马相如。《昭明文选》所载《子虚》、《上林》两赋是他的著名代表作。这两篇以游猎为题材，对诸侯、天子的游猎盛况和宫苑的豪华壮丽，作了极其夸张的描写，而后归结到歌颂大一统汉帝国的权势和汉天子的尊严。在赋的末尾，作者采用了让汉天子享乐之后反躬自省的方式，委婉地表达了作者惩奢劝俭的用意。司马相如的这两篇赋在汉赋发展史上有极重要的地位，它以华丽的词藻，夸饰的手法，韵散结合的语言和设为问答的形式，大肆铺陈宫苑的壮丽和帝王生活的豪华，充分表现出汉大赋的典型特点，从而确定了一种铺张扬厉的大赋体制和所谓"劝百讽一"的传统。后来一些描写京都宫苑、田猎、巡游的大赋都模仿它，但在规模气势上又始终难以超越它。所以扬雄在《法言·吾子》中说："如孔氏之门用赋也，则贾谊升堂，相如入室矣。"扬雄也是西汉时期汉大赋的代表作家，《甘泉》《河东》《羽猎》《长杨》四赋是他的代表作。这些赋在思想、题材和写法上，都与司马相如的《子虚》《上林》相似，不过赋中的讽谏成分明显增加，而在艺术水平上有了进一步的提高，部分段落的描写和铺陈相当精彩，在模拟中有自己的特色。后世常以"扬、马"并称，原因即在于此。他的《解嘲》，是一篇散体赋，写他不愿趋附权贵，而自甘淡泊的生活志趣，纵横论辩，善为排比，可以看出有东方朔《答客难》的影响。但在思想和艺术上仍有自己的特点，对后世述志赋颇有影响。《逐贫赋》和《酒赋》，或表达自己甘于贫困，鄙视"贫富苟得"的志趣，或对皇帝、贵族有所讽谏，思想和写法也都各具特色。班固是东汉前期的著名赋家。他的代表作《两都赋》，由于萧统编纂《文选》列于卷首，而受到人们的普遍重视。《两都赋》在体例和手法上都是模仿司马相如的，是西汉大赋的继续，但他把描写对象，由贵族帝王的宫苑、游猎扩展为整个帝都的形势、布局和气象，并较多地运用了长安、洛阳的实际史地材料，因而较之司马相如、扬雄等人的赋作，有更为实在的现实内容。

　　小赋也被称为抒情小赋。东汉中叶至东汉末年这一时期，汉赋不论从思想内容、体制还是风格都开始有所改变，之前歌颂国势声威、美化皇帝功业，专以铺采叠文为能事的大赋逐渐减少，而反映社会

黑暗现实、讥讽时事、抒情咏物的短篇小赋开始兴起。东汉中叶以后，宦官外戚争权，政治日趋腐败，加以帝王贵族奢侈成风、横征暴敛，社会动乱频仍，民生凋敝。文人们失去了奋发扬厉的精神，失望、悲愤，乃至忧国忧民的情绪成为他们思想的基调，这就促使赋的题材有所扩大，赋的风格有所转变。这种情况的出现始于张衡，他的代表作是《二京赋》和《归田赋》。《二京赋》是他早年的作品，基本上是模拟司马相如的《子虚》《上林》和班固的《两都赋》。但他对统治阶级荒淫享乐生活的指责比较强烈和真切，他警告统治者天险不可恃而民怨实可畏，要统治者懂得荀子所说的"水所以载舟亦所以覆舟"的道理。这是当时尖锐的社会矛盾对作者的启发，表现了当时文人对封建统治的危机感。《二京赋》除了像《两都赋》一样，铺写了帝都的形势、宫室、物产以外，还写了许多当时的民情风俗，容纳了比较广阔的社会生活。值得特别注意的是他的《归田赋》。作者以清新的语言，描写了自然风光，抒发了自己的情志，表现了作者在宦官当政，朝政日非的情况下，不肯同流合污，自甘淡泊的品格。继张衡而起的是赵壹和蔡邕，赵壹的《刺世嫉邪赋》对东汉末年是非颠倒"情伪万方"的黑暗现象进行了揭露和抨击，表现了作者疾恶如仇的反抗精神。这篇赋语言犀利，情绪悲愤，揭露颇有深度，与前一阶段那种歌功颂德，夸美逞能的大赋，已经是完全殊途了。蔡邕的《述行赋》是他在桓帝时被当权宦官强征赴都，在途中有感而作。在赋中作者不仅揭露和批判了当时宦官专权、政治黑暗、贵族们荒淫无耻的现实，而且还满怀同情地写出了当时的民间疾苦，表现了作者的爱憎感情，语言平实、格调冷峻，颇具感染力。

（三）鸿篇巨制汉大赋

古人往往把汉大赋奉为汉赋正宗，因为汉大赋铺排夸张、辞藻华丽，真正体现出一个王朝的开阔胸襟和恢弘气度。自汉高祖统一全国后，社会逐渐安定，经过汉初的休养生息；直至"文景之治，"生产力得以恢复发展，物产丰盈，经济繁荣，国家日益富足。到汉武帝时，国力强大，开疆拓土，北击匈奴，西通西域，南征百越，东伐高丽，丝绸之路远达万里之外。恢弘的国家气象，昂扬的民族精神，煊赫的帝王声威，物质文化的盛况，社会生活的各个领域，都需要以新的文学形式表现出来。因此，以抒情言志为主的诗歌和传达忧思悲慨的骚体赋已经不适合时代的要求，于是以状物叙事为主的铺张扬厉的汉大赋便应运而生，蔚为大观。

汉大赋这种鸿篇巨制体裁的创立，非常适合表现隆盛时代的面貌和统治者的豪华生活、骄奢心理。西汉帝王为了奢侈享乐，显示权威和气派，大肆修筑宫殿、辟建园圃、田猎巡狩、玩弄狗马、享受声色，同时又需要文人为之歌功颂德、粉饰逢迎，描定炫耀。汉帝国经济文化、外交实力强大，上层统治者好大喜功，崇尚巨丽、博大。"大就是美"这种自古有之的民族特色的审美传统，便迅速而又全面地成为了当时整个民族的社会心理和审美风尚。要大，要有光辉，就必须要有丰富的内容去填充。而这个"内容"必须是物。它要穷尽事物，因此它要铺排，要通过铺陈排列来达到对天地万物的穷尽，于是出现自然物的纷纷繁繁的罗列，无所不包的描写。广陵的狂潮、大海的惊涛、云梦泽的风物、上林苑的山水……成了人们欣赏的对象，也成了作家们重要的描写对象。他们"控引天地、错综古今"，还向人们展示了一个更为阔大无限的想像境界。

汉大赋虽然在思想内容和艺术上有一定的局限性，但在文学史上仍然有其一定地位。

首先，即以那些描写宫苑、田猎、都邑的大赋来说，大都是对国土的广阔，水陆物产的丰盛，宫苑建筑的华美、都市的繁荣，以及汉帝国的文治武功的描写和颂扬，这在当时并不是毫无意义的。而赋中对封建统治者的劝喻之词，也反映了这些赋作者反对帝王过分华奢淫靡的思想，表现了这些作者并非是对帝王贵族们毫无是非原则的奉承者和阿谀者。尽管这方面的思想往往表现得很委婉，收效甚微，但仍然是不应抹杀的。

其次，汉大赋虽然炫博耀奇、堆垛词藻，以至好用生词僻字，但在丰富文学作品的词汇、锻炼语言辞句、描写技巧等方面，都取得了一定的成就。建安以后的很多诗文，往往在语言、辞藻和叙事状物的手法方面，从汉赋得到不少启发。

最后，从文学发展史上看，两汉辞赋的繁兴，对中国文学观念的形成，也起到一定促进作用。中国的韵文从《诗经》《楚辞》开始。中经西汉以来辞赋的发展，到东汉开始初步把文学与一般学术区分开来。《汉书·艺文志》中除《诸子略》以外，还专设立了《诗赋略》，除了所谓儒

司马相如与汉赋

术、经学以外，又出现了"文章"的概念。至魏晋则出现了"诗赋欲丽"（曹丕《典论·论文》），"诗缘情而绮靡，赋体物而浏亮"（陆机《文赋》）等对文学基本特征的探讨和认识，文学观念由此日益走向明晰化。

（四）关于赋的典故

赋在历史上曾经留下不少典故，其中有两条涉及到赋的评价和创作精神问题，生动有趣。一是雕虫篆刻、一是洛阳纸贵。

先说"雕虫篆刻"。这是著名赋家扬雄对汉赋的总评价，语出《法言·吾子》：或问："吾子少而好赋。"曰："然。童子雕虫篆刻。"俄而，曰："壮夫不为也。"虫，指虫书。篆，指篆书，分大篆、小篆两种。刻，指刻符。秦统一天下后，规范文字，定书体为八种，虫书、大篆、小篆、刻符各为其一。其中虫书、篆书，都是汉代书童学习书法的内容。童子学书，一笔一画地临摹，在行家看来，是小孩子所为，自然是"雕虫小技"了。扬雄把汉赋比作"童子雕虫篆刻"，是说汉赋雕字琢句，不过是童子描摹笔画一类的玩意，所以"壮夫不为也"。扬雄的观点在反对赋体创作中无视讽谏作用、崇尚藻采华丽的倾向，无疑是正确的。但如果因为赋体创作中存在这种倾向，就把赋体文学视为"小技末道"，就走向了另一极端，不足为训。

再说"洛阳纸贵"，这是对辛勤作赋的一种肯定，以事实反驳了扬雄的观点。为做《三都赋》，西晋文人左思整整构思十年，门庭、篱笆、茅厕都放着纸和笔，偶得一句，随手记下。自感知识不够渊博，请求自任秘书郎，广泛接触典籍。赋完成之后，当时并不被世人看好，于是左思将赋呈献给颇有名望的皇甫谧审读，皇甫谧阅读后连连叫好，并为之作序。此后，张载为《魏都赋》作注，刘逵为《吴都赋》和《蜀都赋》作注，并为《三都赋》作序。序称司马相如《子虚赋》、《上林赋》擅名于前；班固《两都赋》理胜其辞；张衡《二京赋》文过其意。至于《三都赋》，铺陈辞藻、敷衍事理、颇多精彩处。司空张华读后说："班张之流也，使读之者尽而有余，久而更新。"于是豪门贵族竞相传写，使"洛阳为之纸贵"。可见，赋的创作艰辛，一旦成功，很受大家欢迎。

二、《子虚》《上林》铸辉煌

《子虚赋》和《上林赋》是司马相如汉大赋的代表作，这两篇作品奠定了司马相如在中国文学史上的地位。它们以游猎为题材，规模巨大、结构恢弘、气势磅礴、语汇华丽，真正体现出大汉帝国的开阔胸襟和恢弘气度。在赋的末尾，作者采用了让汉天子享乐之后反躬自省的方式，委婉地表达了作者惩奢劝俭的用意。司马相如的这两篇赋在汉赋发展史上有极重要的地位，它以华丽的词藻，夸张的手法、韵散结合的语言和设为问答的形式，大肆铺陈宫苑的壮丽和帝王生活的豪华，充分表现出汉大赋的典型特点，从而确定了一种铺张扬厉的大赋体制和所谓"劝百讽一"的传统。

（一）梁园文化

《子虚赋》能在文学上取得如此巨大的成就，与它的诞生地"梁园"浓厚的文化氛围是分不开的。

司马相如年轻时，凭借家中富有的资财而被授予郎官之职，侍奉汉景帝，做了武骑常侍，但这并非他的爱好。正赶上汉景帝不喜欢辞赋，这时梁孝王前来京城朝见景帝，跟他来的善于游说的人，有齐郡人邹阳、淮阴人枚乘、吴县人庄忌先生等。司马相如见到这些人就喜欢上了，因此就借生病为由辞掉官职，旅居梁国。司马相如在梁园中与这些善于游说的人一同居住，切磋文才。

梁园，又名梁苑、兔园、睢园、修竹园，俗名竹园，为西汉梁孝王刘武所营建的游赏廷宾之所。西汉初年，汉文帝封其子刘武于大梁，梁孝王在汴梁东南古吹台一带大兴土木，建造了规模宏大、富丽堂皇的梁园，又在园内建造了许多亭台楼阁以及百灵山、落猿岩、栖龙岫、雁池、鹤洲、凫渚等景观，种植了松柏、梧桐、青竹等奇木佳树。建成

司马相如与汉赋

后的梁园周围三百多里，宫观相连，奇果佳树，错杂其间，珍禽异兽，出没其中，使这里成了景色秀丽的人间天堂。

梁孝王爱才，喜风雅，重金高位招揽天下人才，不仅对早有才名者如此，对默默无闻的无名小卒，一旦听说有才志，也必定慷慨相助。一时间，"豪俊之士靡集"。许多人甚至辞去朝廷及其他诸侯国的官职到梁园"从梁王游"。这其中最有名气的，当数枚乘、邹阳、庄忌和司马相如等。刘武曾在园中设宴，司马相如、枚乘等都应召而至，成为竹荫蔽日的梁园宾客，并为之吟咏。后代的很多辞赋均提及了这一盛况，例如：

"梁园日暮乱飞鸦，极目萧条三两家。"唐·岑参《山房春事》

"歌扬郢路谁同听，声洒梁园客共闻。"唐·齐己《贺雪》

"休问梁园旧宾客，茂陵秋雨病相如。"唐·李商隐《寄令狐郎中》

"月明刻水回舟夜，岁暮梁园作赋时。"南宋·裘万顷《大雪用前韵五首》

"沟壑皆平，乾坤如画，更吐冰轮洁。梁园燕客，夜明不怕灯灭。"南宋·朱淑真《念奴娇二首·催雪》

正因为司马相如、枚乘等加盟梁园，才形成了蔚为壮观的梁园作家群，也成就了梁园文化，使梁园辞赋开汉代大赋之先声，并为西汉文坛输送了大批人才。鲁迅先生在《汉文学史纲要》中称："天下文学之盛，当时盖未有如梁者也。"指的就是这一时期。这其中，梁孝王刘武起着举足轻重的作用，是一个身体力行的组织者和倡导者。"三百里梁园"则为这些文化人提供了理想的驰墨骋怀的园地。

在梁园里，门客可以衣食无忧，但这对拥有远大抱负的司马相如来说并不是最好的栖身之地。所以他说："梁园虽好，非久恋之家也。"司马相如所期待的是更加广阔的驰骋空间。

（二）因赋得宠

汉武帝刚刚继位，招揽人才。偶读《子虚赋》，啧啧称奇，对赋的作者更是仰慕不已。正是因为这篇赋，司马相如的命运彻底改变了，他实现政治抱负的机会也来到了。

事情是这样的：蜀郡人杨得意担任狗监（是掌管皇帝猎犬的官员），侍奉汉武帝。一天，汉武帝读《子虚赋》，认为写得很好，遗憾地说："我偏偏不能与这个作者处于同时代呀。"杨得意说："我的同乡司马相如自称是他写了这篇赋。"武帝很惊喜，就召来相如询问。相如说："这篇赋是我写的。但是，这赋只写诸侯之事，不值得看。请让我写篇天子游猎赋，写成后就进献给皇上看。"武帝答应了，并命令尚书给他笔和木简。司马相如竭尽才智写了一篇《上林赋》，盛赞皇帝狩猎时的盛大场面，举凡山川雄奇、花草繁秀、车马煊赫、随从壮盛，皆纷陈字里行间。好大喜功的汉武帝一见大喜，拜司马相如为郎官。

在汉代，郎官常常成为人们踏上仕途的起点。由于郎官经常随从在皇帝左右，容易取得皇帝的宠信，从而有机会获得较高的官职，或者在国家的重大政治活动中被授予一些特殊差遣。不少汉代著名的历史人物，无论是文官还是武官，最初都是以做郎官开始进入官场的。司马相如在景帝时做过郎官，但他觉得不适合自己就辞官了。现在因为武帝欣赏他的辞赋，又把他召到朝廷来做郎官。他经常在武帝身边，作赋夸耀武帝的功绩，很得武帝赏识。几年以后，汉武帝任命他为中郎将，派他出使西南夷（指汉代分布在今甘肃南部、四川西南部以及云南、贵州一带的少数民族的总称）。他为汉朝在那里设置郡县，巩固统治作出了贡献。

《子虚赋》和《上林赋》这两篇作品不是同时做的。《子虚赋》作于相如为梁孝王宾客时，《上林赋》作于武帝召见之际，前后相隔十年。但两赋内容连属，构思一贯，结体谨严，真可称为一篇完整作品的上下章。作品中虚构了子虚、乌有先生、亡是公三人，并通过他们讲述齐、楚和天子畋猎的状况以及他们对此事的态度，结成作品的基本骨架。

《子虚赋》写楚国大臣子虚出使齐国，齐王盛待子虚，车马都准备好以后，与使者一起出猎。打猎完毕之后，子虚访问乌有先生，刚好亡是公也在那里。子虚看到了齐王畋猎的盛况之后在齐王面前夸耀楚王游猎云梦的盛况更加空前。在子虚看来，齐王对他

的盛情接待中流露出大国君主的自豪、自炫，这无异于表明其他诸侯国都不如自己。他作为楚国使臣，感到这是对自己国家和君主的轻慢。使臣的首要任务是不辱君命，于是，他以维护国家和君主尊严的态度讲述了楚国的辽阔和云梦游猎的盛大规模。赋的后半部分是乌有先生对子虚的批评。他指出，子虚"不称赞楚王的厚德，光说云梦打猎的盛况，分明是显示奢侈糜烂的安逸生活"，这种作法是错误的。在他看来，地域的辽远、物产的繁富和对于物质享乐的追求，同君主的道德修养无法相比，是不值得称道的。从他对子虚的批评中可以看出，他把使臣的责任定位在传播自己国家的强盛和君主的道德、声誉上。而子虚在齐王面前的所作所为，恰恰是诸侯之间的比强斗富，是已经过时的思想观念。因此他说，"必若所言，固非楚国之美也"。作品通过乌有先生对子虚的批评，表现出作者对诸侯及其使臣竞相侈靡、不崇德义的思想、行为的否定。

《上林赋》紧承上篇乌有先生的言论展开，写出亡是公对子虚、乌有乃至齐、楚诸侯的批评，并通过渲染上林苑游猎之盛及天子对奢侈生活的反省，艺术地展现了汉代盛世景象，表明作者对游猎活动的态度、对人民的关心。在《上林赋》中，亡是公以"楚则失矣，而齐亦未为得"一语起势，将全篇的意蕴提到一个新的高度。在作者看来，子虚自炫物资繁富、奢侈逾度的思想最为浅陋；乌有先生重精神、尚道义，从较高的基点上对它进行了否定。然而，乌有先生谈话的思想基点，乃是诸侯国中较有见识的贤臣思想，他明确地指出："不务明君臣之义、正诸侯之礼，徒事争于游戏之乐、苑囿之大，欲以奢侈相胜，荒淫相越，此不可以扬名发誉，而适足以贬君自损也。"针对子虚、乌有共同的失误给予总体批评，然后笔锋一转，以上林的巨丽之美否定了齐、楚的辽远盛大，使诸侯国相形见绌。作者极写上林苑囿的广阔，天子畋猎声势的浩大，离宫别馆声色的淫乐。描写上林苑的文学占据了作品的绝大部分篇幅，它以浓墨重彩，生动地描绘出庞大帝国统治中心前所未有的富庶、繁荣，气势充溢，信心十足；通过畋猎这一侧面，写出汉帝国中央王朝在享乐生活方面也独具坚实丰厚的物质基础。

在作者的笔下，居于这个庞大帝国统治中心的天子是个既懂得享乐奢侈、又勤政爱民、为国家计之久远的英明君主。他在酒足乐酣之时，茫然而思，似若有失，曰："嗟乎，此太奢侈！"尽管如此，这位英主认为自己是以勤于政事的闲暇率众出猎，奢侈而不废政务。他担心后嗣陷于"靡丽"歧途，他不想对后世产生误导，遂发布了一个同以往设立上林苑迥然不同的命令："地可垦辟，悉为农郊，以赡萌隶；颓墙填堑，使山泽之人得至焉；实陂池而勿禁，虚宫馆而勿仞。发仓廪以救贫穷，补不足，恤鳏寡，存孤独。出德号，省刑罚，改制度，易服色，革正朔，与天下为更始。"这个命令否定上林的巨丽之美，而代之以天下之治。他采取了一系列措施，尚德崇义，按照儒家理想和经典以治天下。作品描绘出一幅天下大治的盛世景象："于斯之时，天下大说，向风而听，随流而化。卉然兴道而迁义，刑错而不用。德隆于三皇，而功羡于五帝。"此处所展现的景象同前面所描绘的上林巨丽之美有着本质的差别。这里不渲染地域的辽阔、物质的饶富、气势的充溢，而是突出了道德的、政治的潜在力量和功效。

在《上林赋》中，作品的宗旨得到进一步升华。亡是公所描绘的盛世景象成为"猎乃可喜"的前提条件。他不再称赞乌有先生所力主的对道义的追求，而是从天子对后世子孙的垂范作用，从天子对人民、对社稷所负使命的角度，看待畋猎之事。他要以自己构想出的盛世蓝图及对畋猎的态度诱导君主，以达到讽谏的目的。

《子虚赋》和《上林赋》从主观上讲，不能否认它是"受命于帝王"，有其一定局限性。但是，在客观上确实可使后人从中了解与认识汉帝国大一统的历史风貌，了解祖国壮丽的山河、高超的建筑和精湛的艺术。同时，在这些铺叙与描写中一定程度上也蕴含着作者的情感。汉大赋确实有其致命弱点，如堆积文字，词句艰深。但是，汉赋善于铺陈夸张，想像丰富，对客观事物作具体形象的描绘，有很强的感染性。另外，这两篇赋用词贴切，讲究语言的音调、节奏，一定程度上颇具音乐美，这些都是这两篇赋的艺术贡献。可以说，这些成就在一定程度上，推动了文学创作的发展，对文学自学创作时代的到来，起到了一定的推动作用。

司马相如与汉赋

（三）劝百讽一

汉代大赋的兴盛，一方面是汉代帝国文化、经济、政治发展的结果，特别是帝王的爱好与提倡；另一方面也是借鉴前代遗产，逐渐发展成熟起来的。概括地说，《子虚赋》和《上林赋》主要特征是：内容上歌功颂德，极写帝王贵族的声色犬马、游宴田猎之乐，山林宫殿京都之丽。表现出汉帝国的雄伟气魄，同时也给读者外在美的观赏。在赋的形式与规模上，建立了一种主客问答的形式。在表现手法上，采用描写铺叙形式，铺陈排比、文辞瑰丽、散韵相间、句式不拘，以四言六言为主。篇末往往加上一个"讽谏"的结尾，即所谓"劝百讽一"。

"劝百讽一"一词我们并不陌生，这是班固对扬雄批评汉赋失去讽谏作用的文学观点的概括。语出《汉书·司马相如传赞》："相如虽多虚词滥说，然要其指归，引之节俭，此与诗之讽谏何异？扬雄以为靡丽之赋，劝百讽一，犹骋郑卫之声，曲终奏雅，不已戏乎！"这是班固对司马相如的赋有无讽谏意义的看法。班固先引出司马迁对司马相如赋有"引之节俭"的讽谏作出评价，然后对扬雄批评司马相如无讽谏作用的看法提出了不同意见。

扬雄批评司马相如的赋，内容上铺陈事物，形式上讲究辞藻之靡丽，说司马相如的赋是"丽以淫"的辞人之赋，只能对帝王歌功颂德，而无益教化。班固不赞成扬雄对汉赋的这种评价。他认为司马相如赋虽有"虚词滥说"的缺点，但也有"引之节俭"的讽喻意义。他在《两都赋序》中对赋的作用任职较高的评价："或以抒下情而通讽喻，或以宣上德而尽忠孝，雍容揄扬，著于后嗣，抑亦雅颂之亚也。"意思说赋既可以讽谏，又可以显示君王的道德修养，仅次于《诗经》中的雅和颂，这显然有些过分了。

班固把扬雄批评汉赋缺少讽喻作用的观点用"劝百讽一"来概括，是较为准确的，而且，学术界也多认为符合汉赋的实际。有人认为，从当时的政治经济社会发展的历史事实来看，汉赋的"劝百讽一"也有其一定的积极意义，不能全盘否定。

司马相如确定了铺张扬厉的大赋体制和所谓"劝百讽一"的传统，《子虚赋》和《上林赋》也成就了司马相如。两千多年来，他在文学史上一直享有崇高的声望，对后世产生了深远的影响。两汉作家，绝大多数对他十分佩服，其中最有代表性的是伟大的历史学家司马迁。司马迁的生年比司马相如晚三十四年，当他于公元前 108 年担任太史令时，距司马相如去世仅仅相隔九年。对于这位前辈作家，他表现出极大的尊重。在整个《史记》中，专为文学家立的传只有两篇：一篇是《屈原贾生列传》，另一篇就是《司马相如列传》，仅此即可看出相如在太史公心目中的重要地位。我们还可再比较一下：在《贾生列传》中，司马迁主要是把贾谊当做和屈原一样关心国事而不遇其君的进步作家来尊敬和同情的，而对贾谊的文学作品，只收录了《吊屈原赋》和《鵩鸟赋》，著名的《过秦论》则附于《秦始皇本纪》之后。而在《司马相如列传》中，司马迁全文收录了他的三篇赋、四篇散文，以致《司马相如列传》的篇幅大约相当于《贾生列传》的六倍。这就表明，司马迁认为司马相如的文学成就是超过贾谊的。以后的历代文学家，或者将司马相如与司马迁相提并论，遂有"文章西汉两司马"之说；或者将相如与枚乘并称"枚马"，与扬雄并称"扬马"，屡屡加以推崇。南朝梁著名作家沈约说："周室既衰，风流弥著。屈平、宋玉导清源于前，贾谊、相如振芳尘于后，英辞润金石，高义薄云天。"唐代伟大诗人李白写道："扬马激颓波，开流荡无垠。"他还以司马相如自比，自称"十五观奇书，作赋凌相如"。杰出的边塞诗人岑参这样称颂司马相如："名共东流水，滔滔无尽期。"唐代古文运动的领袖韩愈在阐述其著名的"不平则鸣"说时，认为"汉之时，司马迁、相如、扬雄，最其善鸣者也。"明代著名作家张溥说："《子虚》、《上林》非徒极博，实发于天材。扬子云锐精揣炼，仅能合辙，犹《汉书》于《史记》也。"清代桐城派大家姚鼐指出："昌黎（韩愈）诗文中效相如处极多，如南海碑中叙景瑰丽处，即效相如赋体也。"类似评价，不胜枚举。从现代人角度来看，还是鲁迅先生对司马相如的评价最精练，最权威："不师故辙，自摅妙才，广博宏丽，卓绝汉代。"

司马相如与汉赋

三、千古一曲《凤求凰》

司马相如在文学上取得的成就使得他两千多年来在文学史上一直享有崇高的声望，然而他给人们留下更深印象的却是他的传奇爱情故事。在人们心目中，司马相如是一个俊雅倜傥的风流才子，他仪表堂堂、风度潇洒、多才多艺。他琴挑卓文君，赢得这位美女芳心的故事，更是传为千古美谈。

（一）琴挑卓文君

司马相如先前在梁园做梁王的门客，在那里留下了大名鼎鼎的《子虚赋》。后来梁王去世了，他回到了老家。司马相如可谓一无所有，家徒四壁，实在是无法维持生计了。他有一个好友王吉在临邛当县令，为了生存他投奔了当县令的好友。王吉非常敬重司马相如，一有空就去看他。司马相如向王吉谈了近几年的行踪，王吉知道了相如尚未成家，便向他说起，临邛首富卓王孙有个女儿卓文君，生得聪明无比，美貌无双，如今在娘家守寡，与相如可谓是天生的一对。司马相如听了，不好意思地摇了摇头。王吉却不以为然，他认为事在人为。

当地富豪卓王孙看王县令与司马相如的交情很不一般，便在家大摆宴席，招待县令的贵客，并邀请县令作陪。宴会开始，卓王孙带领众宾客向司马相如敬酒，少不了说了许多奉承话。正在大家喝得高兴的时候，王吉向大家介绍说："相如先生是当今第一名流，不仅文章写得好，而且奏也弹得很好。今天有佳宾美酒，何不请相如先生弹奏一曲呢？"众人听了，齐声叫好。司马相如应邀弹了琴，博得了满堂的掌声。

司马相如弹的琴可不一般，叫做"绿绮"，是传说中最优秀的琴之一。司马相如在梁园做门客的时候，曾献给梁王一篇《如玉赋》。此赋词藻瑰丽，气韵非凡。梁王极为高兴，就以自己收藏的"绿绮"琴回赠。"绿绮"是一张传世名琴，琴内有铭文曰："桐梓合精"。相如得"绿绮"，如获珍宝。他精湛的琴艺配上"绿绮"绝妙的音色，使"绿绮"琴名噪一时。

司马相如后来偷看到竹帘后面有一个影影绰绰穿白衣服的女子在听琴，知道是卓文君，就施展自己高超的琴技，弹起了一曲《凤求凰》，通过琴声，向卓文君表达了自己求爱的心情。《凤求凰》的内容是这样的：

> 凤兮凤兮归故乡，遨游四海求其凰。时未遇兮无所将，何悟今兮升斯堂！有艳淑女在闺房，室迩人遐毒我肠。何缘交颈为鸳鸯，胡颉颃兮共翱翔！皇兮皇兮从我栖，得托孳尾永为妃。交情通意心和谐，中夜相从知者谁？双翼俱起翻高飞，无感我思使余悲。

这首曲子表达了司马相如对卓文君的无限倾慕和热烈追求。相如在当时文坛上已负盛名所以自喻为凤，文君亦才貌超绝非等闲女流所以被比为皇（凰）。古人常以"凤凰于飞"、"鸾凤和鸣"喻夫妻和谐美好。凤求凰表示出相如在苦苦追求文君，而"遨游四海"，则意味着佳偶之难得。后面更为大胆炽烈，暗约文君半夜幽会，并一起私奔。"孳尾"，指鸟兽雌雄交媾，这里是以语言挑逗卓文君做自己的妻子。曲子最后表明他想和文君远走高飞，并叮咛对方千万不要使自己失望，不然会因为相思而悲伤的。

原来，卓文君听说司马相如来做客，早就想见识一下这位大才子。她本来就喜爱音乐，听到琴声，就偷偷地躲在帘子后面看。卓文君深懂琴理，听出了琴声中的意思。她早就仰慕司马相如的文才，再加上被对方如此热烈的追求，心中泛起一阵阵的波澜。此时的卓文君已经被司马相如深深吸引，一见钟情。

司马相如回去以后，就用钱买通了卓文君的侍女，通过她送给卓文君一封求爱信。卓文君接到求爱信激动不已，但她知道父亲不会同意这门亲事。便在一天晚上，偷偷地跑出来，投奔了司马相如。两人连夜乘车回到司马相如的家乡成都。

（二）文君当垆

卓文君不顾一切地与司马相如回到了老家。卓王孙听说自己的女儿与司马相如私奔，而且，两个人已经离开临邛回成都了，简直是气急败坏。不过，作为临邛县首富，

（卓家是冶铁世家，对冶炼技术有专长，以廉价食物招募贫民开采铁矿，冶铁生铁，冶铸铁工具，供应当地民众和附近地区的少数民族生产生活之用，还远销云南等地。到汉代文景之治，卓家传到卓王孙这一代，由于社会安定，经营得法，已成巨富，拥有良田千顷；华堂绮院，高车驷马；至于金银珠宝，古董珍玩，更是不可胜数。）卓王孙自有杀手锏：经济制裁，一个子儿不给！

卓文君同司马相如来到成都，开始时，倒安于清贫生活，司马相如豪情不减地典衣沽酒，过着有今天，没明天的逍遥生活；卓文君也脱钏换粮，根本不把今后的生计放在心上。过了几个月，两个年轻人感受到生活的艰辛与窘迫。

卓王孙的经济制裁立竿见影。卓文君自幼长于豪门，富日子过惯了，哪里受得了穷？她说："假如你愿意和我一块儿回临邛，就是向我的兄弟们借点钱，也足以维持生活，何苦在这儿受穷呢？"

最后，司马相如同意了爱妻的意见，一起又回到了临邛。他们身无分文，于是变卖了车马，在临邛买了一处房子，开了个酒店，卓文君亲自当垆卖酒。淡妆素抹的卓文君，站在置放酒瓮的土台上卖酒，不卑不亢，神态自如。而为了爱情永驻，司马相如亦不抚琴。他与酒店的伙计一样身着短脚裤，提壶洗碗干杂活，谈笑风生。如此这般，虽然生活清苦了点，但两人却是幸福美满，丝毫不为世俗所累！

卓文君回临邛开酒馆，并亲自"当垆"卖酒；司马相如和佣人一样打杂，这实在让卓王孙丢人现眼，卓王孙因此大门不出，二门不迈。原因有三个：一，自己引狼入室。司马相如拐走女儿，是因为自己请司马相如到家中赴宴，而此事又是王县令做的婚托儿，总不能和县长翻脸吧？卓王孙有苦难言；二，自己的女儿放着千金大小姐不做，竟然不知廉耻，与司马相如私奔，让卓王孙脸面尽失，三，女儿和司马相如的酒店如果开在成都，眼不见心不烦；可他们竟然把酒店开到临邛，生意做到家门口，尽人皆知，这真叫"丢人丢到家"！

卓王孙又羞又恼，却无处发泄。文君的兄弟和长辈纷纷从中斡旋：卓王孙啊，你只有一个儿子两个女儿，家中又不缺钱；文君已为人妻，生米已成熟饭，司马相如也算个人才，文君完全可以托付终身。卓王孙万般无奈，只好花钱消灾，分给文君一百名僮仆，一百万钱，另有一大笔嫁妆。司马相如和卓文君立即关闭酒店，回到成都，买田买地，富甲一方，从此这对小夫妻又过上了整天饮酒作赋，鼓琴弹筝的悠闲生活。

（三）数字诗

汉武帝刚刚继位，四处招揽贤才。一天，汉武帝读到司马相如的《子虚赋》，被赋中华美的文辞与磅礴的气势所吸引，不由拍手叫好。他一口气读完《子虚赋》，以为作者是前朝人，便连声叹息说："写这篇赋的人，真是个才子，可惜我没有和这个人生活在同一个时代！"这时，在汉武帝身边服侍的狗监杨得意说："陛下，写这篇赋的人小臣知道，他是小臣的同乡司马相如，现在闲居成都。""太好了！这么一个有才华的人，竟没有人对我说过。"汉武帝有点惋惜地说，于是，他马上派人召司马相如来京。且说司马相如被召到朝廷，汉武帝接见了他，问他道："《子虚赋》是你写的吗？"司马相如非常自负地回答说："是的，陛下，《子虚赋》正是臣写的。不过，那是写诸侯的事，并没有什么了不起。若准臣陪陛下游猎，臣可写出天子游猎赋献给陛下。"汉武帝听了非常高兴。为司马相如安排了豪华的住处，给以优厚的待遇。第二天就带了司马相如等人去上林游猎。没过几天，司马相如就挥洒大笔，写出了一篇《上林赋》，呈献给汉武帝。汉武帝读了《上林赋》，感到十分满意，心中高兴，就封了司马相如一个郎官。司马相如成为汉武帝的文学侍臣后，很受汉武帝的赏识。过了几年，汉武帝派司马相如作为特使前往西蜀，安抚西部的少数民族。司马相如到了西蜀后，很多官员都来到郊外迎接他，县令更是背着弓箭为他开道，临邛的富户也争先恐后地请他吃饭来讨好他。当时，势利的卓王孙因为女儿和司马相如私奔而大怒，发誓绝不给女儿文君一个钱，现在却后悔自己没有早把女儿嫁给司马相如！

后来司马相如在长安被封为中郎将，他觉得自己身份不凡，开始有了纳妾的念头。一天，他派人送给卓文君一封信，信上写着："一二三四五六七八九十百千万"十三个大字，并要卓文君立刻回信。卓文君一看信，上面有这么多数字，偏偏无亿，意思就是"无意"，冰雪聪明的文君明白了，司马相如

已经喜新厌旧了，想要纳妾。卓文君知道丈夫有意为难自己，十分伤心。想到自己不顾父亲的反对，竟连夜跟司马相如私奔。他们结合后，自己不嫌弃司马相如的贫寒，以千金之躯当垆卖酒，维持生计。可现在，司马相如官拜中郎将，想另娶名门千金了。文君深知丈夫爱情到头，恩断情绝的遗弃之意。下书人又在旁边急催着"大人吩咐，立等下文"，于是不假思索，挥毫疾书：

一别之后，二地相思，只说是三四月，又谁知五六年，七弦琴无心弹，八行书无可传，九连环从中折断，十里长亭望眼欲穿，百思想，千系念，万般无奈把君怨。

万语千言说不完，百无聊赖十依栏，重九登高看孤雁，八月中秋月圆人不圆，七月半烧香秉烛问苍天，六月伏天人人摇扇我心寒。五月石榴如火偏遇阵阵冷雨浇花端，四月枇杷未黄我欲对镜心意乱。

忽匆匆，三月桃花随水转。飘零零，二月风筝线儿断，唉！郎呀郎，巴不得下世你为女来我为男。

司马相如收信后心中惊叹不已。夫人的才思敏捷和对自己的一往情深，都使他受到很大的震撼，于是很快地打消了纳妾的念头。

（四）白头吟

司马相如想要纳妾的故事还有其他的版本。相传司马相如在做官后，有过想抛弃卓文君的念头，并给卓文君写了一页无字信，卓文君接信之后明白了司马相如的意思，当即回了一首诗，即《白头吟》：

皑如山上雪，蛟若云间月。闻君有两意，故来相决绝。今日斗酒会，明旦沟水头。躞蹀御沟止，沟水东西流。凄凄复凄凄，嫁娶不须啼。愿得一心人，白头不相离。竹竿何袅袅，鱼尾何徒徒。男儿重意气，何用钱刀为。

意思是说爱情应该像山上的雪一般纯洁，像云间月亮一样光明。听说你怀有二心，所以来与你决裂。今日犹如最后的聚会，明日便将分手沟头。我缓缓地移动脚步沿沟走去，只觉你我宛如沟水永远各奔东西。当初我毅然离家随君远去，就不像一般女孩儿凄凄啼哭。满以为嫁了个情意专一的称心郎，就可以相爱到老永远幸福了。男女情投意合就该像钓竿那样轻细柔长，鱼儿那样活泼可爱。男子汉应当以情意为重，失去了真诚的爱情是任何钱财珍宝所无法补偿的。

卓文君还在《白头吟》后附书：

> 春华竞芳，五色凌素，琴尚在御，而新声代故！锦水有鸳，汉宫有木，彼物而新，嗟世之人兮，瞀于淫而不悟！"随后再补写两行："朱弦断，明镜缺，朝露晞，芳时歇，白头吟，伤离别，努力加餐勿念妾，锦水汤汤，与君长诀！

意思是说春天百花盛开，争奇斗艳，绚烂的色彩掩盖了素洁的颜色。琴声依旧在奏响，但已经不是原来的人在弹奏了。锦江中有相伴游泳的鸳鸯，汉宫中有交援伸展的枝条，它们都不曾离弃伴侣。慨叹世上的人，却迷惑于美色，喜新厌旧。朱弦断，知音绝。明镜缺，夫妻分。朝露晞，缘分尽。芳时歇，人分离。白头吟，伤离别。希望您吃得好好的不要挂念我。对着浩浩荡荡的锦水发誓，从今以后和你永远诀别。

卓文君哀怨的《白头吟》和凄伤的《诀别书》，使司马相如大为感动，想起往昔恩爱，打消了纳妾的念头，并给文君回信："诵之嘉吟，而回予故步。当不令负丹青感白头也。"此后不久相如回归故里，两人安居林泉。

这首卓文君写《白头吟》使夫回心转意的故事遂传为千古佳话。

为纪念司马相如和卓文君，后人修建了许多纪念性建筑，既是缅怀他们，也是在缅怀这段流传千年的爱情传奇。

（五）琴台路

琴台路是专门为纪念西汉时期的传奇人物、爱情化身的卓文君与司马相如而命名的，当时他们就在琴台路上开了一家酒铺，卓文君亲自当垆卖酒。生活虽然清苦了点，但两人却是幸福美满，丝毫不为世俗所累！

琴台路以汉唐仿古建筑群为依托，以司马相如和卓文君的爱情故事为主线，展示汉代礼仪、舞乐、宴饮等风土人情。它处在成都市古建筑比较密集、文化气息比

司马相如与汉赋

较浓厚的地段，周围有杜甫草堂、青羊宫、百花潭、文化宫等古文化遗址及公园。周边建筑即使是现代商业建筑业多以坡屋顶造型、素色着色。琴台路既很好的融入这样一片祥和的古文化氛围中，又充分体现了自身的特点。这里最富特色的是全长九百二十余米、横贯整条街道的汉画像砖带，这条砖带荟萃了中国目前面世的绝大部分汉画像内容，游人随砖带前行，宴饮、歌舞、弋射、车马出巡等两千多年前汉代人的社会现实图景和理想天堂便复活在游人的视线中。这条砖带由十六万块天然青石砖铺筑而成，仿真程度之高，令人叫绝。

（六）文君井

文君井在邛崃市内里仁街。相传为司马相如与卓文君开设"临邛酒肆"时的遗物。西汉司马相如与邛崃富商卓王孙之女文君相爱，文君夜奔相如，结为夫妇。婚后设酒店于临邛市上，"文君当垆，相如涤器"，后世传为佳话。据传，此井即相如、文君当年汲水之所，后人遂题名"文君井"。唐诗人杜甫流寓成都时作《琴台》，诗有"酒肆人间世，琴台日暮云"句，就是凭吊遗迹之作。文君井为不规则的矮罐形土窖井，周置石栏，井口和井面均为石质。现有庭园十余亩，园内有当垆亭、水香榭、听雨亭、梳妆台等建筑，均为清末至民初所建。井旁不远处有琴台，台前有月池、假山，园林别具一格。"井上疏风竹有韵，台前月古琴无弦"这副悬于琴台的对联，写出了文君井园内的景色。

文君井有一副很有名的对联，赞扬卓文君和司马相如的爱情故事：

君不见豪富王孙，货殖传中添得几行香史；停车弄故迹，问何处美人芳草，空留断井斜阳；天崖知己本难逢；最堪怜，绿绮传情，白头兴怨。

我亦是倦游司马，临邛道上惹来多少闲愁；把酒倚栏杆，叹当年名士风流，消尽茂林秋雨；从古文章憎命达；再休说长门卖赋，封禅遗书。

四、一赋千金美名扬

司马相如可谓是两千年来稿酬最高的作家了，他的一篇《长门赋》价值千金。此赋深婉感人，令汉武帝回心转意，重新宠幸别在长门宫的陈皇后。

陈皇后，小名阿娇。汉武帝刘彻为太子时，她为太子妃，汉武帝登基后，封为皇后。相信大家都对"金屋藏娇"这个词不陌生，其实这是发生在汉武帝和陈皇后之间的一段典故。

（一）金屋藏娇

陈皇后的小名叫"阿娇"，她的父亲是堂邑侯陈午，堂邑侯府是汉朝开国功勋贵族之家；母亲是汉景帝唯一的同母姐姐馆陶长公主刘嫖，是当时朝廷中举足轻重的人物。陈阿娇自幼就深得其外祖母——窦太后的宠爱。

汉景帝的嫔妃王美人王娡有子刘彘（后改名刘彻），排行第十。景帝有十四个儿子，其中宠妃栗姬生子最多且生育了皇长子——刘荣。景帝的薄皇后没有生育，所以汉景帝立庶出长子刘荣为太子。

馆陶长公主打算将女儿陈阿娇许配给太子刘荣，为了日后能成为皇后。她派人去问栗姬是什么想法，谁知栗姬因为长公主经常向景帝进荐美女而对长公主十分不满，竟然断然拒绝了。馆陶长公主十分生气，于是有了废掉太子的想法。

一日，馆陶长公主抱着刘彻问："彻儿长大了要讨媳妇吗？"胶东王刘彻说："要啊。"长公主于是指着左右宫女、侍女一百多人问刘彻想要哪个，刘彻都说不要。最后长公主指着自己的女儿陈阿娇问："那阿娇好不好呢？"刘彻于是就笑着回答说："好啊！如果能娶阿娇做妻子，我会造一个金屋子给她住。"

长公主刘嫖见阿娇和刘彻年纪相当，从小相处和睦、感情融洽，就同意给陈阿娇和刘彻这对姑表姐弟亲上加亲，订立婚约。两人成年后举行大婚，结发成夫妻。金屋藏娇

是一个传诵千年的婚姻传奇，是一个男子对自己的原配正妻许下的结发誓言和婚姻承诺。

金屋藏娇婚约是当时汉朝政治的一个转折点。因为女儿的订婚，刘嫖转而全面支持刘彻，朝廷局势为之大变。经过长公主一番努力，景帝废掉太子刘荣让他做临江王，把栗姬打入冷宫。不久，景帝正式册封王娡为皇后，立刘彻为太子。

这里要指出：中国的继承传统一直是立嫡立长。就是说：正妻有儿子的，立正妻的儿子；正妻没有儿子的，在所有庶出的儿子中立最年长的那个。刘彻是嫔妃生的十皇子，既不是嫡、又不是长；他是凭借着妻子娘家的势力才得以青云直上，从而夺取太子之位直到登基称帝。

汉景帝去世后，刘彻即皇帝位，立原配嫡妻陈氏为皇后。

在汉武帝执政初期，由于政见上和祖母窦太皇太后有分歧，好几次差点失位。武帝当时没有力量和窦氏较量，窦太皇太后逼迫武帝废除了刚刚实行的一系列的改革措施，汉武帝任命的丞相和太尉也被迫罢免，甚至有的大臣被逼死狱中。

刘彻的母亲王太后就经常警告他：你刚刚登基，有很多大臣还不服你。之前你做的那些改革，已经触怒了太皇太后。现在又得罪了长公主，恐怕要获大罪了，千万要小心谨慎呀。于是汉武帝转而采取韬光养晦政策，从建元二年至建元六年间，他四处游浪射猎，不问大政方针。有赖于皇后陈阿娇作为唯一的外孙女，极受窦太皇太后宠爱，再加上陈家以及馆陶长公主的全力支持，才使汉武帝有惊无险保住帝位。

直到此时，"金屋藏娇"就像当年人们预想的那样，是一个令人津津乐道、羡慕不已的婚姻传奇——年轻的皇帝夫妻琴瑟和谐、患难与共。

（二）别在长门宫

祖母窦太皇太后去世后，汉武帝亲政，终于得以大权独揽，彻底走出了危机。可叹的是，苦尽后却未有甘来，能同患难的夫妻却不能共富贵。陈皇后出身显贵，自幼荣宠至极，不肯逢迎屈就；与汉武帝渐渐产生裂痕。再加上岁月流逝，还没有生下一儿半女；武帝开始喜新厌旧，疏远了陈皇后。

一次武帝前往造访平阳公主家中时，看上了美貌的歌女卫子夫，就在更衣间临幸了她，并接到宫中去，宠爱有加。陈皇后为此极为愤怒，甚至杀了不少人。而馆陶公主则逮捕了卫子夫的弟弟卫青，企图杀害他，最后卫青的朋友公孙敖前来救他，使他免于一死。武帝得知这事之后，不但封卫青官位，赏赐万金，之后甚至封出身卑微的卫子夫为仅低于皇后等级的夫人。

后来，汉朝宫廷里发生一件真相莫测的"巫蛊"案，矛头直指被汉武帝冷落已久的陈皇后。"巫蛊"是古代信仰民俗；巫鬼之术或巫诅之术是用以加害仇敌的巫术。巫蛊起源于远古，包括诅咒、射偶人和毒蛊等。当时人认为使巫师祠祭或以桐木偶人埋于地下，诅咒所怨者，被诅咒者即有灾难。由于古人迷信，对巫蛊的威力深信不疑。"巫蛊"自古是宫廷大忌；又因为操作简便，说不清道不明，被怀疑者根本无法自辩，一直是栽赃陷害对手的绝好伎俩。

刘彻二十七岁的时候，以"巫蛊"的罪名颁下废后诏书："皇后失序，惑于巫祝，不可以承天命。其上玺绶，罢退居长门宫。"自此，汉武帝把陈皇后幽禁于长门宫内，衣食用度还是皇后的待遇。

阿娇不会想到，她有一天竟会困在夜长如岁，春风不度的长门冷宫。她出身豪门，家世显贵，自幼锦衣玉食，华车美屋，再加上出众的容颜，自然而然地就有一种人中之凤的优越感。专宠后宫十多年的她，尽情享受着尊贵的生活和皇帝丈夫对她的宠爱。然而令她无法容忍的是，竟有另外一个女人和自己分享着天下"第一"的男人，而且这个女人不过是卑微的歌女。而对于汉武帝刘彻来说，她不过是他登上皇帝宝座的一件工具，对她多年的娇宠更多的是出于巩固政权的需要，自己一旦羽翼丰满，这段建立在权力和欲望基础上的婚姻势必土崩瓦解。此时的她已经彻底明白，那个曾经说过"若得阿娇，当作金屋贮之"的男人已经变得如此绝情。冷宫的孤

司马相如与汉赋

寂，残忍地折磨着她的身心。

长门宫原是馆陶长公主刘嫖的私家园林，以长公主情夫董偃的名义献给汉武帝改建成的，用作皇帝祭祀时休息的地方。

汉代皇宫主要有五宫：长乐宫、未央宫、桂宫、北宫、明光宫。长乐宫位于东南，宫垣东西约两千米，南北约两千四百米。吕后曾居此，以后成太后居地。未央宫在长乐宫西，位城西南角，东西长两千三百米，南北长约两千米，皇帝居此，为朝会、布政之地。桂宫在未央宫北，东西长八百八十米，南北长约一千八百米。北宫、明光宫宫垣未探明，这三个宫为太后、皇后以下的皇帝内室居地。而长门宫在最北面，属于偏室。

陈皇后被废，迁居长门宫，长门宫成了冷宫的代名词。

(三)千金求赋

阿娇长门宫苦闷愁思，听说司马相如文才天下第一，即派人带黄金百斤到成都，送给生活贫困的司马夫妇，请才子设法挽回，于是《长门赋》写出后，感动了武帝，陈皇后复见亲幸。

赋文大致可分三层。第一层从开头到"君曾不肯乎幸临"，总写陈皇后被弃的痛苦。文章开始就发问：为什么佳人徘徊消忧，魂不守舍，形容枯槁，独自幽居？用一"何"字一气贯开首四句，推出一个伤心到痴病程度的不幸妇女形象，吸引了读者的注意。接着便从两方面说明原因：一是配偶食言，转移了恩爱；二是自己痴情盼望夫君回心转意而终于失望。

第二层从"廓独潜而专精"起到"怅独托于空堂"，具体写陈皇后被弃的痛苦——孤独和寂寞。文章用漂漂的风、沉沉的云、窈窈的天、殷殷的雷渲染出一种遭受压抑、情不能舒的沉闷的气氛。恍惚中她错把雷声听作君王的车音，似乎在弄清牵动帷幄的是风而非人时，才从错觉中惊醒。于是，桂树枝条的纷密交接以及群鸟的翔集、猿啸的呼应均使她意识到自己的孤单。她承受着可怕的孤独，徘徊在深宫。但是，那冷落的宫殿里没有任何可使心灵感到温暖的东西：殿体壮大庄严，难以接近。东厢有无数琐细玲珑的饰物，却徒有炫美之意而不会生出同情。殿门上，锁环声若宠钟，没有亲昵的温柔之音。堂顶是橡梁槠栌等物，虽然美丽，却有如积石山般高峻，休想攀附偎依。地下是五色错石，花纹美好整齐，却因帐幔空垂而显得苍白。抚着门楣外望，是与未央宫（皇帝的政事堂）相连的曲台殿，辽远而难以企及。这一切构成一种广大但却空阔，华美但却幽冷的意境，使人神凄肤寒。所以，"声闻于天"的鹤鸣，她听来像是哀号；黄昏残阳里枯杨上独栖的雌鸟，她看来像自己一样可怜。她该有多少寂寞呀！

　　第三层从"悬明月以自照"起到文末，具体写陈皇后精神痛苦的另外两个方面：凄凉、空虚。晚上是昔日鸾凤和鸣的时候，她习惯地悬镜自照，虽然装扮齐整，却只能独度清宵。她借鸣琴来宣泄悲愁，琴声竟催落使女们淋漓的眼泪，其所含哀愁的分量自可想见。她怎能不一再叹息，一再哽咽？她把造成不幸的责任都揽在自己身上，历数自己的过失，羞愧得以袖掩面，无地自容。这种自责自怨固然表现了她的贤淑，更主要的是表现了她无计摆脱的囚徒式的生活痛苦。所以，她"颓思就床"就不是卸掉负担后心理平静的行为，不是斩断了情思"勿复相思"；而是无可奈何的表现，是痛苦中的喘息，是气急时的撒手。唯其如此，她才在恍然入梦时似觉君王仍在身旁，才在梦醒后又跌进失魂落魄般的空虚巨壑。而静夜里那荒鸡的啼鸣使她感到声音的缥缈空漠，历历繁星使她感到天宇的深邃空旷，中庭的月色使她感到深宫的清虚空阔，连熬不完的长夜也给人以时间的步子太不实在的感觉。它用具体的事物写出了"空虚"的声音、颜色和形貌，使陈皇后愁怀郁郁的痛苦成为读者可以听得见、看得清的东西，获得了人们的同情。

　　陈皇后的心情是抽象的，司马相如把她的各种心情放在形象的图景中来表现。写的几种图景是：1.陈皇后登台所见风云鸟树的自然景象。特点是阴沉烦郁，给人以室闷不舒之感，用以表现主人公的孤独。2.周览

所见高大幽深、精巧华丽的宫观之景。特点是庄严工细，给人以闭塞和烦琐之感，最宜于渲染主人公的寂寞。3.洞房清夜哀音泪面、愁煎气结的生活图景。特点是清冷惨戚，情调同人物的凄凉之感完全一致。4.冷宫残更、月白星寒的空庭夜景。特点是寥落虚静，烘托出居人心灵的空虚。总之，每一景都有人物活动在其中，都透过主人公的感觉展示出来，便以景与情的统一融合表现出高度和谐的美。

陈皇后当时花的是百斤黄金，相当于现在的三十五公斤，可谓天价稿酬了。可是后来为什么常说司马相如的《长门赋》是一赋千金呢？黄金百斤在当时已经是天价数目了，而陈皇后为了重新受宠，不惜一切代价也要让司马相如为她作赋。《长门赋》因此也极具价值，后人都用千金难求来形容司马相如的赋。辛弃疾《摸鱼儿》："千金纵买相如赋，脉脉此情谁诉？"元好问《白屋》："长门谁买千金赋，祖道虚传五鬼文。"范椁《秋日集咏奉和潘李二使君八首》之四："题桥一字终何益，卖赋千金竟或无。"

《长门赋》是赋史上第一篇描写被锁闭深宫中的妇女的作品，表现她们的孤独和哀愁，以情景交融的笔触，把人物感情的起伏跌宕写的惟妙惟肖，委婉动人，成为后世宫怨文学的先河。

（四）说不尽的长门

提起长门，人们自然会想到长门宫、长门阿娇、《长门赋》《长门怨》《长门恨》等等。它们各不相同却又都有相通之处，道不尽锁闭深宫的怨恨与哀愁。

《长门怨》是一个古乐府诗题。据《乐府解题》记述："《长门怨》者，为陈皇后作也。后退居长门宫，愁闷悲思……相如为作《长门赋》……后人因其《赋》而为《长门怨》。"

李白《长门怨》：
天回北斗挂西楼，金屋无人萤火流。月光欲到长门殿，别作深宫一段愁。
桂殿长愁不记春，黄金四屋起秋尘。夜悬明镜青天上，独照长门宫里人。

沈佺期《长门怨》：

月皎风泠泠，长门次掖庭。

张修之《长门怨》：

长门落景尽，洞房秋月明。

裴交泰《长门怨》：

一种蛾眉明月夜，南宫歌管北宫愁。

刘皂《长门怨》：

雨滴长门秋夜长，愁心和雨到昭阳。泪痕不学君恩断，拭却千行更万行。

琴曲《长门怨》：

自从分别后，每日双泪流；泪水流不尽，流出许多愁；愁在春日里，好景不常有；愁在秋日里，落花逐水流……

张祜《长门怨》：

日映宫墙柳色寒，笙歌遥指碧云端。珠铅滴尽无心语，强把花枝冷笑看。

郑谷《长门怨》二首：

闲把罗衣泣凤凰，先朝曾教舞霓裳。春来却羡庭花落，得逐晴风出禁墙。流水君恩共不回，杏花争忍扫成堆。残春未必多烟雨，泪滴闲阶长绿苔。

五、汉赋四大家

汉赋是在汉代涌现出的一种有韵的散文，它的特点是散韵结合，专事铺叙。汉赋的内容可分为5类：一是渲染宫殿城市；二是描写帝王游猎；三是叙述旅行经历；四是抒发不遇之情；五是杂谈禽兽草木。而以前二者为汉赋之代表。

汉赋在结构上，一般都有三部分，即序、本文和被称作"乱"或"讯"的结尾。汉赋写法上大多以丰辞缛藻、穷极声貌来大肆铺陈，为汉帝国的强大或统治者的文治武功高唱赞歌，只在结尾处略带几笔，微露讽谏之意。

汉赋的主要代表人物有：司马相如、枚乘、贾谊、扬雄、王褒等。其中司马相如、扬雄、班固、张衡四人被后世誉为汉赋四大家。汉赋四大家，标志着大赋的内容、风格的成熟。

（一）司马相如

司马相如（公元前179年－公元前118年），字长卿，蜀郡成都人，西汉辞赋家。年轻时喜欢读书击剑，景帝时，为武骑常侍。景帝不好辞赋，他称病免官，来到梁国，与梁孝王的文学侍从邹阳、枚乘等同游，著《子虚赋》。梁孝王死后，相如回到成都，路过临邛，结识商人卓王孙女儿卓文君。卓文君美丽聪明，喜欢音乐，仰慕相如文才已久。相如以琴心挑之，文君明白相如的意思，与相如一同回到成都。二人故事遂成佳话，为后世文学、艺术创作提供了材料。

武帝即位，读了他的《子虚赋》，深为赞赏，因得召见。他又写《上林赋》献给武帝，武帝大喜，封他做了郎官。司马相如后来又被封为中郎将，奉命出使西南，对沟通汉与西南少数民族关系起了积极作用，写有《喻巴蜀檄》《难蜀父老》等文。

司马相如的文学成就主要表现在辞赋上。现存《子虚赋》《上林赋》《大人赋》《长门赋》《美人赋》《哀秦二世赋》六篇。明人张溥辑有《司马文园集》。

司马相如是汉大赋的奠基者和成就最高的代表作家。《文选》所载《子虚》、《上林》两赋是他著名的代表作。这两篇以游猎为题材，对诸侯、天子的游猎盛况和宫苑的豪华壮丽，作了极其夸张的描写，而后归结到歌颂大一统汉帝国的权势和汉天子的尊严。在赋的末尾，作者采用了让汉天子享乐之后反躬自省的方式，委婉地表达了作者惩奢劝俭的用意。司马相如的这两篇赋在汉赋发展史上有极重要的地位，它以华丽的词藻，夸饰的手法，韵散结合的语言和设为问答的形式，大肆铺陈宫苑的壮丽和帝王生活的豪华，充分表现出汉大赋的典型特点，从而确定了一种铺张扬厉的大赋体制和所谓"劝百讽一"的传统。后来一些描写京都宫苑、田猎、巡游的大赋都模仿它，但在规模气势上又始终难以超越它。

　　据《汉书·艺文志》记载，他有赋二十九篇，但流传至今的只有《子虚赋》《上林赋》《哀二世赋》《长门赋》《大人赋》等几篇。这几篇作品，为他在中国文学史上赢得了几个"第一"。首先，作为司马相如最重要的代表作，《子虚赋》和《上林赋》是文学史上第一篇全面体现汉赋特色的大赋。在内容上，它以宫殿、园囿、田猎为题材，以维护国家统一、反对帝王奢侈为主旨，既歌颂了统一大帝国无可比拟的声威，又对最高统治者有所讽谏，开创了汉代大赋的一个基本主题。在形式上，它摆脱了模仿楚辞的俗套，以"子虚""乌有先生""无是公"为假托人物，设为问答，放手铺写，结构宏大，层次严密，语言富丽堂皇，句式亦多变化，加上对偶、排比手法的大量使用，使全篇显得气势磅礴，形成铺张扬厉的风格，确立了汉代大赋的体制。鲁迅先生指出："盖汉兴好楚声，武帝左右亲信，如朱买臣等，多以楚辞进，而相如独变其体，益以玮奇之意，饰以绮丽之辞，句之短长，亦不拘成法，与当时甚不同。"（《汉文学史纲要》）这就概括了司马相如在文体创新方面的非凡成就。正是这种成就，使司马相如成为当之无愧的汉赋奠基人。其次，《哀二世赋》是整个赋史上第一篇直斥秦朝暴政的作品，具有鲜明的思想倾向和强烈的现实意义。全文只有158个字，写得情致蕴藉，感既深沉，警策凝练，与《子虚赋》的铺排夸张、雄浑宏丽形成对照，开后代抒情小赋的先河。再次，《长门赋》是赋史上

第一篇描写被锁闭深宫中的妇女的作品，通过表现她们的孤独和哀愁，暴露了封建宫廷的阴森黑暗，可谓文学史上宫怨体的滥觞。作品善于描写景物，烘托气氛，以情景交融的笔触，把人物感情的起伏跌宕写得惟妙惟肖，委婉动人，对后代的宫怨诗产生了相当大的影响。这几个"第一"加在一起，足以使司马相如成为汉赋的第一大家。

（二） 扬雄

扬雄（公元前53年－公元18年），字子云，西汉蜀郡成都人。扬雄生平学问渊博，才识绝伦，著述宏富，他不仅是西汉一位著名文学家、哲学家、天文历法家和语言学家，事实上应推为继承先秦诸子百家学术、思想，精神的文化巨人，对后世影响颇为深远。

扬雄出世后家业已经衰败，境况窘困。他从小淡泊安恬，聪敏好学，具有一往无前的精神。因口吃不适言谈，喜于沉思默想. 对于前哲群贤，往往由学习倾慕而攀追方驾，进而汪洋恣肆、自总峰巅。扬雄平素仰慕屈原奇才壮节，而叹其不宜自沉汨罗江；敬佩司马相如华国文章，风韵卓然。

扬雄早年极其崇拜司马相如，曾模仿司马相如的《子虚赋》、《上林赋》，作《甘泉赋》《羽猎赋》《长杨赋》，为已处于崩溃前夕的汉王朝粉饰太平、歌功颂德。其内容为铺写天子祭祀之隆、苑囿之大、田猎之盛，结尾兼寓讽谏之意。其用辞构思亦华丽壮阔，与司马相如赋相类，所以后世有"扬马"之称。

《甘泉赋》创作的年代略早，有较强的针对性。赋前都有序文，以明创作主旨。《甘泉赋》主要采取"推而隆之"的方法，极力描写甘泉宫的崇店华阙，说它"似紫宫之峥嵘"，借以说明如此奢华的建筑非人力所能为，非人间所应有，以期对统治者有所警戒。同时，作品还提出"屏玉女而却**虙妃**"。"玉女无所眺其清庐兮，**虙妃**曾不得施其娥眉，方揽道德之精刚兮，侔神明与之为资"，委婉地讽刺了成帝宠幸赵昭仪事。但就作品而言，其讽喻主旨并不十分明显，似乎并没有达到序中所设定的意图。

中国古代诗词歌赋

在扬雄的代表作品四大赋中，《甘泉赋》的艺术成就最高，在对景物的描写方面有新的发展。

一是采用主体向关照对象逐步趋靠的方式进行铺陈。先是写道："是时未臻夫甘泉也，乃望通天之绎绎。"这是铺陈的第一时段，后面用大段文字叙述远望所见。第二时段是在近处仰望甘泉宫，"仰矫首以高视兮，目冥眴而无见。"从"据图轩而周流"进入第三时段，是进入甘泉宫内部之后的见闻，是重点的铺陈对象。第四时段叙述天子在甘泉宫的感受及相关举措。

二是铺陈空间多向的维度，展示的是三维六合空间。作者对天子巡游甘泉宫的描写，既有平面拓展，又有立体延伸。在进行平面拓展时，对甘泉宫的景物按照东西北南的顺序进行铺陈；在进行立体延伸时，天子在甘泉宫仿佛上天入地，潜海升空。扬雄在对空间景观进行铺陈时，是全方位展开，并且兼有静态审视和动态描写。

三是对骚体赋赋予新的功能。扬雄之前，骚体主要用于言志抒情，而且多是以抑郁为基调，扬雄的《甘泉赋》采用骚体，用这种文体来表现汉代盛世和天子的声威，这在历史上是首创，扩大了骚体的选材范围，也使这种文体正式融入主流文化。

扬雄赋写得比较有特点的是他自述情怀的几篇作品，如《解嘲》《逐贫赋》和《酒箴》等。《解嘲》写他不愿趋炎附势去做官，而自甘淡泊来写他的《太玄》。文中揭露了当时朝廷擅权、倾轧的黑暗局面："当涂者升青云，失路者委沟渠；且握权则为卿相，夕失势则为匹夫"；并对庸夫充斥、而奇才异行之士不能见容的状况深表愤慨："当今县令不请士，郡守不迎师，群卿不揖客，将相不俯眉。言奇者见疑，行殊者得辟。是以欲谈者卷舌而同声，欲步者拟足而投迹。"可见赋中寄寓了作者对社会现实的强烈不满。这篇赋虽受东方朔《答客难》影响，但纵横驰说，词锋锐利，在思想和艺术上仍表现出它的特点。《逐贫赋》是别具一格的小赋，写他惆怅失志，"呼贫与语"，质问贫困何以老是跟着他。这篇赋发泄了他在贫困生活中的牢骚，多用四字句，构思新颖，笔调诙谐，却蕴含着一股深沉不平之气。《酒箴》是一篇咏物赋，内容是说水瓶朴质有用，反

而易招损害；酒壶昏昏沉沉，倒"常为国器"，主旨也是抒发内心不平的。另外还仿效屈原楚辞，写有《反离骚》《广骚》和《畔牢愁》等作品。《反离骚》为凭吊屈原而作，对诗人遭遇充满同情，但又用老、庄思想指责屈原"弃由、聃之所珍兮，摭彭咸之所遗"，反映了作者明哲保身的思想，而未能正确地评价屈原。《广骚》《畔牢愁》为今仅存篇目。

从扬雄前期作品中可以看出，作家的政治热情很饱满，关心朝廷大事，对君主期望很高，作品有较强的现实意义。到了后期，因政治上的失意和生活上的清贫，热情渐冷，心态也转向虚静平和，所作多以关注自身、反思人生为主，但对现实的暴露与批判都更为深刻。

扬雄晚年对辞赋的看法却有所转变。他评论辞赋创作是欲讽反劝，认为作赋乃是"童子雕虫篆刻"，"壮夫不为"。另外还提出"诗人之赋丽以则，辞人之赋丽以淫"的看法，把楚辞和汉赋的优劣得失区别开来（《法言·吾子》）。扬雄关于赋的评论，对赋的发展和后世对赋的评价有一定影响。对于后来刘勰、韩愈的文论，颇有影响。

扬雄在散文方面也有一定的成就。如《谏不受单于朝书》便是一篇优秀的政论文，笔力劲练，语言朴实，气势流畅，说理透辟。他的《法言》刻意模仿《论语》，在文学技巧上继承了先秦诸子的一些优点，语约义丰，对唐代古文家发生过积极影响，如韩愈"所敬者，司马迁、扬雄"（柳宗元《答韦珩示韩愈相推以文墨事书》）。在《法言》中，他主张文学应当宗经、征圣，以儒家著作为典范，这对刘勰的《文心雕龙》颇有影响。扬雄还著有语言学著作《方言》，是研究西汉语言的重要资料。《隋书·经籍志》有《扬雄集》五卷，已散佚。明代张溥辑有《扬侍郎集》，收入《汉魏六朝百三家集》。此外，他是"连珠体"的创立人，自他之后，继作者非常多。

（三）班固

班固（公元 32 年－公元 92 年）东汉著名的史学家、文学家，扶风安陵人。

中国古代诗词歌赋

一生博览群书，诸子百家之言，无所不读。其父班彪在光武帝时官至望都长，才高学博，撰有《史记后传》百余篇。建武三十年父亲去世，返里居丧，着手整理《史记后传》。明帝永平元年，开始撰写西汉一代史书《汉书》。永平五年，被人告发私改国史，被捕下京兆狱。多亏弟弟班超上书辩白，书稿送到京师。因明帝阅后有赞赏之词，班固才被释放。之后被召回京师校书部，派为兰台令史，与其他五位令史掌管图籍、校订文书。第二年，升为郎、典校秘书。奉诏续撰《汉书》，自此，专注精力，以著述此书为业，经历二十多年，直到章帝建初七年，基本修成。建初四年参加章帝在白虎观召集的诸儒会议，辩论六经今古文同异，以史官兼任记录，编成《白虎通义》。班固不死守章句，只求通晓大义，善作赋。

自西汉晚期扬雄以后至于东汉，受社会生活和文化思想变化的影响和作家创作意识转变的制约，汉赋尽管在体制和手法上仍未脱前期模式和模拟之习，但在思想内容和审美情趣方面却明显出现新的迹象和发展趋势。其鲜明标志之一便是京都赋的崛起。

东汉光武帝定都洛阳，而非长安，这件事成为当时一大议论焦点，也引起了文学家们的普遍关注。杜笃的《论都赋》即为此而作。班固的《两都赋》也是为此而作，但所持观点恰与杜笃相反。班固在赋前的序中说明了创作的目的：一则因"海内清平，朝廷无事，京师修宫室，浚城隍，起苑囿，以备制度"；一则因"西土耆老，咸怀怨思，冀上之眷顾，而盛称长安旧制，有陋洛邑之议"，故作《两都赋》"以极众人所炫耀，折以今之法度"。赋中肯定了定都洛阳的正确性，并极力宣扬了崇文尚礼、"法度"为重的思想。这篇赋奠定了班固在文学史上的地位，也奠定了京都赋的创作格局，成为后世效仿的典范。

《两都赋》采取了《子虚赋》《上林赋》的结构方式，合二为一，又相对独立成篇。上篇只写西都，下篇只写东都，内容划分清楚，结构较为合理。从主导思想上说，他不在规模和繁华的程度上贬西都而褒东都，而从礼法的角度，从制度上衡量此前赞美西都者所述西都的壮丽繁华实为奢淫过度，无益于天下。《西都赋》写长安都城的壮丽宏大，宫殿之奇伟华

美，后宫之奢侈淫靡，也极尽铺排之能事，使作者着实表现出了写骈辞大赋的才能。但结果却不是写得越奢华便越体现着作者对它的赞扬，而是折之以法度，衡之以王制。《东都赋》写洛阳，虽也写宫室、田猎的内容，但比较概括，而从礼法制度出发，宣扬节俭，反对奢侈。

《两都赋》中班固从几个方面指出东都对西都的超越。东都以其处于天下的中心地带，超越西京的偏居一隅。东都以其具有丰富文化内涵的自然人文景观，超越西京险峻的山川。东都以其昌盛清明的政治，超越西京的楼堂馆舍、仙宫神室。东都以其礼乐教化，超越西京苑囿池沼。东都以其法度礼仪，超越西京的任性使气、游侠犯禁。东都以其合乎体制的皇家建筑，超越西京的违制宫殿。东都以其普天之下、莫非王土的大一统气概，超越西京闭关自守的狭隘心理。《两都赋》通过主客之间的辩难，涉及一系列重大问题：国都的确定是一劳永逸，还是根据需要迁移？国都应位于天下之中，还是偏居一隅？是恃险守国，还是以德治国？是崇尚节约，还是以奢侈为乐？对于这些问题，《两都赋》都给出了明确的答案。

班固的《两都赋》在艺术上基本是取法司马相如和扬雄。但同时又有突破和创新。一是打破了"劝百讽一"的结构模式，下篇《东都赋》通篇是讽喻、诱导，形成了"劝"与"讽"的均衡布局，虽然下篇中仍有不少劝的内容，但这劝的内容里已经渗透了作者严正的治国主张和政治见解，而非单纯的铺夸溢美。二是详略有致，别具匠心。为了表现倡法度、反奢侈的主题，作者在上篇中将笔墨集中杂爱西都形盛、物富人丰、崇楼峻宇、苑囿池台、浩荡出游、射禽猎兽等方面，在下篇则歌颂文治武功，宣扬修明法度，倡导适可而止，铺写兴礼作乐。至于物产、楼台、田猎虽有涉及，但着笔不多，上篇详而下篇略。如此简繁得当，层次分明，有力地突显了创作主题。

（四）张衡

张衡(公元 78 年 - 公元 139 年)东汉科学家、文学家。字平子，南阳西鄂（今河南南阳）人。他自小刻苦向学，很有文采。16 岁以后曾离开家乡到外地游学。他先到了当时的学术文化中心三辅(今陕西西安一带)。这一地区壮丽的山河和宏伟的秦汉古都遗址给他提供了丰富的文学创作素材。以后又到了东汉首都洛阳。在那儿，他进过当时的最高学府——太学，结识了一位青年学者崔瑗，与他结为挚友。崔瑗是当时的经学家、天文学家贾逵的学生，也精通天文、历法、数学等学问。他为官时东汉帝国处在由盛转衰的时代，其时官僚贵族都崇尚奢侈、宦官专政、政治黑暗；他虽有才能，有抱负，但无法施展。在朝为官时，正直敢言，遭宦官谗毁，心情抑郁，有避害全身、归隐田园的思想。

张衡的文学作品主要是辞赋和诗，他的散体大赋以《二京赋》最为有名。《二京赋》是有感于"天下承平日久，自王侯以下莫不逾侈"，于是模仿班固的《两都赋》而创作的。"精思傅会，十年乃成"。赋模仿《两都赋》分《西京赋》与《东京赋》两篇，借"凭序公子"与"安处先生"的对答结撰成篇。

张衡在创作《二京赋》时，虽然对《两都赋》多有借鉴，但是，张衡作为一名有创作个性的文人，努力对前人有所超越，并在许多方面实现了自己的愿望。班固《两都赋》的题旨比较复杂，涉及东都和西京的许多差异；张衡的《二京赋》色题旨则相对集中，主要突出东京和西都的俭与奢的差异。班固、张衡虽然同是以京都为表现对象，但张衡在选材时尽量避免和《两都赋》过多重复，有自己的侧重面。《两都赋》在描写长安景观时采用回环往复的笔法，出现两次循环；张衡的《二京赋》则简化了一些程序，只经历从外到内，再由内到外的一次推移。《二京赋》结构更为宏阔，思想艺术上也显示出某些特色。赋的主旨是规讽统治阶级，有些议论颇为深刻切直。如告诫统治者切莫"剿民以媮乐，忘民怨之为仇"，警告他们要知道"水所以载舟，亦所以覆舟"的道理。表现了作者对当时社会危机的深刻忧虑和对人民力量的理解。《二京赋》中描述了以前的同类大赋从未记载的若干新事物，如它对都市商贾、侠士、辩士的活动以及杂技和百戏的演出情况等都有所反映。有些片断描写生动，如《东京赋》中"濯龙芳林"以下一段，仿照《子虚赋》，按东、西、南、北方位铺写景物，语句清新，颇富文采。

应该说《二京赋》中的理性精神和充实的社会内容结合得非常好，不但超过了司马相如

和扬雄，也超过了班固。但作者力求在作品的体制、规模上超越前人，铺写面面俱到，取材精粗并收，因而显得有些漫衍无方，很多描写缺乏典型性和代表性。但其作为京都赋"长篇之极轨"，在思想和艺术上仍有不可忽视的价值，对京都赋的发展具有推波助澜的作用。

张衡还写下第一篇抒情小赋《归田赋》，表现了作者在宦官专权、朝政日非的情况下，退隐田园的乐趣。例如下面一段：

于是仲春令月，时和气清，原隰郁茂，百草滋荣。王雎鼓翼，鸧鹒哀鸣，交颈颉颃，关关嘤嘤。于焉逍遥，聊以娱情。尔乃龙吟方泽，虎啸山丘。仰飞纤缴，俯钓长流。触矢而毙，贪饵吞钩。落云间之逸禽，悬渊沉之鲈鰡……

作者以清新的语言，描写了自然风光，抒发了自己的情志，表现了作者在宦官当政、朝政日非的情况下，不肯同流合污，自甘淡泊的品格。这在汉赋的发展史上是一个很大的转折点。他把专门供帝王贵族阅读欣赏的"体物"大赋，转变为个人言志抒情的小赋，使作品有了作者的个性，风格也由雕琢堆砌趋于平易流畅。在张衡之前，已出现过一些言志述行的赋，如班彪所作《北征赋》，通过记述行旅的见闻，抒发了自己的身世之感，显示了赋风转变的征兆，张衡在前人的基础上，使汉赋的发展发生了根本性的转折。

而这篇作品的艺术魅力恰恰集中体现在这一个"真"字，全赋从始至终抒发的都是真感受、真情怀、真渴望、真志向，体现了一个耿介多才的士大夫于心身俱疲、对现实失望之后的真实想法和真切心愿。作者非常高明地将诸多情愫浓缩到这篇体制短小的赋中，表现起来却显得从容闲淡。《归田赋》的语言清新晓畅、挥洒自如，与内容和谐一体，中间虽含有骈偶成分，但恰到好处，为后世的骈体赋开创了一个良好范例。总之，无论就内容讲，还是就艺术形式讲，《归田赋》都有很高的价值；无论从张衡的全部创作看，还是从汉赋的发展过程看，《归田赋》都有很高的地位。

千古五言之祖——《古诗十九首》

　　南朝梁代昭明太子萧统编了一部周汉至南朝齐梁的诗文总集《文选》。他从许多的无名且近于散佚的古诗中，选择了十九首编在了一起。从此，原来处于散漫状态的古诗，就有了一个"古诗十九首"的专名，很快地这十九首古诗又从萧统《文选》所编的诗歌中脱颖而出，成为中国诗歌史上一个独立的单元，地位也越来越高。

一、具有神秘色彩的《古诗十九首》

  《古诗十九首》的名称，是萧统给的。南朝梁代昭明太子萧统编了一部周汉至南朝齐梁的诗文总集《文选》。他从许多的无名而近于散佚的"古诗"中，

选择了十九首编在了一起。从此，原来处于散漫状态的"古诗"，就有了一个"古诗十九首"的专名，很快地这十九首古诗又从萧统《文选》所编的诗歌中脱颖而出，成为中国诗歌史上一个独立的单元，地位也越来越高。被萧统选入《文选》的这十九首古诗，便几乎被认为是东汉无名氏文人创作的一组完整的古诗，代表东汉文人抒情诗的成就，甚至被明代人誉为"五言之《诗经》"。其实，这十九首古诗只是萧统及其词臣从当时可见的古诗作品中挑选出来的，在思想和艺术上是符合他们的要求和口味的。《古诗十九首》虽非一时一地一人之作，却有着比较统一的思想内容和艺术风格。其内容基本上是游子和思妇的牢骚不平，哀愁苦闷，同时还有对人生无常的感慨和及时行乐的追求，曲折地表达了诗人对当时那种动荡社会的不满。《古诗十九首》语言朴素自然，表现手法委婉曲折，具有较高的艺术价值。它的出现，标志着文人五言诗在其发展过程中已达到成熟阶段。

（一）关于《古诗十九首》的作者问题

  关于《古诗十九首》作者的问题，一直以来争论不断，直至今日还是众说纷纭，各执一词。有的说完全是西汉时人做的，有的说有一部分是东汉时人做的，始终没有一个牢不可破的解答。我们看萧梁所撰的各书，关于古诗作者的讨论，可以看到两种先后不同的论调，第一种是持怀疑态度的，代表人物是给《文选》做过注的李善和写《诗品·序》的钟嵘。李善对《文选》认为《古诗十九首》是枚乘之作提出怀疑，而钟嵘对于古时有人认为《古诗十九首》是建安曹植所写，提出了不同的看法。这两个人认为《古诗十九首》的作者不可考证，

因而他们暂且置于怀疑者之列。第二种是抱肯定的态度，是持定论者，代表人物是写《文心雕龙》的刘勰和著《玉台新咏》的徐陵。刘勰在《文心雕龙·明诗篇》有云："古诗雅丽，或称枚叔，其孤竹一篇，则傅毅之辞。"从他的"或称枚叔"一句可明确知道他认为《古诗十九首》的作者是枚乘。"孤竹一篇"认为肯定是傅毅所作的了。稍后的徐陵在《玉台新咏》的著录中，也肯定了这一点。因而在徐陵的时代，《古诗十九首》为枚乘和傅毅所作的观点几乎已经成为了定论。关于以上两种说法，都没有充分的证据，还是有可推敲的地方。李善、钟嵘的怀疑，因为缺少足够的证据而显得苍白无力。而徐陵的《玉台新咏》以为所收的古诗十九首都是枚乘之作，也未必有确凿的依据。因为《玉台新咏》本身就是一个选本，选多选少，随之所好，并没有一定的标准和尺度，而两晋陆机拟古诗十九首，已有《驱车上东门》等篇，已拟名为《杂诗》。我们知道，陆机的拟古诗是完全参照《古诗十九首》而作的，既然在他的拟古诗中已经有"杂"字，则可以说明，作者不为一人，也自然不是枚乘一人所作的了。甚至对于枚乘一生是否作过诗，还是一个学界争论的问题。《古诗十九首》原是夫妻离别、朋友分和、游子他乡、感叹生死之作，表现手法含蓄委婉，清新朴实，并没有惊险的字句，因而绝不会是一人一时之作。

(二) 关于《古诗十九首》所著的年代的问题

《古诗十九首》的作者，因为佚名已久，钟嵘、刘勰、萧统、徐陵等人在几千年前，还不能确定为何人所作，而到了如今，由于所传的诗句诸多简略，流传上也十分的繁杂，因而更是无从判定了。但关于某诗所作的时代，还是可以从前代的著录上，或者拟作中，或者后人曾引用的时间，或者将诗中有关的语句有关于某个时代的典章文物地理等相互进行参照和推求，是可以得到一个"近似"肯定的答案的。为了方便读者的阅读，使读者更加清晰明了，请参看如下：

篇名时间

1. 《行行重行行》——东汉（近乎）

千古五言之祖——《古诗十九首》

2.《青青陵上柏》——汉恒灵时（近乎）

3.《回车驾言迈》——汉恒灵时（近乎）

4.《明月皎夜光》——东汉末（近乎）

5.《驱车上东门》——东汉末（近乎）

6.《去者日以疏》——董卓入洛阳之后（近乎）

7.《生年不满百》——东汉后（近乎）

8.《青青河畔草》——建安前（近乎）

9.《西北有高楼》——建安前（近乎）

10.《冉冉孤生竹》——建安前（近乎）

11.《迢迢牵牛星》——魏晋间（近乎）

12.《孟冬寒气至》——魏晋间（近乎）

13.《客从远方来》——魏晋间（近乎）

14.《今日良宴会》——待考

15.《凛凛岁云暮》——待考

16.《东城高且长》——待考

17.《庭中有奇树》——待考

18.《明月何皎皎》——待考

19.《涉江采芙蓉》——待考

由于篇幅有限，具体的考证过程简略。

总之，《古诗十九首》本非一人之辞，一时之作，年代久远，句多残缺，很难有确实的考证。以上所列的十三首诗的年代不过是根据其与某时史事及其他有关者比类推求的一个大概的时代，其余的六首一时难有相当的证据，究竟具体为何时所作，还要等将来继续求证。但是可以确定的是《古诗十九首》是作于东汉以后，绝非是西汉所作，这点是可以相信的。

（三）关于汉乐府与《古诗十九首》之间的关系问题

诗歌至汉代，开始告别四言（诗经）和楚语骚体，汲取乐府诗的精粹，艰难缓慢地朝五言诗的方向迈进，由于汉代主要推崇的文学样式是汉大赋而不是诗，当时，从皇帝到文人，只是欣赏体式宏伟、气势磅礴、语言华丽能与富足强盛的汉帝国相匹配的"劝百讽一"的汉大赋。汉代的五言诗始终在大赋、乐府和四言诗的压迫下生存，艰难地成长，可以说它是一股无声无息的潜流。另一方面，五言诗还要摆脱四言诗和楚骚体诗的旧外衣，还要应付自先秦战国以来儒家经典的不断纠缠。五言诗要成熟起来，要变成热点，要变成钟嵘《诗品·序》中所说的"人人终朝点缀，昼夜吟咏"的新形势，还要再等三百年的时间。因此，只能是处于旁流，才秀人微，只能随写随弃，或在三五知己中间传唱吟咏。这也正是《古诗十九首》虽然还在，但是时代、作者、具体的篇名却大都湮没无闻的原因了。

　　总之，汉乐府与《古诗十九首》之间是既有区别又有联系的关系，不难看出中国的五言诗是在与通俗音乐密切相关的汉乐府的母体中成熟而影响于文人的诗歌创作中诞生的。它的"不必一人之辞，一时之作"的无主名的集体创作特点，还明显地带有汉乐府的痕迹，显示了由民歌到文人创作过渡的过程。这种影响和过渡，还没能成熟到形成一个自己的有名字的创作集体。而到了东汉以后特别是到了建安时期的诗人，他们作为一个时代的文化存在，首先影响了文人阶层的一部分，这部分文人具有相似的生活经历，相似的对人生的思考和感受，于是他们从当时最流行的乐府民歌中受到启发，经过再创作，就产生了我们所熟悉的五言诗。当然汉乐府一经文人的改造，就从里到外发生了变化，首先，从思想内涵和审美情趣就与民歌大相径庭。文人们自不必"饥者歌其食，劳者歌其事"，而是更多地体现自我，表现自我，于是其中便多了一些羁旅他乡的哀愁，人生苦闷，及时行乐的调子。这大概是东汉末期政治黑暗，士出无路的反映吧。但是不管怎么说，《古诗十九首》在艺术上比之汉乐府的确是有了长足的进步，它最终还是走出了汉乐府的"母体"。

二、《古诗十九首》的全文及其译文

第一首：

衣带渐"缓"终不悔，为"君"思得"奴"憔悴之《行行重行行》。

行行重行行

行行重行行，与君生别离①。

相去万余里②，各在天一涯③。

道路阻且长④，会面安可知⑤？

胡马依北风⑥，越鸟巢南枝⑦。

相去日已远⑧，衣带日已缓⑨。

浮云蔽白日⑩，游子不顾反⑪。

思君令人老⑫，岁月忽已晚⑬。

弃捐勿复道⑭，努力加餐饭⑮。

注释：

①生别离：是"生离死别"的意思。屈原《九歌·少司命》："悲莫悲兮生离别。"②相去：相距。万余里：此乃思妇的心理感觉，极言路途之遥远，而非实指。③天一涯：天各一方。涯:边。④阻：险阻，艰险。《诗经·秦风蒹葭》："所谓伊人，在水一方。溯洄从之，道且阻长。"⑤安可知：怎么知道。⑥胡马：北方胡地所产的马。胡:秦汉时期，中原人称北方的少数民族为胡。⑦越鸟：指南方的鸟。越：应该指的是越族，即百越。⑧已：同"以"。远：久。⑨缓：宽松。以上两句套用汉乐府《古歌》："离家日趋远，衣带日渐缓"旧句。⑩"浮云"句：是猜疑其另有所欢之意。⑪不顾反：不想着回家。反同"返"。⑫老：指心神忧伤，形体消瘦。⑬"岁月"句：即"岁暮"，指一年很快就会过去。⑭弃捐：丢掉。勿复道：不要说了。⑮加餐饭：这是汉代经常习惯用的安慰别人的话。这里是希望对方保重身体，留待异日相会。

中国古代诗词歌赋

160

译文：

走啊走，郎君走得是越来越远了，和君就像生离死别一般。

此一去，我们怕是要相隔千里万里了，天南地北孤零零地各在一边。

道路啊，是关河间隔，艰难而又漫长，谁知道是否还有相见的一天？

南来的胡马始终依恋熟悉的北风，北飞的越鸟啊，就连筑巢也朝着南面的方向。

离别的日子，一天天地愈加久远，我人已经憔悴，衣带也一天天地松缓。

莫非是天上的浮云遮蔽了太阳，你留恋上了异地的人儿，竟然忘记了我的思盼，不知道把家还。

由于思念你的缘故，我已红颜老去，日月匆忙，眼看又到了年关。

唉，还是不要再提这种伤心的往事吧，还是希望你好好地保重身体，努力地加餐吃饭吧。

第二首：

春光烂漫难排"寂"，言词大胆展"性情"之《青青河畔草》。

青青河畔草

青青河畔草①，郁郁园中柳②。

盈盈楼上女③，皎皎当窗牖④。

娥娥红粉妆⑤，纤纤出素手⑥。

昔为倡家女⑦，今为荡子妇⑧。

荡子行不归，空床难独守。

注释：

①参照汉乐府《相和歌辞·饮马长城窟行》"青青河边草，绵绵思远道"，可知这里也有"思远道"之意思。②郁郁：浓密茂盛的样子。③盈盈：指仪态美好。一说指姿容丰满。④窗牖：泛指安装在墙上的窗子。⑤娥娥：《方言》称："秦晋间，美貌谓之娥。"⑥"纤纤"句："纤纤"形容女子的手

指细而且柔长。"素"是白的意思。⑦倡家女：指歌舞乐伎，而非今日所说的娼妓。⑧荡子：义近"游子"，而非今日所说的行为放荡的"浪子"。《列子》称："有人去乡土而不归者，世谓之狂荡之人也。"

译文：

园外河边的草色青青没有尽头，园内满园的杨柳茂盛而浓密。

院内楼上一位娉娉袅袅、皮肤白嫩的佳人，正依附在楼头窗口。

她的装扮实在是十分的漂亮啊，露出她那柔长白净的双手。

想当年曾经是个能歌善舞的乐伎，到如今却嫁给了游子家做媳妇。

外出的游子啊，常年在外不知回来啊，长夜空床寂寞，又怎么能叫人独守。

第三首：

"娱乐"非本意，"忧国"是本心之《青青陵上柏》。

青青陵上柏

青青陵上柏，磊磊涧中石①。

人生天地间，忽如远行客②。

斗酒相娱乐③，聊厚不为薄④。

驱车策驽马⑤，游戏宛与洛⑥。

洛中何郁郁⑦，冠带自相索⑧。

长衢罗夹巷⑨，王侯多第宅⑩。

两宫遥相望⑪，双阙百余尺⑫。

极宴娱心意⑬，戚戚何所迫⑭？

注释：

①"青青"二句：前者是就颜色而言，后者是就形体而言的，两者都是永恒不变的。这里用来说明生命的短暂和对人不如物的感慨。陵，状如丘陵的古墓。磊磊，石块积累的样子。②"人生"二句：极言生命的短暂，人生在世，倏忽如过客的意识十分强烈。③斗酒：指少量的酒。④薄：言其少，是相对于酒厚而言的。⑤策：马鞭，此为鞭策之意。驽马：劣马，迟钝的马。⑥戏：嬉戏。宛：

宛县。⑦郁郁：繁盛的样子。⑧冠带：指高冠博带的达官贵人及缙绅之士。自相索：自相往来，不与外界相通。索：求访，往来。⑨长衢：大街。罗：排列。夹巷：夹在长衢两旁的里巷。⑩第宅：皇帝赐给大臣的住宅。⑪两宫：指汉代洛阳城内的南北两宫。⑫双阙：耸立在宫门两端的望楼。百余尺：极言其高耸。⑬极宴：穷奢极欲地纵情享乐。⑭戚戚：忧愁的样子。《论语·述而》："君子坦荡荡，小人常戚戚。"何所迫：像被什么逼迫着一样。

译文：

陵墓上长得青翠的柏树，溪流里堆聚成堆的石。

人生长存活在天地之间，就好比匆匆远行的过客。

区区斗酒足以娱乐心意，虽少却胜过豪华的宴席。

驾起破马车驱赶着劣马，照样在宛洛之间游戏着。

洛阳城里是多么的热闹，达官贵人彼此相互探访。

大路边列夹杂着小巷子，随处可见王侯贵族宅第。

南北两个宫殿遥遥相望，两宫的望楼高达百余尺。

达官贵人们虽尽情享乐，而我却忧愁满面不为什么所逼迫。

第四首：

"贫贱不再穷独守，富贵应须致身早"之《今日良宴会》。

今日良宴会

今日良宴会①，欢乐难具陈②。

弹筝奋逸响③，新声妙入神④。

令德唱高言⑤，识曲听其真⑥。

齐心同所愿，含意俱未申⑦。

人生寄一世，奄忽若飚尘⑧。

何不策高足⑨，先居要路津⑩。

无为守穷贱⑪，轗轲长苦辛⑫。

注释：

①良宴会：热闹得令人难忘的宴会。②具陈：一一述说。③筝：瑟类的古乐器。奋：发出。逸响：不同凡响

的声响。④新声：当时流行的曲调。⑤令德：有美好德行的贤者，这里指作歌词的人。令:美；善。高言:高妙的言辞，这里指歌的内容。⑥识曲：知音的人。听其真:指听懂了里面所包含的人生真谛。⑦"齐心"二句：指以上乐曲所包含的人生感慨，是人所共有的想法，只是其中的意思大家想到但是却说不出来。⑧奄忽：急遽，迅疾。飙:风暴。⑨策：鞭策。高足:快马。⑩要路津：指路津的关隘之处。这里比喻在政治和社会上占据重要的位置。路:路口。津:渡口。⑪无为：用不着。⑫辗轲：即坎坷。

译文：

今天度过了一个热闹的令人难忘的宴会，其中的欢乐难以一一述说。

宴会上有人用筝演奏出了不同凡响的乐曲，这首流行的曲调使我们神往。

高尚的作词者作出了美妙的曲词，我们似乎都听懂了其中的深意。

乐曲道出了大家的心声，只是大家都无法将之表述出来。

人生啊，就好像狂风吹扬起来的尘土，聚散不定，瞬间即逝。

何不鞭策自己的骏马，到那险要的关隘之处，占据那政治上的高位。

用不着再苦守那贫贱了，贫贱坎坷的道路是那样的辛苦。

第五首：

"曲多和寡，知音难寻"之《西北有高楼》。

西北有高楼

西北有高楼，上与浮云齐。

交疏结绮窗①，阿阁三重阶②。

上有弦歌声③，音响一何悲！

谁能为此曲？无乃杞梁妻④。

清商随风发⑤，中曲正徘徊⑥。

一弹再三叹，慷慨有余哀。

不惜歌者苦⑦，但伤知音稀⑧。

愿为双鸿鹄⑨，奋翅起高飞。

中国古代诗词歌赋

注释：

①交疏：窗格雕镂花纹。结：张挂。绮：有花纹的丝织品。在这里指窗格装饰华美。②阿（ē）阁：四面有檐的楼阁。③弦歌声：丝弦弹唱的声音。④无乃：莫非是；大概是。杞梁妻：相传齐国大夫杞梁出征莒（jǔ）国，战死在莒城下。他的妻子到城下他的尸体旁痛哭了十个昼夜，莒国的城墙被她哭塌。事见《左传·襄公二十三年》。⑤清商：一种短歌曲名，声音低回婉转。发：传播。⑥中曲：乐曲的中段。⑦惜：痛惜。⑧知音：《列子》："伯牙善于鼓琴，钟子期善于听琴。伯牙鼓琴，志在高山，钟子期曰：'善哉！峨峨兮若泰山。'志在流水，钟子期曰：'善哉！洋洋若兮江河。'伯牙每有所念，钟子期必得之。"
⑨鸿鹄：天鹅一类善飞的大鸟。

译文：

那西北方有一座高楼矗立眼前，堂皇高耸恰似与浮云齐高。

高楼镂著花纹的木条，交错成绮纹的窗格，四周是高翘的阁檐，阶梯层叠三重。

楼上飘下了弦歌之声，正是那《音响一何悲》的琴曲，谁能弹此曲，是那悲夫为齐君战死，悲恸而"抗声长哭"竟使杞之都城为之倾颓的杞梁的妻子吗？

商声清切而悲伤，随风飘发多凄凉！这悲弦奏到"中曲"，便渐渐舒缓迟荡回旋。

那琴韵和"叹"息声中，抚琴坠泪的佳人慷慨哀痛的声息不已。

不叹惜铮铮琴声倾诉声里的痛苦，更悲痛的是没有能够领会曲中之意的人。

不要难过，我是你的知音，愿我们化作心心相印的鸿鹄，从此结伴高飞，去遨游那无限广阔的蓝天白云里。

第六首：

"思乡在远道，同心却离别"之《涉江采芙蓉》。

涉江采芙蓉

涉江采芙蓉，兰泽多芳草①。

采之欲遗谁？所思在远道②。

还顾望旧乡③，长路漫浩浩④。

同心而离居⑤，忧伤以终老⑥。

注释：

①兰泽：生长着兰草的随便的低湿的地方。古代有赠香草以结恩情的风俗习惯。②所思：所思念的人，这里是指其妻子。③旧乡：故乡。④漫浩浩：犹言漫漫浩浩。漫漫：路长的样子。浩浩：谓广阔无边。⑤同心：指夫妻恩爱，两心如一。语出《易经·系辞上》："二人同心，其利断金。"⑥终老：到老，终生。

译文：

走进江水中采来了荷花，兰泽的香草一望萋萋，很多很多。

采集花草要送给谁呢？原来是要送给远方家里等我的爱妻。

回首遥望思恋的家乡，却是长路漫漫，天地茫茫。

夫妻同心然而却人分两地，度日如年般孤独地忧伤终老。

第七首：

"愁秋夜独徘徊，愤旧友忘故情"之《明月皎夜光》。

明月皎夜光

明月皎夜光①，促织鸣东壁②。

玉衡指孟冬③，众星何历历④。

白露沾野草，时节忽复易⑤。

秋蝉鸣树间，玄鸟逝安适⑥。

昔我同门友⑦，高举振六翮⑧。

不念携手好，弃我如遗迹⑨。

南箕北有斗⑩，牵牛不负轭⑪。

良无盘石固⑫，虚名复何益？

注释：

①皎：洁白。这里用作动词，指照亮。②促织：蟋蟀的别名。③玉衡：北

中国古代诗词歌赋

斗七星中的第五星，又可指第五到第七星中的斗柄三星。孟冬：冬季的第一个月，即夏历的十一月。④历历：星星行列分明貌。⑤易：变化，变换。⑥玄鸟：燕子。逝安适：飞往温暖的地方。逝：飞往。⑦同门友：同学兼朋友。⑧六翮(hé)：指鸟的翅膀。翮：羽茎。⑨遗迹：行人身后遗留下的足迹。⑩南箕：星名，即箕宿星。斗：指北斗星。⑪牵牛：星星名。轭：指车辕前用以套在牛颈上的横木。⑫良：确实，诚然。盘石：即磐石。古人多用以象征感情的坚贞和不可改易。

译文：

皎洁的明月照亮了仲秋的夜色，在东壁的蟋蟀低吟地清唱着。

夜空北斗横转，那由玉衡、开阳、摇光三星组成的斗杓，正指向天象十二方位中的孟冬，闪烁的星辰，更如镶嵌天幕的明珠，把仲秋的夜空辉映得一片璀璨。

深秋，朦胧的草叶上，竟已沾满晶莹的露珠，深秋已在不知不觉中到来，时光之流转有多疾速啊！

而从那枝叶婆娑的树影间，又听到了断续的秋蝉流鸣，怪不得往日的鸿雁（玄鸟）都不见了，原来已是秋雁南归的时节了。

京华求官的蹉跎岁月中，携手同游的同门好友，先就举翅高飞，青云直上了。

而今却成了相见不相识的陌路人，在平步青云之际，把我留置身后而不屑一顾了。

遥望星空那"箕星""斗星""牵牛"的星座，它们既不能张扬、斟酌和拉车，为什么还要取这样的名称？真是虚有其名。

想到当年友人怎样信誓旦旦，声称着同门之谊的"坚如磐石"，而今同门"虚名犹存"，"磐石"友情安在？叹息和感慨，世态炎凉，虚名又有何用呢？

第八首：

"花开堪折直须折，莫待无花空折枝"之《冉冉孤生竹》。

冉冉孤生竹

冉冉孤生竹，结根泰山阿①。

与君为新婚②，菟丝附女萝③。

菟丝生有时④，夫妇会有宜⑤。

千里远结婚⑥，悠悠隔山陂⑦。

思君令人老，轩车来何迟⑧！

伤彼蕙兰花⑨，含英扬光辉⑩。

过时而不采⑪，将随秋草萎。

君亮执高节，贱妾亦何为⑫！

注释：

①结根：扎根，比喻生长。泰山：就是大山。"泰"同"太"，与"大"同意。阿：山坳。②为：成。③菟丝：一种植物。④生有时：指菟丝生长旺盛的时间是有限的，比喻女子的青春是有限的。⑤会：就是聚合，指夫妻同室而居。宜：指美好的时光。⑥千里：指男女双方的家，相距很远。⑦悠悠：遥远的样子。山陂：即山坡，这里指的是山与山相连。⑧轩车：有栏杆的车。这里指男方至女方家迎亲的车子。来何迟，为什么迟迟不来。⑨"伤彼"句：蕙和兰都是香草，一箭多花者叫做蕙，一箭一花者叫做兰。此句以花喻人，实际上是自己悲伤。⑩含英：指即将盛开的花朵。含：指还没有完全地绽放。英：指花。⑪"过时"两句：以花自喻，要求对方及早来娶她，否则自己如花一样的青春盛颜一过，也将和秋草同萎了。⑫"君亮"两句：亮，指的是真的、实在的。高节，坚贞的品质。

译文：

一根柔弱孤独的小翠竹，生长在大山荒僻的山窝里。

想当初我与你刚成婚，亲如菟丝草缠绕着女萝。

菟丝生长的旺盛是有时限的，我的青春也是十分有限的，年轻的夫妻要珍惜生活。

你曾经说无论多远都要娶我，不管是山连着山坡连着坡。

苦苦的相思已经使我容颜憔悴，为何还不见你来接我的轩车！

可叹那美丽的春蕙幽兰，迎春含苞待放生机勃勃。

花儿正艳若还不去采摘，则将会随秋草一同零落。

只要君牢记你的誓言守志不移，我就一如既往地等着你！

第九首：

"为君折香花，此物最相思"之《庭中有奇树》。

庭中有奇树①

庭中有奇树，绿叶发华滋②。

攀条折其荣③，将以遗所思④。

馨香盈怀袖⑤，路远莫致之⑥。

此物何足贵⑦？但感别经时⑧。

注释：

①本篇为《古诗十九首》里的第九首。奇树：美好的树木。②发：开放。华：同"花"。滋：鲜嫩，繁茂。③条：枝条。荣：花。④遗所思：有什么想法。⑤馨香：本指的是花香，这里指所摘的花。盈怀袖：充满怀抱衣袖。⑥莫致之：必能送达对方。致：送达。⑦何足贵：为什么值得珍贵。一本作"何足贡"。⑧"但感"句：但，只是的意思，说明上句"此花为什么值得珍贵"？只是因为某种原因，这原因就是"分别得太久了"。

译文：

院子里栽种着一棵非常好的树，春来叶儿翠绿繁花万朵。

我攀着枝条把花儿采摘，想把它送给我心爱的人儿。

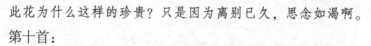

香花都已经装满襟怀衣袖，路远难送让人无可奈何。

此花为什么这样的珍贵？只是因为离别已久，思念如渴啊。

第十首：

"夏夜清风明亮月，片片相思寄银河"之《迢迢牵牛星》。

迢迢牵牛星

迢迢牵牛星①，皎皎河汉女②。

纤纤擢素手③，札札弄机杼④。

终日不成章⑤，泣涕零如雨。

河汉清且浅，相去复几许⑥？

盈盈一水间，脉脉不得语。

注释：

①迢迢：遥远。②皎皎：洁白而明亮。河汉女：指织女星。③纤纤：细弱的样子。擢：举起。素手：洁白的手。④札札：织机发出的声音。机杼：织机。⑤不成章：是说终日没有织成成品。⑥几许：多少，这里是说牵牛星和织女星相距并不遥远。

译文：

遥远的牵牛星与光洁明亮的织女星隔河相望。

美丽的织女举起她洁白的双手，伴随着札札的织布机声左右投梭织布。

整日织布忙碌却怎么也织不出一匹布，心中涌动无尽的相思而泪落如雨。

银河的水啊，清亮可以见底，彼此间相隔的人啊能有多远？

可就因为这清浅的一水之隔，便只能脉脉相视而难诉片语相思。

第十一首：

"感时节之盛衰，发自警与自勉"之《回车驾言迈》。

回车驾言迈

回车驾言迈①，悠悠涉长道②。

四顾何茫茫③，东风摇百草。

所遇无故物④，焉得不速老？

盛衰各有时，立身苦不早⑤。

人生非金石⑥，岂能长寿考⑦？

奄忽随物化⑧，荣名以为宝⑨。

注释：

①回车：回转车架。驾言迈：驾车而行。言：语气助词，无意义。②涉：跋

涉。③何：多么。茫茫：这里指无边无际的绿草荒原。④故物：旧物。⑤立身：指在"立德、立功、立言"方面有所建树。苦：患于。不早：不及时。这两句说人生一世，草木一秋，盛衰各有其时。一个人要想有所建树就要抓紧时间。⑥"人生"句：谓人生脆弱，没有金石那么的坚固。⑦长寿考：万寿无疆地永远地活下去。考：老。⑧奄忽：急遽，迅疾。随物化：形体化为异物，指死亡。⑨荣名：荣誉和声名。这两句说人生短促，躯体很快会化为异物，而只有荣名和声名才是最宝贵的。

译文：

驾起马朝着亲爱的家乡的方向，风尘仆仆地登上了漫漫的长道。

环顾四面的原野一片苍苍茫茫，春风吹荡着百草。

眼中所见的已不是昔日的景色了，唉，人生短促怎样能不迅速变老啊。

荣盛和衰朽各有各的时限，只恨自己没有及早地建立功业。

人的生命并非能坚如金石，青春年华岂能够长久永葆？

岁月匆匆人的躯体终将化为尘土，唯有好的名声才是永垂不朽的珍宝啊！

第十二首：

"于悲中听曲；想与'伊'幻游"之《东城高且长》。

东城高且长

东城高且长①，逶迤自相属②。
回风动地起③，秋草萋已绿④。
四时更变化⑤，岁暮一何速⑥！
晨风怀苦心⑦，蟋蟀伤局促⑧。
荡涤放情志⑨，何为自结束⑩？
燕赵多佳人⑪，美者颜如玉⑫。
被服罗裳衣⑬，当户理清曲⑭。
音响一何悲！弦急知柱促⑮。
驰情整中带⑯，沈吟聊踯躅。
思为双飞燕，衔泥巢君屋。

注释：

①东城：洛阳东面的城墙。②逶迤：曲折绵长貌。相属：相连。③回风：

旋风。④萋：草繁盛貌。⑤更：更迭。⑥岁暮：指秋冬之季。⑦晨风：是一种鸟的名。⑧蟋蟀：傅毅《舞赋》："伤蟋蟀之局促。"⑨荡涤：扫除。放情志：敞开胸怀，驰骋感情和意志。⑩何为：何必。自结束：自我束缚。⑪燕赵：战国时代二国名。燕都在今北京南郊大兴县，赵都在今河北省邯郸县。⑫颜：脸色。⑬被服：均用作动词，即穿着。裳衣：即"衣裳"。古代有所区别，在上称"衣"，在下称"裳"。⑭理：练习。清曲：清商曲，包括"清调曲""平调曲"和"瑟调曲"三类，是当时流行的曲调。⑮弦急：丝弦紧绷，发出激越的声响。⑯驰情：驰骋想象。整：整理。中带：妇女穿的单衫。一说为衣带。

译文：

洛阳的东城门外，高高的城墙，从曲折绵长，鳞次栉比的楼宇，房舍外绕过一圈，又回到原处。

四野茫茫，转眼又有秋风在大地上激荡而起，空旷地方自下而上吹起的旋风，犹如动地般地吹起，使往昔葱绿的草野，霎时变得凄凄苍苍。

转眼一年又过去了！在怅然失意的心境中，就是听那天地间的鸟啼虫鸣，也会让人苦闷。

鸷鸟在风中苦涩地啼叫，蟋蟀也因寒秋降临而伤心哀鸣。

不但是人生，自然界的一切生命，不都感到了时光流逝与其处处自我约束，等到迟暮之际再悲鸣哀叹，何不早些涤除烦忧，放开情怀，去寻求生活的乐趣呢？

那燕赵宛洛之地本来就有很多的佳人美女，美女艳丽，其颜如玉般的洁白秀美。穿着罗裳薄衣随风飘逸拂动，仪态雍容端坐正铮铮地练习着筝商之曲。

幻想着和诗人变成一对双飞燕，和君一起衔泥筑屋。

第十三首：

"享乐表象下的生命渴望，悲伤失意中的人性回归"之《驱车上东门》。

驱车上东门

驱车上东门①，遥望郭北墓②。

白扬何萧萧，松柏夹广路③。

下有陈死人④，杳杳即长暮⑤。

潜寐黄泉下⑥，千载永不寤⑦。

浩浩阴阳移⑧，年命如朝露⑨。

人生忽如寄⑩，寿无金石固。

万岁更相送⑪，圣贤莫能度⑫。

服食求神仙⑬，多为药所误。

不如饮美酒，被服纨与素⑭。

注释：

①上东门：洛阳东城三门中，最北面的城门。②郭：外城的城墙。洛阳上东门为汉代著名的墓葬区，王公贵族死后多葬于此。出上东门是北邙山，故可眺望"郭北墓"。③松柏：古代墓道两侧多植白杨和松柏。广路：宽广的墓道。④陈死人：久死的人。⑤杳杳（yǎo）：幽暗貌。即：趋于。长暮：长夜。这句是说死去的人永远长眠在幽深的黑暗里。⑥潜寐：深眠。黄泉：人死后埋葬的地穴，亦指阴间。⑦寤：醒来。⑧浩浩：水流貌，比喻时间流逝。⑨年命：寿命。朝露：比喻人生短暂。⑩忽：迅疾。寄：旅居。⑪更相送：一本作"更相迭"。⑫"圣贤"句：谓大圣大贤者也不能超越自然的规律，难逃一死。⑬服食：指服用道家炼制的丹药可以寻求长生不死。⑭被服：用作动词，指穿着。纨、素：白色的丝绢。这里指代华丽的服装。

译文：

驱车出了上东门，回头遥望城北，看见邙山墓地。

邙山墓地的白杨树，长风摇荡着杨枝，万叶翻动的萧萧声响，松柏树长满墓路的两边。

人死去就像堕入漫漫长夜，沈睡于黄泉之下，千年万年，再也无法醒来。

春夏秋冬，流转无穷，而人的一生，却像早晨的露水，太阳一晒就消失了。

人生好像旅客寄宿，匆匆一夜，就走出店门，一去不返。人的寿命，并不像金子石头那样坚牢，经不起多少跌撞。

岁去年来，更相替代，千所万岁，往复不已；即便是圣人贤人，也无法超越，长生不老。

神仙是不死的，然而服药求神仙，又常常被药毒死，还不如喝点好酒，穿些好衣服，只图眼前快活吧！

第十四首：

"死去元知万世空，但悲不见故乡人"之《去者日已疏》。

去者日以疏

去者日以疏①，来者日以亲②。
出郭门直视③，但见丘与坟。
古墓犁为田，松柏摧为薪④。
白杨多悲风，萧萧愁杀人⑤。
思归故里闾⑥，欲归道无因⑦。

注释：

①去者：逝去的日子。也可以指逝去的人和事。②以亲：一天天变得亲近起来。③郭门：外城城门。直视：放眼望去。④"古墓"二句：谓远古的坟墓已经被犁为良田，千年的松柏也被砍作柴薪。⑤"白杨"二句：《梦雨诗话》："'白杨秋风'意象由此开始。"⑥里闾：乡里。《周礼·天官·小宰》："听闾里以版图。"贾公彦疏："在六乡则二十五家为闾，在六遂则二十五家为里。"⑦因：缘由。

译文：

死去的人岁月长了，印象不免由模糊而转为空虚，新接触的人，原来自己不熟悉他们，可经过一次次接触，就会印象加深而更加亲切。

走出郭门，看到遍野古墓，油然怆恻，萌起了生死存亡之痛。

他们的墓被平成耕地了，墓边的松柏也被摧毁而化为柴薪。

白杨为劲风所吹，发出萧萧的鸣声犹如悲鸣自我的哀痛，萧萧的哀鸣声里，肃杀的秋意愁煞了人们的心里。

只有及早返回故乡，以期享受乱离中的骨肉团圆之乐，想要归返故里，寻找过去的亲情,恐怕就是这个原因了。

第十五首:

"叹人生之苦短;倡及时之享乐"之《生年不满百》。

生年不满百

生年不满百,常怀千岁忧①。

昼短苦夜长,何不秉烛游②?

为乐当及时,何能待来兹③?

愚者爱惜费④,但为后世嗤⑤。

仙人王子乔⑥,难可与等期⑦。

注释:

①千岁忧:对身后事(如子女、财产、名誉、地位等等)的忧虑。②秉烛:持着蜡烛。李白《春夜宴从弟桃花园序》:"古人秉烛夜游,良有以也。"③来兹:来年。草新生为"兹",因为草一年生一次,故引申为年。④费:费用,钱财。⑤嗤:嗤笑。这两句说愚蠢的人总因为吝啬自己的钱财而不愿意及时地享乐,这样只能被后人嗤笑。⑥王子乔:古代传说中的仙人。刘向的《列仙传》:"王子乔,周灵王太子晋也。好吹箫,作凤鸣。浮丘公接上嵩山,三十余年,仙去。"⑦等:相同的。期:期待,期盼。这二句说仙人王子乔固然是得道成仙了,但是你是很难像王子乔一样成为仙人的。

译文:

人的生命不足百岁,只有那短短的几十载,却总是在为身后的事情感到忧虑。

总是埋怨白天的时间短暂而夜晚的时间太长,那为何不像古人一样拿着蜡烛夜游呢?

今生就应该及时地享乐,何必要等到来年呢?

那些愚蠢的人总是因为吝啬爱惜自己的钱财而不及时地享乐,那种行为是会被后人嗤笑的。

仙人王子乔固然得道成仙了,可是世

人是很难像王子乔那样成为仙人的，还不如及时地享乐。

第十六首：

"久别思沉，积想成梦；须臾梦醒，倍感凄凉"之《凛凛岁云暮》。

凛凛岁云暮

凛凛岁云暮，蝼蛄夕鸣悲①。
凉风率已厉②，游子寒无衣③。
锦衾遗洛浦④，同袍与我违⑤。
独宿累长夜⑥，梦想见容辉⑦。
良人惟古欢⑧，枉驾惠前绥⑨。
愿得常巧笑，携手同车归⑩。
既来不须臾⑪，又不处重闱⑫。
亮无晨风翼⑬，焉能凌风飞⑭？
眄睐以适意⑮，引领遥相睎⑯。
徙倚怀感伤⑰，垂涕沾双扉⑱。

注释：

①蝼蛄：虫名，北方俗称土狗，又叫拉拉古。雄者喜鸣善飞，尤喜欢夜鸣。②率：大概。厉：猛烈。③游子：指诗中女主人公的丈夫，即下面所说的"同袍""良人"。④锦衾：用锦制成的大被。衾：双人被。洛浦：洛水之滨，这里代指京都洛阳。⑤同袍：《诗经·秦风·无衣》："岂曰无衣，与子同袍。"指战友之谊，这里则借指夫妻之情。违：背、离之恋。⑥累长夜：经历了很多长夜。一来冬夜原本就长；再者取"愁人知夜长"之意。⑦梦想：谓积想成梦。容辉：指容貌风采。⑧良人：妇女对丈夫的称呼。⑨枉驾：指丈夫屈尊惠顾，驾车而来。惠：授。前绥：当年结婚时用过的那根车绥。绥：车上的绳索。⑩"愿得"二句：这里是思妇在梦中听到的丈夫对自己说的亲昵的话语。巧笑：形容女子的笑容美丽可爱。⑪须臾：一会。⑫重闱：深闺。⑬亮：确实，实在。晨风：鸟名。⑭凌风：乘风。⑮眄睐（miǎn lài）：斜视，这里指睐起眼睛来回忆美好的梦境的样子。适意：宽慰，散怀。⑯引领：伸颈而望。⑰徙倚：徘徊。⑱扉：门扉。

中国古代诗词歌赋

译文：

深秋天寒又到了一年的将完之期，就连夜晚的蝼蛄的叫声都是那么的悲惨。

嗖嗖的大风还会刮得更加猛烈，在外边的游子还没有过冬的棉衣。

锦被是否让你赠给了洛阳的美女？你是否已经忘却了共衾的恩爱而和我远离呢？

寂寞的我熬过了多少个漫漫的长夜，忽然又梦见你那亲切容貌的光辉。

你一如往昔般地对我情意缠绵，亲自来递给我当年那个绳索。

你对我说道："愿能够常见你那美丽的笑靥，让我们手牵着手同车回家。"

甜蜜的梦境不过是一会儿的光景，很快你的身影就消失在我的闺房内。

我恨自己没有鸟儿那善飞的翅膀，如果那样的话就能紧紧地追随你乘风而飞。

斜眺着眼睛回忆以往的种种以求得内心的宽慰，忍不住又出门远眺，想把你的身影寻找。

怅惘的徘徊在门边内心无限的感伤，禁不住泪如泉涌，沾湿了门扉。

第十七首：

"袖藏书信三余载；恐君不识我真心"之《孟冬寒气至》。

孟冬寒气至

> 孟冬寒气至，北风何惨栗①。
>
> 愁多知夜长，仰观众星列。
>
> 三五明月满②，四五蟾兔缺③。
>
> 客从远方来，遗我一书札。
>
> 上言长相思，下言久离别。
>
> 置书怀袖中，三岁字不灭④。
>
> 一心抱区区⑤，惧君不识察。

注释：

①惨栗：寒气袭人。②三五：每月的阴历十五。③四五：每月阴历二十。蟾兔：月亮的代称。④灭：磨灭。《梦雨诗话》："'字不灭'则写书札藏怀袖三年。爱人及物，与'馨香盈

千古五言之祖——《古诗十九首》

177

怀袖'同样的心情。"⑤区区：即"拳拳"。

译文：

农历十月,寒气逼人,呼啸的北风多么的凛冽。

满怀愁思,夜晚更觉漫长,抬头仰望天上的星星。

十五月圆,二十月缺。有客人从远地来,带给我一封信函。

信中先说他常常想念着我,后面又说已经分离很久了。

把信收藏在怀袖里,至今已过三年字迹仍不曾磨灭。

我一心一意爱着你,只怕你不懂得这一切。

第十八首：

"半匹'罗绮'表君心；一床'合欢'抒妻情"之《客从远方来》。

中国古代诗词歌赋

客从远方来

客从远方来,遗我一端绮①。

相去万余里,故人心尚尔②。

文彩双鸳鸯③,裁为合欢被④。

著以长相思⑤,缘以结不解⑥。

以胶投漆中,谁能别离此⑦?

注释：

①一端：半匹。绮：丝织品。彩色的花纹为"锦",素色的花纹为"绮"。②故人：这里指就别远游的丈夫。尚尔：居然还是如此。③"文彩"句：言绮上有双鸳鸯的图案。④合欢被：指把绮裁制成表里如一的双面缝合的双人大被,象征夫妻同居的愿望。⑤著：犹"絮"。向被中装进填充物。思：谐"丝",即充入被中的丝绵。比喻绵绵不尽的相思的情意。⑥结不解：缝边时将被子四周坠饰的丝缕打成解不开的线结,即象征夫妻情深意长的同心结。⑦"谁能"句：此言："我们的爱情好像胶漆相粘一样,谁能将它拆散开呢?""此"指情,而非指胶、漆。

译文：

有一位客人自称来自遥远的地方,捎来夫君赠我的半匹罗绮。

如今我们相隔着一万多里,夫君的心还是把我惦记。

罗绮上织着鸳鸯成双成对，裁床合欢被表示一下我的情意。

絮进去的丝绵是我对夫君不尽的相思，密缘四边是结而不解的意思。

不相信，请把稠胶投入到浓漆中去，这恩爱如胶似漆谁能分离！

第十九首：

"问君思妻有多深；明月代表君真心"之《明月何皎皎》。

明月何皎皎

明月何皎皎，照我罗床帏①。

忧愁不能寐，揽衣起徘徊②。

客行虽云乐③，不如早旋归④。

出户独彷徨，愁思当告谁？

引领还入房⑤，泪下沾裳衣。

注释：

①罗床帏：指罗制的床帐。罗质轻薄透光，所以在床上才能看见明月的"皎皎"。②揽衣：犹言披衣。③客行：指出门在外。④早旋归：很快地回去。旋：转。⑤引领：抬头。

译文：

月亮高高地悬挂在夜空是那么的明亮，月光如水一般地照在我的床帐上。

心怀愁绪辗转反侧难以入睡，披衣下床绕室沉思彷徨。

羁旅他乡纵然有千般的快乐，也不如早早地返回故乡。

推门出户独自感叹徘徊，能够向谁诉说这满肚的愁思呢？

抬头怅望无奈还是回房吧，泪如雨下沾湿了自己的衣裳。

三、《古诗十九首》独特的艺术特色

（一）独特的"叙事性"的抒情方式

以第三人称出现的抒情方式：

《古诗十九首》大抵上是抒情诗，与乐府民歌中的叙事诗恰好形成对照关系，但是由于《古诗十九首》脱胎于乐府演唱，因而古诗的抒情艺术有着明显的叙事方式的特点。或者在叙事中抒情，或者是抒情如同叙事，很少出现纯属表情的渲染，形容和感叹的词语。正是基于这个特点，因而《古诗十九首》中不但出现了大多数诗歌的第一人称的抒情方式，还出现了以第三人称抒情的方式。以第十首《迢迢牵牛星》为例：

迢迢牵牛星，皎皎河汉女。

纤纤擢素手，札札弄机杼。

终日不成章，泣涕零如雨。

河汉清且浅，相去复几许？

盈盈一水间，脉脉不得语。

这首诗是仰望天空的遐想，借牛郎织女的传说来抒情。它的整体结构也是叙事方式的。诗人在叙述自己的所见、所闻、所想象的星象和神话传说，可是值得注意的是，诗的主人公是织女星所化身的织女，不是诗人的自我形象，而是诗人为之深深同情的对象。与之类似的是《青青河畔草》中那倚窗而立的少妇，诗人只是作为一个旁观者默默地观察着楼上那位美丽的少妇，进而抒发自己的感情。诗人在这里同样不是以第一身份出现直接抒发自己的感情，而是通过叙述第三人，也就是那楼上的少妇来抒发令人惊叹的热情和对少妇深深的惋惜和同情。

以第一人称出现的抒情方式：

而以第一人称出现的抒情方式，不论是游子和思妇谁为主人公，所采取的抒情方式，都是像叙事一样，通过叙述具体的事情来抒发离情别绪。而如果是对人生哲理的议论抒发感情，则换作直接叙述事理和哲理，也就是说《古诗十九首》作为抒情诗的特点是，将诗的整体结构都架构在具体的事情或事理中，抒情是叙述，议论同样也是叙述。但是我们虽然说《古诗十九首》是脱胎于乐府民歌的基础上，但是它与乐府民歌的抒情方式还是有着显著的不同。具体地说，也就是他们存在着明显的"雅俗"之别，文人和艺人之分，以及抒情的直白和含蓄之分。如第一首《行行重行行》：

> 行行重行行，与君生别离。
>
> 相去万余里，各在天一涯。
>
> 道路阻且长，会面安可知？
>
> 胡马依北风，越鸟巢南枝。
>
> 相去日已远，衣带日已缓。
>
> 浮云蔽白日，游子不顾反。
>
> 思君令人老，岁月忽已晚。
>
> 弃捐勿复道，努力加餐饭。

这首诗是拟思妇的自叙，我们可以很清楚地看到，事情的整个经过是她的丈夫久久地远出不归，而她在家整日地思念担忧。她的絮絮叨叨，断断续续，都是从游子离家在外的事情引发出来的，都是在对远出的丈夫诉说着自己的相思之情。对于我们读者来说，我们在了解整个的叙事过程后，感受到了她如痴如迷的忧思怨望，被他们夫妻淳朴笃厚的爱情所深深地感动，因而读起来是叙事，实际上是抒情。

又如第十九首《明月何皎皎》：

> 明月何皎皎，照我罗床帏。
>
> 忧愁不能寐，揽衣起徘徊。
>
> 客行虽云乐，不如早旋归。
>
> 出户独彷徨，愁思当告谁？
>
> 引领还入房，泪下沾裳衣。

通过阅读这首诗，我们了解到事情大概是忧愁不眠，客游不乐，欲归不能，进而悲伤流泪。事情说完了，可是给我们的感觉就好像是看电视剧中的潜台词一样，它只是一出幕外的独白，而

不是舞台上主角的内心直白。这位游子不是在抒发他自己的内心活动，而是在告诉人们他在这不眠的月夜有什么活动，从而让人们理解他的忧愁是如此这般的愁苦，而并不直接说明他忧愁什么。所以他的抒情方式如同叙事。

（二）清丽如画，婉转文雅的艺术风格

在艺术上，《古诗十九首》以文温以丽，意悲而远的风格被誉为"一字千金"和"无言冠冕"。这两种因素结合在一起加上运用的是当时新兴的五言的形式，使《古诗十九首》自诗经以来，成为了一种新的经典。由它创造出的新范式和新内容比较重要的是：

首先抒发了当时人的生命意识，写出了人对生命的深层的思考，反映了世态炎凉和下层知识分子不遇的种种悲慨。社会的动乱，战争的频繁，国势的衰败，文士宦游天涯，由此带来夫妻生离，兄弟死别，友朋契阔，从而使相思别离成了歌唱的主调。《古诗十九首》中的觉醒，诗的觉醒，是整个建安时期"人的自觉"的前奏，是"文的自觉"的开始阶段。

其次是表现了人的典型感情，都以十分浅显的语言说出。在表达方式和效果上，"真"——袒露式的感情，白描式的"真景"，对久违的朋友推心置腹说的"真话"，记载的"真事"，性情中人说性情中话，即所谓的"情真、景真、事真、意真"是《古诗十九首》的风格特征。所谓的情真、景真、事真、意真，不仅指对场景、事实作客观真切的描写，更是要求诗人精诚所至，从内心流出真情实感。

第三是不迫不露的含蓄蕴藉，不可句摘，也不必句摘的大气浑成以及从《诗经》发展而来重章叠句的更迭的形式。《古诗十九首》善用叠字，如《青青河畔草》中的"青青""郁郁""盈盈""皎皎""娥娥""纤纤"等系列的叠字的运用。与《诗经·卫风》"和水洋洋"一样连用六叠字也十分自然，有异曲同工之妙。

中国古代诗词歌赋

在结构上转折自然巧妙，故刘勰《文心雕龙·明诗》赞美说："观其结体散文，直而不野，婉转附物，怊怅切情，实五言冠冕也。"这大意是说，《古诗十九首》是通过整体的结构编排，把松散的艺术表现集中起来，风格比较质朴，但同时又不显粗狂，相当的文雅，运用比兴的手法，表现也婉转含蓄，抒写的感情比较真切，是恰到好处的。在艺术上则是要求思想感情真实自然，内容与形式完美结合，认为四言诗应该以雅润为本，而五言诗则是"清丽居宗"。实际上是汉代五言诗是从汉乐府民歌发展而来的近乎于流行的曲调，本来是粗犷，所以要求精练到"清丽"。因此刘勰认为古诗是五言流调中的最佳之作，其艺术特点正是结构完整集中，语言风格"清丽"，表现手法含蓄，感情真实自然。

（三）新颖的情景交融的描写手法

谢榛《四溟诗话》说得好："作诗本乎情景，孤不自成，两不相背。"又说："景乃诗之媒，情乃诗之胚，合而为诗，以语言而统万形，元气浑成，其浩无涯矣。"情景交融确实是历代诗家所追求的目标。《古诗十九首》缘情写景，使景物染上极浓的感情色彩，达到了"融景入情，寄情于景"的完美境界。

《古诗十九首》主要抒写的是游子仕途无望和思妇相思别情。它经常借灰暗的景物抒写这类感伤情绪，使得情与景相辅相成，融合无间。如《明月皎夜光》《东城高且长》《驱车上东门》和《去者日以疏》无一不悲恻动人，以摇落的秋气，衬托出诗人落拓失意的悲愁情怀。

值得注意的是《古诗十九首》还善于用相互反衬的手法，以盎然春意反衬潦倒愁怀和离愁别绪。《回车驾言迈》先这样写道："四顾何茫茫，东风摇百草。"表现出东风送暖，吹拂百草，大自然呈现一派欣欣向荣的景象。可是诗人紧接着写道："所遇无故物，焉得不速老？"面对美好的春景，诗人不仅没有欢欣鼓舞，相反季节的变换，却引起他对韶华易逝，老大无成的无期感慨。吴淇《选诗定论》中云："此诗将一片艳阳天气，写得衰飒如秋，其力真堪与造物争衡，焉得不移人之情？"在《青青河畔草》中，这种正反相衬的手法

千古五言之祖——《古诗十九首》

183

表现得更为奇妙。这是首思妇诗，一位仪态万方、空闺寂寞的少妇凭轩而立，面对的是"青青河畔草,郁郁园中柳"的大好春色。碧草连绵，一直延展到天边，容易产生"王孙游兮不归，春草生兮萋萋"的遐想,念及远在天涯，漂泊未归的游子。更重要的是,姹紫嫣红的春光，使盛颜如花的少妇分外感到青春易逝，年华似水，因而越发渴望获得爱情的抚慰，可是眼前的现实只是空寂的闺房和已经消逝的恋情。在这里，春光越是明媚，少妇的寂寞也越值得人们同情。诗以乐景写哀，倍增其哀怨，从而更增加了感人的艺术效果。

（四）平淡自然、精练生动的语言风格

《古诗十九首》的语言是清新自然、质朴明朗的。谢榛《四溟诗话》曾对此作过生动的比喻："平平道出,且无用工字面,若秀才对朋友诉说家常,略不作意。"的确如此，《古诗十九首》中由活生生的口语为主体组成的诗句不胜枚举,而这些诗句中，又都充满着强烈、真挚的情感。当然《古诗十九首》毕竟是当时文人的创作,因此，又表现出诗人深厚的文学修养和驾驭语言艺术的技巧。《古诗十九首》篇幅最长的只有二十句,每句五个字。在如此短的篇幅中，要表达丰富而深刻的感情，语言非精练不可。为达此目的,除了对形象进行高度概括外,《古诗十九首》还善于运用一些技巧,比较突出的是活用前人成语、典故。《行行重行行》前半部分这样写道："行行重行行,与君生别离。相去万余里,各在天一涯。道路阻且长，会面安可知?"生别离,是古代流行的成语,犹言永别离。屈原曾写过："乐莫乐兮新相知,悲莫悲兮生别离。"这里并非指一般的、暂时的分手,而是说分别以后,难以重新相聚,因而"悲莫悲兮",悲伤之中，再也悲不过"生别离",即《孔雀东南飞》中"生人作死别"的意思。了解了出典,三个字的含义就非同一般了。接着写思妇与其夫各在天一涯。也许要问,既然相思至深,为什么女主人公不去远方寻夫呢？因为"道路阻且长"的缘故,从字面上看,道路艰险而漫长,无法寻求,也勉强可以说通。但是,深入一步看,意思就不同一般了。这句话出自《诗经·蒹葭》："蒹葭仓仓,白露为霜,所谓伊人,在水一方。溯洄从之,道阻且长；溯游从

之,宛在水中央。"《行行重行行》虽然只用了其中的一句。但可以使人联想到整首《蒹葭》的意境,主人公百般思念"伊人",溯水而上去寻求,"道阻且长",顺着水流去找,"宛在水中央",也就是现在常说:"远在天边,近在眼前","伊人"的身影时刻在她的心头。

因此《行行重行行》中的"道路阻且长",实质包含两层意思,一是女主人公曾经试图去寻夫,但终于没有成功,故而有下句"会面安可知"。另一层意思是说,尽管如此,游子的形象还是永远铭记在思妇的心头,因而引起了下文"衣带日已缓"的深刻相思。

以上的这四个艺术特点用于评价《古诗十九首》是十分恰当的,尤其是"清丽居宗"的艺术主流的概括,更加符合汉代诗歌的发展趋势,突出了古诗的总体艺术特色。

四、《古诗十九首》"生别离"与"不如意"的愁情体悟

从主题思想和社会内容上来看，《古诗十九首》主要有两类，思妇怀远和游子怀乡，相当广泛地反映了东汉下层文士及其家庭生活、命运遭遇和几乎没

有正面歌唱社会的政治思想以及道德的情操。内容大多是从不满、不平来抒发，触及社会政治道德情操的污浊和腐败，透过外出游子仕途的坎坷，反映这个时代的侧影，流露着下层人民安于本分的合理的生活愿望和愿望幻灭的软弱追求。精神上的束缚与生活上的重压，造成了下层文士的委屈和软弱，真实的感情和人性的要求，也使他们在情理上达到了协调并使矛盾趋于缓和，从而为我们唱就了一曲辛酸动人的悲歌，博得了当时及其后世下层文人的思想共鸣。

（一）恩爱夫妻无奈"生别离"

在《古诗十九首》中，思妇诗占了八首，有第一首《行行重行行》，第二首《青青河畔草》是写一位倡女出身的思妇的春怨。第八首《冉冉孤生竹》是写一位订婚女子对未来丈夫迟迟不迎娶自己的哀怨。第九首《庭中有奇树》是写一位思妇怀念游子。第十六首《凛凛岁云暮》是写思妇在岁暮寒冬之时对游子的思念。第十七首《孟冬寒气至》是写思妇在寒冬思念游子以及接获游子书信时的心情。第十八首《客从远方来》是写思妇收到丈夫捎来的绸缎的心情。还有第十首《迢迢牵牛星》是通过描写织女星进而抒发思念被阻断的哀怨。

下面以第一首《行行重行行》为例，来具体地讲述思妇的思念之情。《文选》把《行行重行行》列在十九首的首位，不无总领全文的序曲意味。全文如下：

行行重行行，与君生别离。

相去万余里，各在天一涯。

道路阻且长，会面安可知？

胡马依北风，越鸟巢南枝。

相去日已远，衣带日已缓。

浮云蔽白日，游子不顾反。

思君令人老，岁月忽已晚。

弃捐勿复道，努力加餐饭。

在诗的开头，便直接交代了一位女子与丈夫的别离，接下来写到由于路途遥远，今后两人将会很难见面，然后诉说女子对远游丈夫的思念与关切之情，最后换笔换意，以自我安慰和祝愿的言词作为结尾。至此，一位温良诚挚、明白事理，而又无限深情的妇女的形象便跃然于纸面。面对与丈夫的别离，她的整颗心都在流泪，这一别竟是海角天涯，相隔万里，不知今生还有没有再见面的机会。离别的日子是一天又一天，可是心爱的人儿却久久没有消息，就连那胡马都留恋家乡熟悉的北风，就连那越鸟筑巢都向着家乡南面的方向，我心爱的郎君啊，为什么你不知道把家还呢？在不断加深的思念中，妇女不禁想到，难道是浮云遮蔽了太阳，夫君背弃了往日的誓言？在他乡又有了新欢吗？思念夫君啊，催人凋零了红颜。眼看着又到了年关，不知夫君会不会归来。唉，还是不要再提这些伤心的往事了吧，希望夫君在他乡注意身体，多加餐饭，好早日与"我"团圆。

全诗自始至终没有交代丈夫究竟去了哪里，因何出行而又因何迟迟未归，"在他乡有了新欢"也只是女子自己的猜想，并没有真凭实据。在这里需要说明的是，像这种生离死别的悲惨在东汉末年那个动荡不安的社会里，是带有特征性的极其普遍的生活现象，在对这位妇女的不幸给予同情的同时，还要从更深的层面上去思考：是什么造成这种相爱的人不得不"生别离"的苦难？

以农为本的封建社会，君臣夫子的帝国统治，对于士农工商来说，都希望安居乐业、家庭团聚、事业发达。农民男耕女织，安土重迁；士人衣锦还乡，荣归故里，光宗耀祖。但是东汉末年的天灾人祸使农民不得不离乡出外谋生，而对功名富

贵的渴望也注定了士人的劳碌奔波。这样的社会现实，对于下层士人的家庭来说，实际上往往从结发的夫妻开始，就注定了他们离别的命运，丈夫离家，妻子等待，不尽的离愁别绪，难言的痛苦悲伤，无望的闺怨乡愁都沉重地压在了他们的心头。诗的开头不道破夫妻分离的事实状态和产生的原因，虽然是从思妇的口中说出，然而却同样地表达了外出游子的心境。

对于思妇来说，生活是无奈的离别，痛苦的隔绝，真挚的思念，难言的失落以及近乎绝望的等待。然而这一切的归结点还是对丈夫归来的渴望，因而埋怨游子不归，便用相信丈夫恋家的比喻来委婉地表达"胡马依北风，越鸟巢南枝"。鸟兽都依恋故土，丈夫怎么会不如那鸟兽呢？心里也希望相信丈夫，虽然不无怨愤之情。

从身份看，这些思妇的身份也不尽相同，他们中有成婚的妇女，有订婚的女子及倡女出身的妇女，形象鲜明，性格不同。从而表现出了迥然不同的相思别怨。如第二首《青青河畔草》：

> 青青河畔草，郁郁园中柳。
>
> 盈盈楼上女，皎皎当窗牖。
>
> 娥娥红粉妆，纤纤出素手。
>
> 昔为倡家女，今为荡子妇。
>
> 荡子行不归，空床难独守。

早春三月春光烂漫，一条清澈的小河边上矗立着一座美丽的花园，花园外边葱葱绿绿的嫩草沿着河畔一直延伸到很远的地方，园内的柳树也不甘寂寞地长得郁郁葱葱、枝繁叶茂。在这草青柳绿、日丽风和的春天烟景中，一位美丽的佳人独自登楼，正凭窗凝望。啊！她是那样的美丽，风姿绰约，白粉红妆，偶然间伸出窗外的手是那么的白净柔长，她的娇容美丽堪比那西子，尤胜那罗敷。可是为什么她双眉微蹙，目光凝滞，久久地凝视着远方呢？难道这满园的春色也不能使她欣赏吗？噢，原来是在思念着远方未归的丈夫。丈夫久久不归，纵然满园春光无限，纵然佳人倾国倾城，也只能是孤芳自赏，空度良宵。唉，这样的生活什么

中国古代诗词歌赋

时候是个尽头啊？想当年自己还为倡家女的时候，虽然身份低贱，但却也总是宾朋满座，热闹快活；而今虽然衣食无忧，但却孤身一人。纵使满园的春色，又有谁和我一起观赏呢？我那薄幸的夫君啊，你究竟何时回来？难道你不知道家中还有一佳人苦苦相盼吗？一个个长夜的空床寂寞又怎么能叫我独守啊？

这是一首思妇春愁的诗。全诗都用第三人称的手法。这在《古诗十九首》中也是独一无二的。天生丽质，倡家女的出身，不安分的打扮，使她在这草木茂盛、万物重生、生机勃勃的春景下发出了"空床难守"的呼唤。"难守"是把贞洁道德放在与真情萌动的冲突中来阐释人性本身的力量。这样大胆的呼唤在东汉末年那个"宗经"的年代是极其大胆与放肆的，是全社会所不容的。然而，真情作为人类人性最真实的体现是一切所谓道德，所谓经学难以约束的。正如王国维《人间词话》中所说"无视为淫词鄙词者，以其真也"。是啊，这不仅仅是真，更是人性的体现与震撼。再如第八首《冉冉孤生竹》：

> 冉冉孤生竹，结根泰山阿。
>
> 与君为新婚，菟丝附女萝。
>
> 菟丝生有时，夫妇会有宜。
>
> 千里远结婚，悠悠隔山陂。
>
> 思君令人老，轩车来何迟！
>
> 伤彼蕙兰花，含英扬光辉。
>
> 过时而不采，将随秋草萎。
>
> 君亮执高节，贱妾亦何为！

诗中说"与君为新婚"，可以理解为刚结婚，也可理解为新近订立婚约，则为未婚，因此它的主题历来有两种说法：一是丈夫新婚后外出不归，也不来接她团聚。还有一种理解是，订婚后，夫家迟迟不娶。全诗三节，首四句比兴分别寓意男女的境况。看来男家的门第还是很高的，但女子为孤门单族，家庭势弱，所以自比为软弱的"孤生竹"；而丈夫根底不薄，又出身望族，所以自比泰山脚下的一支。对女子来说出嫁便依附于丈夫，就好像藤萝蔓茎缠缚于树木一样。次六句就是说女子青春有一定的限

时，夫妻结合应当珍惜美好的时光，女子盼望思念得人都变老了，可是男家却还迟迟不来迎娶。末六句以香草鲜花比喻青春容颜易衰，希望男子及时迎娶，批评他不该矜持，表露了自己的不满和失落。这显然是一位知书达理的闺中女子理解未婚夫的地位处境和性格情操，一心盼望他及时迎娶，所以一再用比喻婉转抒发愿望，委婉的申诉情理，甚至最后演变到对未婚夫的斥责。

与上述的二位妇女相比，其余各首的思妇形象则稳重含蓄多了。有的说，看见庭中的花朵，"但感别经时"，离别了又一年了；有的说，天冷了，又一年了，梦见丈夫在外不得意，也想家，所以梦醒以后更加地思念丈夫；有的说，冬天岁末，盼望丈夫归来，怀里藏着丈夫三年前的来信，担忧丈夫的境遇，挚情不渝；有的说，接到丈夫捎来的绸缎，知道"故人心尚尔"，便把自己的爱情缝入这绸缎的"合欢被"。她们的身份性格不尽相同，表述思想也不一样，但共同的特点是，埋怨丈夫久出不归，都忠于自己的爱情等等。盼望丈夫归来，恪守妇节。即使是那位"荡子妇"和那位未婚妻，即使有不耐烦和气恼，也仍在等待盼望，不变心，不出轨。

这些思妇的愿望和期待只是及时成婚，夫妻恩爱，家庭团聚，生活幸福美满。这是合理的，适度的，本分的生活理想，是人之常情。她们恪守妇女的节操，忠于自己的爱情，顺从自己的丈夫，甘于束缚，并不触犯封建的道德规范，绝无反封建的自觉的意识，不求自由平等，不涉及政治权力。但是恰恰这一合乎常情的家庭生活理想，恪守本分的夫妻爱情愿望，在封建社会往往也不会如愿，这就造成了她们离别旷居的生活和望眼欲穿的痛苦，同时也暴露着封建社会的不合理，束缚人生，摧残人性，破坏家庭，冷酷无情。这些思妇诗使人们倾听到了汉代妇女的悲伤和愁苦，感受到了封建社会对妇女的摧残和束缚。换句话说，在古代封建社会，思妇所说的人生体验，会引起更为广泛的生活联想和感情共鸣，尤其是在下层士大夫阶级。在这些人的人生和仕途中总是怨恨隔绝，期待着知遇，以求理想抱负的实现。所谓"女为悦己者容，士为知己者死"，在女子和士子之间，夫妇与君臣之间，有着似有似无，若即若离的相同相似的感受和体验。

（二）失意文人仕途"不如意"

十九首古诗中多半是游子诗，但是，单纯写离家远游，思念家室故乡的游子诗却是只有三首。除了末首"明月何皎皎"外，其六"涉江采芙蓉"写游子在外怀乡恋妻之情，是赠妇诗，从江边采花赠远，写到"同心而离居，忧伤以终老"，表露忠于夫妻情谊，抒发别离感伤，寄托不遇难归的惆怅。其十四首"去者日以疏"，写一位久居异乡的游子看见墓墟而激发的乡愁归思，寄托了下层士人的一种普遍境遇和共同的愁思，孤独苦闷，但又不得归乡，失落自我，觉得飘零迷茫，前途无望。这是深刻的悲哀，真实的反映。其余八首的主题看来较广，其实也是因游子离家而来的人生仕途的一些体验，抒发他们追求前途的种种遭遇的不平和不满。他们的突出特点是更多表露仕途的体会和感慨，往往作哲理性的议论。显然这是具有下层文人士子的情怀色彩。如第十二首《东城高且长》：

> 东城高且长，逶迤自相属。
>
> 回风动地起，秋草萋已绿。
>
> 四时更变化，岁暮一何速！
>
> 晨风怀苦心，蟋蟀伤局促。
>
> 荡涤放情志，何为自结束？
>
> 燕赵多佳人，美者颜如玉。
>
> 被服罗裳衣，当户理清曲。
>
> 音响一何悲！弦急知柱促。
>
> 驰情整中带，沈吟聊踯躅。
>
> 思为双飞燕，衔泥巢君屋。

这首诗从第十一句"燕赵多佳人"起，历来有学者认为诗意不连贯，当另作一首。实际上，整首诗的诗意还是连贯的。诗中的主人公是位失意落魄的文士，触景生情，感慨岁月的易逝，年华不常，想起了《诗经·晨风》的愁苦心情，"未见君子，忧心钦钦"，体会《诗

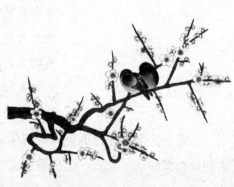

经·唐风·蟋蟀》的人生感伤，"令我不乐，岁末其除"，觉得不必自我约束，何妨去寻欢作乐。所以情调一转，向往到古代多产乐伎美女的燕赵去寻找知音和欢乐，追求美满的爱情和幸福。诗中引用《诗经》诗意，正表明了此诗的作者是一位饱读诗书，熟读五经的文人，也同时点出了这首诗是在表达和寄托士人仕途失意不遇，而年华蹉跎，不如另谋人生出处，及时行乐。因而诗中的主人公沉吟徘徊，寻找到了自己的知己伴侣一起去追求自己的归宿。末联的"思为双飞燕，衔泥巢君屋"，比兴双关，寓意既是人生的，同时也是政治的，这里的"君屋"显然是暗示"君臣"的"君"，隐喻功名富贵。可见这首诗的主题思想，其实并非鼓吹失意文人放荡行乐，而是鼓励天下失意的文士一起努力奋斗，其深意是在讽喻朝廷和君王要求他们关心注意天下失意的文士，使他们获得理想的归宿，为国君效力。

在仕途中产生的人生体验，是十九首古诗中游子诗的重要的思想主题。从社会生活上来看，这似乎显得有一点狭隘和单薄，只是关心文士的命运，但在表现文士的情绪和愿望上，十九首诗中涉及相当广泛，情态各异。而它们的共同特点是是非分明，但是态度软弱，强烈地抨击封建官场的丑恶，但是并不反对封建制度本身。他们对上层富贵施以冷嘲热讽，对下层贫贱感觉是失意与不平，对世态炎凉十分不满，然而只是无奈地自嘲。例如第三首《青青陵上柏》：

> 青青陵上柏，磊磊涧中石。
>
> 人生天地间，忽如远行客。
>
> 斗酒相娱乐，聊厚不为薄。
>
> 驱车策驽马，游戏宛与洛。
>
> 洛中何郁郁，冠带自相索。
>
> 长衢罗夹巷，王侯多第宅。
>
> 两宫遥相望，双阙百余尺。
>
> 极宴娱心意，戚戚何所迫？

东汉士人当时流行的世风是游学，且主体多为一批中下层文人。本首诗的作者便是典型的这一类人。他们普遍出身不高且自认为才学满腹，抱着报国报民的

思想，重荷着整个家族的希望来到了洛阳，然而，东汉末年，党锢之争，宦官专权的严酷现实击碎了他们求取功名的理想。伤心失望之情是可以想象的。在这种悲伤心情的影响下，眼前洛阳的一片繁华，自然就成为他们徘徊踯躅的忘情地。"洛中何郁郁，冠带自相索。长衢夹罗巷，王侯多第宅"正是这一现象的真实写照。理想的破灭，精神的痛苦，远离了家乡，远离了亲人。原本以为可以"兼济天下"，"光宗耀祖"，实现自己的理想和抱负，然而自己牺牲了这一切所换来的竟然是一场空。他们于现实中有意识的仕途追求却换来了精神上的末路无助，这个时候他们的精神整个崩溃了，只有"及时行乐"才能仅仅暂时地弥补期待中的心里的空虚，可是他们不知道欢愉过后的寂寥与空洞才是更可怕的毒药啊。

但是，他们真的仅仅是"享乐吗"？从"斗酒""驽马"诸句看，特别是从写"洛中"所见诸句看，这首诗的主人公，其行乐有很大的勉强性，与其说是行乐，不如说是借行乐以消忧。而忧的原因，也不仅仅是生命短促，理想破灭。生当乱世，他不能不厌乱忧时，然而到京城去看看，从"王侯第宅"直到"两宫"，都一味寻欢作乐，醉生梦死，全无忧国忧民之意。自己无权无势，又能有什么作为，还是"斗酒娱乐"，"游戏"人间吧！"戚戚何所迫"，即何所迫而戚戚。用现代汉语说，便是："有什么迫使我戚戚不乐呢？"（改成肯定语气，即"没有什么使我戚戚不乐"）

用通俗的话来叙述，好像自己的及时行乐是被什么所逼迫的。全诗内涵本来相当深广，用这样一个反诘句作结，更其余味无穷。可见在"及时行乐"的表象下，还是一颗"忧国忧民"的心啊。

这首诗看似是在写游览繁华京都的观感，实际上却是在写两种人生的乐趣和追求。墓地上的轻松翠柏，涧水中的磊落的山石，这显然都是高洁坚贞的美好的品格的象征，但是却有着更深一层的含义，就是人死后的常青不朽，虽死犹生。进而导出了人究竟该怎么活的问题。诗人认为人生短促，一生就像远方来客似的到人世一游，很快就过去了。这显然是道家人生哲学。因此不必追求荣华富贵和奢侈的生活。这首诗的本意不在揭露当时的政治黑暗，而在于贬低追求荣华富贵，实质上这是一首人生感慨诗，并非政治上的讽刺诗，但是它对封建政治社会生活是否定的，客观上触及封建社会的弊端，而它的正面人生观并不积极，实际上我们可以理解为这是对现实的逃避，可是在那个极端的社会里，这些手无缚鸡之力的文人又能如何呢？

中国古代诗词歌赋

还有的诗，其中类似于这种仕途人生的哲理有时会显得有些辛辣的味道。例如第四首诗《今日良宴会》：

今日良宴会，欢乐难具陈。

弹筝奋逸响，新声妙入神。

令德唱高言，识曲听其真。

齐心同所愿，含意俱未申。

人生寄一世，奄忽若飙尘。

何不策高足，先据要路津。

无为守穷贱，轗轲长苦辛。

在一个非常令人欢乐的宴会上，弹古筝，唱新歌，振奋精神，美妙迷人。有德望的人物大唱高调，懂音乐的人士聆听真谛。在宴会上的人们心里都有相同的愿望，但是没有一个把这个心愿说出来。究竟是什么心愿呢？原来人们都觉悟到人生的短促，像一阵风卷起尘土，轻微而迅速，说不定哪天忽然就结束了。奇怪的是这么短促的人生中，人们为什么不赶紧迈开大步快跑，抢先占据那重要的位置呢？不要守住贫穷低贱，常常辛苦地走在坎坷的道路上，过苦日子。看来似乎讽劝人们都早日地争取去做官发财，实则对这类庸俗的人生观是表现得十分的不屑的，把这类"高官"的真谛，一语道破。嬉笑却不怒骂，反语却从正面说。不伦不类，大彻大悟，熟悉世故，玩世不恭，是这首诗的态度和风格，有不满，有不平，是智者，是醒者，却不是一个勇者。他们当中不是志士仁人，便是清高自好的高士隐者。也许有狂狷之士，愤世嫉俗，慷慨高歌，但是古诗中未见，听到的只是失意的悲鸣。第七首《明月皎夜光》：

明月皎夜光，促织鸣东壁。

玉衡指孟冬，众星何历历。

白露沾野草，时节忽复易。

秋蝉鸣树间，玄鸟逝安适。

昔我同门友，高举振六翮。

不念携手好，弃我如遗迹。

南箕北有斗，牵牛不负轭。

良无盘石固，虚名复何益？

　　这是一首月意象的诗。清澈的月光几乎照亮了诗歌的每一句，为全诗抹上一层清亮凄迷的底色；所有的蟋蟀、玄鸟、秋蝉，所有的鸣叫、飞翔，野草上的白露，诗人的哀怨，全都笼罩在月光透明的轻阴之中。

　　皎洁的月色，蟋蟀的低吟，交织成一曲多么清切的夜之旋律。再看夜空，北斗横转，那由"玉衡"(北斗第五星)"开阳""摇光"三星组成的斗柄(杓)，正指向天象十二方位中的"孟冬"，闪烁的星辰，更如镶嵌天幕的明珠，把夜空辉映得一片璀璨！一切似乎都很美好，包括那披着一身月光漫步的诗人。"严玉衡指孟冬"，"孟冬"在这里指的不是初冬节令(因为下文明说还有"秋蝉")，而是指仲秋后半夜的某个时刻。仲秋的后半夜，如此深沉的夜半，诗人却还在月下踽踽步，显然有些反常。倘若不是胸中有着缠绕不去的忧愁，搅得人心神不宁，谁还会在这样的时刻久久不眠？明白了这一层，人们便知道，诗人此刻的心境并不"美好"，甚至有些凄凉。

　　诗人默默无语，孤身一人在月光下徘徊。"白露沾野草"，朦胧的草叶上，竟已沾满晶莹的露珠，那是秋气已深的征兆，诗人似乎直到此刻才感觉到，深秋已在不知不觉中到来。时光之流转有多疾速啊！而从那枝叶婆娑的树影间，又有时断时续的寒蝉之流鸣。怪不得往日的燕子(玄鸟)都不见了，原来已是秋雁南归的时节。这些燕子又将飞往哪里去呢？"秋蝉鸣树间，玄鸟逝安适"？这就是诗人在月下所发出的怅然问叹。这问叹似乎只对"玄鸟"而发，实际上，它岂不又是诗人那充满失意的怅然自问！以上八句从描述秋夜之景入笔，抒写诗人月下徘徊的哀伤之情。

　　"昔我同门友，高举振六翮"，在诗人求宦京

华的蹉跎岁月中，和他携手而游的同门好友，先就展翅高飞、腾达青云了。这对诗人无疑是一个好消息。他相信凭着昔日多年的友情，"同门"好友一定会顾念旧情，提携自己一把。总有一天，他也会平步青云的。但事实大大出乎诗人预料，昔日的同门之友，而今却成了相见不相认的陌路之人。他竟然在平步青云之际，把自己当做走路时的印迹一样，留置身后而不屑一顾！"不念携手好，弃我如遗迹"，这毫不经意中运用的妙喻，不仅入木三分地刻画了同门好友"一阔脸就变"的卑劣之态，同时又表露了诗人那不谙世态炎凉的惊讶、悲愤和不平！全诗的主旨至此方才揭开，那在月光下徘徊的诗人，原来就是这样一位被同门好友所欺骗、所抛弃的落魄者。在他的背后，月光印出了静静的身影。而在头顶上空，依然是明珠般闪烁的"历历"众星。当诗人带着被抛弃的愤怒仰望星空时，偏偏又看见了"箕星""斗星"和"牵牛"的星座。正如《小雅·大东》所说的："维南有箕，不可以簸扬；维北有斗，不可以挹酒浆""皖彼牵牛，不以服箱（车）"。它们既不能簸扬、斟酌和拉车，为什么还要取这样的名称？"良无盘石固，虚名复何益"想到当年友人怎样信誓旦旦，声称着同门之谊的"坚如盘石"；而今"同门"虚名犹存，"盘石"友情安在？诗人终于仰天长叹，以悲愤的感慨收束了全诗。这叹息和感慨，包含了诗人那被炎凉世态所欺骗、所愚弄的多少伤痛和悲哀啊！

在这首诗中，诗人有点愤懑了，因为备受冷落，尤其是飞黄腾达的同窗好友抛弃了他，不提携和帮助他，在这深秋之夜，月光皎洁清冷，促织鸣叫乱耳，斗柄指向寒冬，霜露凝冻野草，又是冬天了。这是眼前景致，也是诗人的感受，天气变冷，人情冷落。树上的秋蝉在叫，天上的燕子南飞，人呢？被冷落的人应该往哪里去呢？从前的同窗好友，如今高升了，但他把诗人遗忘了，就像过路的脚印一样丢在了脑后，根本不念往日的携手同游的交情。诗人终于对这炎凉的人情事态感到了极其的气愤，指责了所谓同窗好友的虚伪，就像夜空的南箕北斗，并不能用来用作盛储的器具；像牵牛不能负轭拉车耕地。这样无情无义的朋友简直是徒有虚名，一点也靠不住。诗人被冷落的体验，迸发出了对于趋炎附势、虚情假意的愤慨，是一种无声的抗议和控诉。

总结起来，《古诗十九首》思想特点是封建下层人士从自身地位、利益、处境、遭遇出发，充满了感慨和哀怨，抒写惆怅不满，迸发气愤不平。为了改善提高自己的地位和待遇，他们不得不离家求仕，追求功名富贵的前途，造成了夫妻的离别，产生了许多游子思妇，有着不尽的离愁别怨。而仕途人生的坎坷，作客异乡的屈辱，穷困潦倒的痛苦，有家难归的内疚，使他们看破世态和人生，自觉软弱无力，痛感现实的黑暗。于是有选择逃避的，有选择超脱的，还有选择愤世的，更有选择随波逐流的，就是很少有挺身改革的。《古诗十九首》的思想特点和成就，并不是表现为时代的强音，而更多是弱者的悲鸣，并不表现为积极的理想和努力的奋斗，取而代之的是对现实的不满、不平和对前途的失望和无奈。这是一种确实存在的现实状况，同样具有现实的真实性和历史的时代性，同时还具有一定的教育意义。

（三）《古诗十九首》"相思离别之情"产生的时代和文化背景

游子、思妇相思离别之情的产生，是与《古诗十九首》所处的社会时代和文学自身的发展分不开的。一是时代背景的作用。《古诗十九首》虽不是一人之为，一时之作，但从诗歌所反映内容的相似性看，应是大致相近时代的作品。"估计《古诗十九首》的时代大概不出于东汉后期数十年之间，即至早当在顺帝末年，至晚亦在献帝以前(约140-190年)"。这一时期，政治和思想领域发生了深刻变化。首先，因政治上由外戚把持朝政，中下层知识分子无缘结交权贵，很难被选举。"举秀才，不知书，举孝廉，父别居；寒素清白如泥，高第良将怯如鸡。"这首童谣唱出了当时选举制度的真相，不论才能、品德的高低，而论门第高低，选举之人徇私舞弊，使得出身寒门的士子们为了求取功名，不得不离乡背井，长途跋涉，投靠权贵。同时，太学的兴盛，也为士子们"游学"提供了途径，他们不远千里，长期游宦于京师。徐干曾批评这一现象云："且夫郊游者出也，或身殁于他邦，或长游而不归，父母怀茕独之思，思人抱东山之哀，亲戚隔绝，闺门分离。无罪无辜，而

亡命是效……非仁人之情也。"徐干认为,这些游子奔走投告,长期不归,已经到了不近人情的地步,这既是个人的悲剧,更是社会的悲剧;其次,思想领域的变化。经学一统的局面在东汉中晚期被打破,士人们开始摆脱经学的束缚,真正面对现实生活。追求功名的理想在现实生活中处处碰壁,政治抱负无法伸展,加之党锢之争,使士人们开始由外向内转,思考人生和命运问题,这是东汉文学艺术精神的体现。"东汉文学艺术则首先循着一条由外部世界向内在生命回归的道路前行,并把回归生命、表现说明内在当做文学艺术的主旋律"。在这种艺术精神的影响下,士人们开始注重个体情感的抒发,《古诗十九首》中的相思离别之情便是在这样的时代背景下产生的。

二是文学发展的结果。《古诗十九首》中相思离别之情的抒发既有社会政治思想的影响,也有文学自身发展的传承。早在《诗经》中就有大量的游子诗和思妇诗,充分表现出游子思乡和思妇念远的情感。汉乐府中的《艳歌何尝行》和《离歌》中的离别之悲,《悲歌》和《古歌》的思乡之愁,尤其是《古歌》的"离家日趋远,衣带日趋缓"更直接地为《古诗十九首》所套用,用以表现思妇的相思之愁。《古诗十九首》正是因为继承了前代文学的成果,才使得相思离别这一主题得以发扬光大。

中国古代诗词歌赋

五、《古诗十九首》对后世产生的深远影响

（一）关于《古诗十九首》与各家的拟古诗

　　模拟与创作，本身是有连带关系的，从事模拟，而不抹杀自己的想象和情感，会产生出一种新的有价值的文学来。然而要排斥自己的个性，违背现实的环境，而一味固守古人的传统，一切为之所支配，所限制，结果于己于人都是百害而无一利的。模拟在我国早成风尚，各个以法古为高，远俗为工。《文心雕龙》有云："夫才有天资，学慎始习？斩梓染丝，功在初化，器成采定，难可翻移……故宜模体以实习，固性以练才，文之司南，同此道也。"从中我们可以清晰地看出模拟的风气在六朝的时候，已经被当时的人所崇尚了。

　　在诗的方面，开此模拟之风者，要算是陆机了，他有拟古诗十四首，无一首不是拟《古诗十九首》而来的。孙月峰对陆机的拟古诗有过一番评价："拟古自士衡（陆机）始，句倣字效，如临帖然，又戒大似，所以用心最苦。"这几句话充分说明了拟写古诗的辛苦与不容易。模拟古诗最重要的不只是追求形似，更重要的是不改变《古诗十九首》中古人的神思和语意。而陆机的拟古诗十九首在某些方面还是沿袭了这一点。钟嵘在《诗品·序》中对此已经有过十分中肯的评价："陆机所拟的十四首，文温以丽，意境而远，感慨'人代冥灭，而清音独远'。"现将原篇与他的《拟西北有高楼》篇列出供读者比较：

（原篇）西北有高楼

西北有高楼，上与浮云齐。

交疏结绮窗，阿阁三重阶。

上有弦歌声，音响一何悲！

谁能为此曲？无乃杞梁妻。

清商随风发，中曲正徘徊。

弹再三叹，慷慨有余哀。

不惜歌者苦，但伤知音稀。

愿为双鸿鹄，奋翅起高飞。

（拟）西北有高楼

高楼一何峻。迢迢峻而安。

绮窗出尘冥。飞陛蹑云端。

佳人抚琴瑟。纤手清且闲。

芳气随风结。哀响馥若兰。

玉容谁能顾。倾城在一弹。

伫立望日昃。踯躅再三叹。

不怨伫立久。但愿歌者欢。

思驾归鸿羽。比翼双飞翰。

从陆机开始，拟古之风就兴盛起来了，如宋刘铄的《拟行行重行行》：

眇眇陵长道，遥遥行远之。

回车背京里，挥手从此辞。

堂上流尘生，庭中绿草滋。

寒螀翔水曲，秋兔依山基。

芳年有华月，佳人无还期。

日夕凉风起，对酒长相思。

悲发江南调，忧委子衿诗。

卧觉明灯晦，坐见轻纨缁。

泪容不可饰，幽镜难复治，

愿垂薄暮景，照妾桑榆时。

还有谢惠连的《拟客从远方来》，又名《代古》诗：

客从远方来。赠我鸬之绫。

贮以相思箧。缄以同心绳。

裁为亲身服。著以俱寝兴。

别来经年岁。欢心不同凌。

泻酒置井中。谁能辩斗升。

合如杯中水。谁能判淄渑。

又有何偃的《拟冉冉孤生竹》：

流萍依清源，孤岛亲宿止。

荫干相经荣，风波能终始。

草生有日月，婚年行及纪。

思欲侍衣裳，关山分万里。

徒作春夏期，空望良人轨。

芳色宿昔事，谁见过时美。

凉岛临秋竟，欢愿亦云己。

岂意倚君思，坐守零落耳。

齐鲍令辉的《拟青青河畔草》：

袅袅临窗竹，蔼蔼垂门桐。

灼灼青轩女，冷冷高台中。

明志逸秋霜，玉颜艳春红。

人生谁不别，恨君早从戎。

鸣弦渐夜月，绀黛羞春风。

还有她的《拟客从远方来》：

客从远方来，赠我漆鸣琴。

木有相思文，弦有别离音。

终身执此调，岁寒不改心。

愿作阳春曲，宫商长相寻。

关于这位女作家的拟古诗，前人已经有了很好的评价，《诗品》云："齐鲍令辉歌诗往往绝清巧，拟古友胜。"

最后还有江文通的《行行重行行》即《文选》所载《古离别》：

远与君别者，乃至雁门关。

黄云蔽千里，游子何时还。

送君如昨日，檐前露已团。

不惜蕙草晚，所悲道里寒。

君在天一涯，妾身长别离。

愿一见颜色，不异琼树枝。

千古五言之祖——《古诗十九首》

菟丝及水萍，所寄终不移。

"此诗调最古，语最淡，色最浓，味最晨，讽诵数十过，及更觉意不尽，诚有得于古诗十九首之神"。末后两句，"菟丝及水萍，所寄终不移"尤得古诗婉转之妙。全诗十二句，抒情也颇为含蓄，不露现怨意和怒色，读来使人感动，妙有弦外之音。

至此以后，拟古诗十九首的作家，亦复不少，但大都失去原作的精神，不仅模拟不成，进而连自己的创作天才都丧失殆尽了。与其临摹而失去自己的个性而终无好的作品，还不如自己索性去创作，能把自己活动的思想，情感很舒展地表现出来，说不定会有意外的收获呢！

中国古代诗词歌赋

（二）影响深远，丰富历代诗家创作

《古诗十九首》对后世的五言诗影响巨大。胡应麟《诗薮》举曹植学《古诗十九首》为例说，"人生不满百，戚戚少欢娱"即是"生年不满百，常怀千岁忧"也；"借问叹者谁？云是荡子妻"即是"昔为倡家女，今为荡子妇"也；"愿为比翼鸟，施翮起高翔"即是"思为双飞燕，衔泥巢君屋"也。而宋荦《漫堂说诗》曰："阮嗣宗（阮籍）的《咏怀》、陈子昂的《感遇》、还有李太白的《古风》等，皆受《古诗十九首》的影响。"

作为中国五言诗的开始，《古诗十九首》上承《诗经》《楚辞》，下开建安六朝，连接从先秦至唐宋诗歌史的主轴，启迪了建安诗歌的新的写诗途径的形成，确立了建安诗歌新的形式的美学。从此，"居文词之要，是众作之有滋味者"的五言诗，就逐步取代了传统的四言诗，成为了中国诗歌的主流的形式。树立五言诗的新的典范，这正是《古诗十九首》在中国诗学史上重要的意义所在。

（三）历代文人对《古诗十九首》的评价

钟嵘在《诗品》中说道："文温以丽，意悲而远，惊心动魄，可谓几乎一字千金。……人代冥灭，而清音独远，悲夫！"

刘勰在《文心雕龙·明诗篇》中说："观其结体散文，直而不野，婉转附物，怊怅切情，实五言之冠冕也。"

明代的胡应麟在《诗数》中说道："兴象玲珑，意致深婉，真可以泣鬼神，动天地。"

清人陈祚明在《采菽堂古诗选》中说道："《十九首》所以为千古至文者，以能言人同有之情也。人情莫不思得志，而得志者有几？虽处富贵，慊慊犹有不足，况贫贱乎？志不可得而年命如流，谁不感慨？人情于所爱，莫不欲终身相守，然谁不有别离？以我之怀思，猜彼之见弃，亦其常也。失终身相守者，不知有愁，亦复不知其乐，咋一别离，则此愁难已。逐臣弃妻与朋友阔绝，皆同此旨。故《十九首》虽此二意，而低回反人人读之皆若伤我心者，此诗所以为性情之物。而同有之情，人人各具，则人人本自有诗也。但人人有情而不能言，即能言而言不能尽，故特推《十九首》以为至极。"

现代学者张中行认为，《古诗十九首》"写一般人的境遇以及各种感受，用平铺直叙之笔，情深而不夸饰，但能于静中见动，淡中见浓，家常中见永恒"。

总而言之，《古诗十九首》代表了汉代无名氏文人抒情五言诗的特点和成就，虽然未能全面地反映他们的时代，但已经真实地抒发了下层文人的悲愤和忧愁，相当深刻地反映了封建时代下士人的悲惨的遭遇，博得了众多读者的同情和共鸣，对后世产生了深远的影响。在诗歌艺术发展史上也写下了浓重的一笔，不仅丰富和提高了乐府民歌原有的艺术形式，而且还开创了五言抒情诗的一种新规范，完成了为《诗经》《楚辞》以后的诗歌和语言奠基的任务。从此，五言诗渐渐地走进了大雅之堂，成为了一种新的诗体。